1. Kapitel

Sonntag, 28. August 2023

Das hohe Gras verdeckt den schmalen Uferpfad. Touristen verirren sich selten hierher. Die mächtige Weide empfängt mich freundlich, ihre Blätter tanzen im leichten Wind. Die Kuhle zwischen ihren Wurzelsträngen ist der perfekte Sitzplatz. Es ist schön, hier zu sitzen, die raue Borke im Rücken zu spüren. Durch das Blätterdach schimmert das Blau des Himmels. Ein wunderbarer Ort zum Entspannen, abgeschirmt von den Blicken anderer Parkbesucher.

Der See ist ruhig, leichte Wellen plätschern sanft, formen Linien, die sich wieder auflösen. Das Wasser reflektiert die Sonne, Funkeln und Glitzern, wie Irrlichter.

„CHHHM."

Das Räuspern fährt mir in die Glieder. „Christian, erschrick mich doch nicht so!"

Über mir - ein fremdes Gesicht.

„Autsch. Verdammt!" Ich hatte den dicken Ast vergessen. Mein Kopf pocht. Der Ast dagegen streckt sich ungerührt Richtung See. Nicht das kleinste Zittern zeugt von unserem Zusammenstoß.

„Sorry." Der Fremde lächelt schief, macht einen Schritt auf mich zu.

Mein Herz flattert, als ob der Mann mich in meiner Badewanne überrascht hätte. Ich weiche zurück. Mein rechter Fuß landet im Morast.

„Was wollen Sie?“

Der Mann hebt beschwichtigend seine Handflächen. „Ich wollte dich nicht erschrecken.“

„Haben Sie aber. “, das kommt von meiner Träumerei, „ich muss gehen, eine Verabredung.“

Der Fremde weicht keinen Schritt zur Seite.

„Interessanter Ort.“ Er lässt seinen Blick schweifen.

Hat der Typ nicht verstanden, dass er mich durchlassen soll?

„Was ist das für ein Bau dahinten?“ Er zeigt hinter sich, die Uferböschung hinauf.

„Die Muschelgrotte. Ich möchte vorbei.“

„Bleib doch noch.“ Breites Lächeln, strahlende Zähne, Grübchen in der rechten Wange.

Was ist, wenn der Mann mich nicht gehen lässt? Seine dunklen Augen fixieren mich. Ein Psychopath? Ruhig - kein Grund, mich in eine Horrorvision hineinzusteigern. Wird er mich aufhalten, wenn ich mich an ihm vorbei dränge? Er sieht sportlich aus, körperlich eindeutig überlegen.

Hinter ihm, an der Muschelgrotte, blonde Haare, wippender Schritt. Endlich!

„Christian!“ Ich war ewig nicht so glücklich, ihn zu sehen. „Meine Verabredung.“

Über das Gesicht des Fremden huscht Enttäuschung oder bilde ich mir das ein?

Schon lächelt er wieder charmant, gibt den Weg mit einer kleinen Verbeugung frei. Er beginnt einen Satz. Ich höre nicht zu, eile zu Christian.

„Marthe! Du bist ja ganz atemlos." Christian streift seine blonde Haarsträhne hinters Ohr. Wir umarmen und küssen uns flüchtig.

„Wer ist der Mann?", missbilligend sieht er über meine Schulter in Richtung Weide. „Der starrt dir hinterher."

„Keine Ahnung. Der Typ stand plötzlich neben mir, ich hatte ihn überhaupt nicht kommen hören! Bin vor Schreck aufgesprungen und hab mir den Kopf gestoßen."

„Autsch." Christian streichelt mitfühlend über die kleine Beule. „Soll ich dem Typ die Meinung geigen?"

„Lass mal, ich hab Hunger. Gehen wir in die Meierei."

Christian hat einen Tisch an der Terrassenbrüstung reserviert, unter uns schwappt das Wasser an die Mauer. Wir bestellen wie üblich ein Potsdamer und einen vegetarischen Burger für mich, ein Helles und den Meierei-Burger für Christian – Routine eines alten Ehepaars.

Christian sieht mich schmunzelnd an.

„Schon komisch, dass du so gerne hierher kommst."

„Wieso?"

Er lacht. „Du magst keine Touristenschuppen."

„Nostalgie ... weißt du doch. Opa ist oft mit mir hierhergekommen. *Freiheitsblick* hat er den Ort genannt. Und früher, bevor die Meierei eröffnet hat, ist er mit mir immer zu der Weide gegangen, mit einem kleinen Picknick im Gepäck. Er hat mir von der Zonengrenze erzählt, den Zäunen und Menschen, die von dem Ufer in den Westen geschwommen sind. Vom Cecilienhof, dem Vier-Mächte-Abkommen...“, bei der Erinnerung wird mir ganz warm. „Ich wollte natürlich lieber seine geheimnisvollen Geschichten über die Grotte hören. Opa war ein guter Geschichtenerzähler.“

„Nostalgie ... Du bist ein Familienmensch Marthe ...“ Christian streichelt meine Hand.

„Äh, ich weiß nicht.“

Christian setzt seine gewichtige Miene auf. Mir schwant, welches Thema ihn beschäftigt. Die Kellnerin bringt unsere Bestellung. Wir wenden uns Bier und Burgern zu. Wie immer sind zu viele Zwiebeln im Burger.

Christian spült den letzten Bissen mit seinem Bier runter. „Marthe, ich ... ich bin auch ein Familienmensch, das weißt du.“, greift er den Faden wieder auf, „wollen wir nicht endlich zusammenziehen, eine eigene Familie gründen?“ Etwas atemlos, mit gerötetem Gesicht, lehnt er sich über den Tisch.

Mit Christian zusammenziehen, Familie. Ich bin gerne mit ihm zusammen ...

„Marthe? Du sagst gar nichts."

Christian beißt auf seine Lippen.

„Ich denke nach." Ein Ring legt sich um meine Brust, zieht sich zusammen.

„Meinst du nicht, es wird langsam Zeit, eine Entscheidung zu treffen? Ich möchte eine Familie, das weißt du. Oder gibt es einen anderen Mann in deinem Leben? Der Typ an der Weide?" Eine große Stirnfalte zieht sich in seinem Gesicht zusammen, sein Kinn schiebt sich vor.

„Quatsch! Ich bin einfach glücklich so, wie es ist."

„Ich nicht. Wir werden auch nicht jünger.", grummelt er.

„Grund zur Eile besteht trotzdem nicht."

„Marthe, du bist dreißig!"

„Was willst du damit sagen? Dass meine biologische Zeituhr tickt, oder was? Vielleicht, vielleicht will ich gar keine Kinder." Er hat meinen wunden Punkt getroffen.

Christian zuckt zurück. „Aber ... Ich will aber welche. Wenn du keine Familie gründen willst, dann ..."

„Dann was ...", Marthe beruhige dich. ‚Du bist schon dreißig' der Satz rotiert in meinem Kopf. Tief durchatmen ...

„Christian, ich habe gerade die Wohnung von Oma übernommen. Meine erste Wohnung für mich allein nach all den Jahren in WGs. Ich möchte ankommen, sie einrichten, wie es mir gefällt, bevor ..."

Christian richtet sich auf, seine Miene versteinert. „Letztes Jahr war es die tolle WG, die du nicht auflösen wolltest, jetzt willst du alleine leben, dich finden, du hast immer eine Ausrede. Entweder liebst du mich nicht ..."

Ich hole tief Luft, er redet hastig weiter, bevor ich die richtigen Worte gefunden habe.

„Oder dir ist die Freiheit wichtiger als Bindung, als Verantwortung füreinander zu übernehmen. Es hat keinen Sinn, länger zu warten, oder? Unsere Lebenspläne passen nicht zusammen."

„Christian, ich ... es", mir fehlen die Worte. Ein tiefer Graben trennt uns. Warum? Ich bringe keinen Bissen mehr herunter. Der matschige Rest vom Burger, der Geruch … mir wird übel.

Christian winkt die Kellnerin herbei.

„Möchten Sie noch etwas?"

„Zahlen bitte.", antwortet Christian mit gepresster Stimme.

Der Blick der Kellnerin streift mich. Ich versuche zu lächeln.

Wie konnte unser Gespräch so eskalieren? Ist es meine Schuld?

Christian zahlt, wir stehen schweigsam auf.

Ich möchte ihn umarmen, um Geduld bitten ...

„Christian ..."

Er entzieht sich. „Lass gut sein."

Ich fasse es nicht, er lässt mich einfach stehen.

Unsere gemeinsame Zeit soll in einem Scherbenhaufen enden? Meine Gefühle sind erstarrt wie nach einem Eisbad. Warum will ich nicht, dass er bei mir einzieht? Vielleicht könnten wir eine glückliche Familie werden? Ich bin eine Idiotin!

So ein Scheißtag, erst zerstört dieser Mann meinen Frieden unter der Weide, dann Christian. Ich muss mit jemanden reden. Von dem Fremden keine Spur. Zum Glück. Fehlte noch, dass er ein Stalker ist. Hoffentlich hat Frances Zeit, sie hat meist einen guten Rat.

Ich hätte besser auf den zweiten Himbeer-Margarita verzichtet. Meine Knie sind wattig, der Kopf benebelt. Hitze und Alkohol, eine ganz schlechte Kombination. Frances ist ein Schatz und eine gute Zuhörerin. Ich fühle mich nicht mehr wie ein herzloses Miststück wegen Christian, dem Bruch ... Wo ist der Schlüssel? Na klar, ganz unten in der Tasche. Verdammt, blöder Schlüssel, geh jetzt ins Schloss! Ich kann es nicht erwarten, ins Bett zu fallen.

Drei Etagen, in meinem Zustand eine Besteigung des Mount Everest. Habe ich wirklich nur zwei Margarita getrunken? Mir ist schwindelig, der Boden wellig. Frances hat mit dem Tequila nicht gespart. Ich war noch nie so dankbar für das Treppengeländer.

„Marthe, Guten Abend!“, die resolute Stimme stoppt meinen mühsamen Aufstieg.

Frau Knesebeck steht breitbeinig in ihrer Wohnungstür, sieht mich mit Argusaugen an. Die Gute hat ein Talent dafür ungelegen aufzutauchen.

„Was ist mit dir Kind?“ Für sie werde ich immer die kleine Enkelin der Frau Keller bleiben. „Du siehst schrecklich aus.“

„Danke.“ Nur noch ein Stockwerk, dann kann ich endlich ins Bett fallen.

Die alte Dame macht einen resoluten Schritt vor, blockiert meinen weiteren Aufstieg.

„Nur ein Margarita zu viel, nichts Ernstes.“

„Na, betrinkst dich doch sonst nicht an einem Sonntag.“ Sie wird keine Ruhe geben, bis ich ihr eine Erklärung gebe. Ich bin zu müde für eine gute Lügengeschichte.

„Christian und ich haben uns getrennt.“

Die Knesebeck reißt bestürzt ihre Augen auf. „Ach Gott Kind, willst du einen Tee mit Schuss, der wirkt Wunder. Dann kannste schlafen wie ein Baby. Morgen sieht alles schon ganz anders aus. Vielleicht wird‘s ja wieder.“, plappert sie los.

Mein Kopf dröhnt.

„Ne, das wird nicht wieder. Aber danke. Ich will nur ins Bett.“

Sie nickt verständnisvoll. „Was wollt‘ ich noch? Ach ja, heute war ein hübscher junger Mann hier. Ist es wegen dem?“ Sie lächelt siegessicher.

„Hübscher Mann ... keine Ahnung. Ich bin vorerst bedient."

„Verstehe, der wollte ja auch eigentlich zu deiner Oma."

Was redet sie da? Ist sie verwirrt?

„Ich erzähle es dir besser morgen, wenn du wieder nüchtern bist. Kommst du alleine hoch?" Sie streckt ihre Hand nach meinem Ellbogen aus, ohne eine Antwort abzuwarten.

Ich weiche zurück, mein Fuß tritt ins Leere. Hilfe! Eine Hand packt meinen rudernden Arm. Die Knesebeck hakt mich resolut unter, bugsiert mich die Treppe hoch.

Warum hat sie mir aufgelauert? Mein Kopf brummt. „Was war mit dem Mann?"

„Also, heute Nachmittag, bin ich kurz nach dir aus dem Haus. Da stand ein junger Mann vor der Haustür. Er hat die Klingelschilder angestarrt. Ich fragte ihn, zu wem er denn will. Da sagte er zur Frau Keller. Da hab ich ihn mir gleich genauer angeschaut. Schmucker Kerl, dachte ich. ‚Die haben Sie grade verpasst', sag ich ihm. Da war er ganz verwirrt. ‚Na die junge Frau eben. Die mit dem Fahrrad weggefahren ist.', erklär ich ihm. Da hat er gelächelt, ‚ne er meine eine ältere Dame.' Stellte sich also raus, er wollte zu deiner Oma. Er hatte die Adresse von einem Bekannten von deinem Opa. Wie war dem sein Name ... egal, hab's uffjeschrieben." Sie stockt. Wirft mir einen Seitenblick zu.

„Da hab ich ihm jesacht, dass die alte Frau Keller ins Betreute Wohnen in der Sonnenresidenz umgezogen ist, hier nur noch die Enkelin wohnt.“

„Sie haben ihm gesagt, wo Oma wohnt? Einem Fremden?“ Diese Quasselstrippe.

„Vielleicht hätte ich das nicht tun sollen. Aber er kannte doch den, den Herrn ... wie jesacht, den Namen hab ich uffjeschrieben.“

„Was wollte er von Oma?“ Ich bin überfordert.

„Sie grüßen. Nach dem Tod von deinem Opa ist der Kontakt eingeschlafen. Ich weiß auch nich.“, gibt die Knesebeck unwillig zu.

„Das muss doch ewig her sein ...“ Wir sind oben angekommen. Noch nie war der Treppenaufstieg so mühsam und lang.

„Ja, ja leg dich hin. Mach dir keine Gedanken. Der Mann war sehr nett. Ich geb dir morgen den Namen.“ Sie nimmt mir den Schlüssel aus der Hand und sperrt auf. „Gute Nacht.“

„Gute Nacht Frau Knesebeck.“

„Schön Absperren.“ Sie steckt den Schlüssel demonstrativ in die Tür.

„Ist gut.“ Absperren, ein Wasser und ins Bett.

Der Schwindel schlägt mir langsam auf den Magen.

Hose und Shirt aus, unter die Decke kuscheln. Das Bett schwankt. Mit der Hand auf dem Boden gehts besser. Schmucker junger Mann – Knesebecks Worte schwirren weiter in meinem Kopf herum, vermischen sich mit dem Gesicht des Fremden an der Weide. Geht es um ein und dieselbe Person? Ergibt keinen Sinn. Die Knesebeck hat ihn vollgequatscht, während ich zum See gefahren bin. Er konnte nicht wissen, wo ich bin. Oder doch? Die Bilder verwischen ...

2. Kapitel

Montag, 29. August

Schrillen. Mein Kopf dröhnt.

Wo ist das Mistding? Endlich - Stille

Meine Beine sind wie Blei, ich will mich zusammenrollen ... weiter schlafen. Los Marthe, es ist Montag, aufstehen, schnelles Frühstück, ein Tag im Büro.

Gestern - es fühlt sich nach einem schlechten Traum an. Christian will Kinder, nicht mich. Und ich? Ich bin frei und allein.

Der Mann am See, kam er zufällig an meinen Lieblingsplatz? Er war seltsam.

Schluss mit dem Kopfkino, ab unter die Dusche, ich bin völlig nassgeschwitzt. Viel Zeit habe ich nicht mehr.

Die Teeuhr piept. Was ziehe ich an? Herrje, mein Kleiderschrank ist ein Chaos, ich muss ihn unbedingt aufräumen. Christians Schrank ist immer penibel sortiert. Sein Gesichtsausdruck, als er zum ersten Mal meinen Kleiderschrank von innen gesehen hat, ... blankes Entsetzen. Es war zu komisch. Marthe nicht nostalgisch werden! Nichts zu finden, zum Glück ist Sommer und unser Chef nicht penibel, was die Garderobe anbetrifft. Das blaue Kleid. Um den Kleiderhaufen kümmere ich mich am Nachmittag. Mit dem Kleid halb über dem Kopf stolpere ich blind in die Küche, Teeuhr aus.

Das Kleid ist eng, ein fester Ruck, geschafft.

Sieb aus der Teekanne. Gerade noch Zeit für eine Tasse.

„Marthe? Ich habe den Namen für dich!“ Frau Knesebecks Stimme hallt durchs Treppenhaus. Die Arme wird doch keine schlaflose Nacht wegen der Geschichte gehabt haben.

„Später, hab’s eilig, muss zur Arbeit. Ich komme heute Nachmittag vorbei.“

Ihr Kopf erscheint über dem Treppengeländer.

„Die jungen Leute, immer in Eile.“

Zum Glück ist es nicht weit bis zum Büro. Was ist schon weit in Potsdam. Der Alkohol lähmt meine Muskeln, es ist doppelt anstrengend in die Pedale zu treten. Die Straße scheint sich über Nacht verlängert zu haben. Endlich die Meistersinger, um die Ecke, Moment.

Ging da gerade ein Mann auf meinen Hauseingang zu. Etwa der Fremde von gestern? Ich muss nachsehen, schnell zurück. Der Bürgersteig ist leer. Komisch hat mir meine Fantasie einen Streich gespielt? Mich fröstelt. Ich muss weiter. Unser Chef hasst Unpünktlichkeit. Vielleicht bin ich überspannt, sehe Gespenster.

„Marthe, ... Marthe! Schläfst du mit offenen Augen?“

Frances Stimme holt mich aus meiner Traumwelt zurück. Wie lange habe ich vor mich hingestarrt?

„Nein, nein ... Ich habe über eine Formulierung nachgedacht." Eine kleine Lüge, ohne rot zu werden. Ständig geht mir dieser Fremde durch den Kopf. Frances meint, dass ich mir keine Sorgen machen müsse, der Fremde vom See sei bestimmt ein Tourist gewesen, hätte nichts mit dem Mann zu tun, der zu Oma wollte.

„So, so", Frances wirkt nicht überzeugt. „Komm, wir machen Feierabend, mein Soll ist erfüllt, und deins?" Ihr Blick ist skeptisch. Sie mag es nicht, wenn ich in meinen Gedanken versinke, hat kein Verständnis für Tagträume. Frances steht mit beiden Füßen fest auf dem Boden, oder schon fast im Boden, so praktisch und vernünftig ist sie.

„Gib mir fünf Minuten. Dann habe ich den Brief fertig."

Ich will heute auf keinen Fall alleine nach Hause fahren. Falls der Fremde in meiner Straße herumlungert. War er der Schatten von heute Morgen?

„Hallo Marthe", Frau Knesebeck steht mit einem Zettel in der Hand in ihrer Wohnungstür, „hier steht der Name von dem Bekannten deiner Großeltern." Sie sagt das geradezu herausfordernd.

„Vielen Dank. Warten Sie schon lange auf mich?" Ich nehme den Zettel entgegen. „Roland Calewski. Nie gehört."

„Du bist später dran als sonst. Ich habe einen Arzttermin."

Frau Knesebeck ist tatsächlich ausgehfertig, mit Jacke und Tasche, einem Hut in der Hand.

„Oh, tut mir leid. Sie hätten mir den Zettel später geben können."

„Erledigt ist erledigt." Energisch zieht sie ihre Wohnungstür zu und schließt ab. Sie wirkt etwas beleidigt. Ich hatte sie doch nicht gebeten, auf mich zu warten. Überhaupt, warum kennt sie meinen Tagesablauf besser als ich selbst? Ich will nicht so vorhersehbar sein.

„Tschüss Marthe." Ihre Miene und Stimme sind unterkühlt. Hat sie meine Gedanken gelesen? Hat meine Mimik mich verraten?

„Ich hoffe, es ist nichts Ernstes Frau Knesebeck?"

Sofort werden ihre Gesichtszüge weicher. „Keine Sorge Marthe. Bis später." Sie nickt mir zu und beginnt den Abstieg langsam, aber aufrecht, mit hoch erhobenem Kopf, bereit zum nächsten Gefecht.

3. Kapitel

Freitag, 02. September

Die Sonnenresidenz, Omas neues Zuhause, da bin ich. Das Gebäude und die Gegend sind schön, dennoch meldet sich mein schlechtes Gewissen. Ist Oma in dieses Ein-Zimmer-Appartement gezogen, weil ich eine Wohnung gesucht habe? Dachte sie, Christian würde bei mir einziehen, wenn sie auszieht? Jetzt habe ich mich von ihm getrennt ... sie braucht es noch nicht zu erfahren.

Ein Haus nur für Senioren das ist doch unnatürlich. Der Herr an der Rezeption beruhigt eine ältere Dame. Sie besteht auf ein Taxi zum Flughafen, fragt nach ihren Koffern.

Die Aufzugtür öffnet sich, auf in die vierte Etage.

„Marthe, wie schön dich zu sehen.“ Oma steht strahlend vor mir. Sie drückt mich an ihren vollen Busen, pure Geborgenheit.

„Oma, hattest du Angst, ich verlaufe mich auf dem Weg vom Aufzug zu deinem Appartement?“

Sie hakt sich unter. „Hm,“ schmunzelt sie, „so ganz abwegig ist das nicht, oder?“

Lachend führt sie mich zu ihrer Wohnung.

Oma hat sich ihr kleines Reich gemütlich eingerichtet. Ihr Schreibtisch steht am Fenster neben der Balkontür. An der Seite das grüne Sofa mit dem alten Sofatisch und der gewohnten Spitzendecke darauf. Die Küchennische ist praktisch und mit allem, was es braucht, ausgestattet. Auf dem Tischchen steht eine Kanne Tee und ein Teller mit Gebäck. Oberhalb des Sofas hängt das Bild, das auch in der Ossietzkystraße über ihm hing.

„Gefällt dir mein neues Zuhause?“ Oma präsentiert es stolz. Ein Stein fällt mir vom Herzen.

„Ja, es ist richtig gemütlich geworden. Beim letzten Mal wirkte alles noch so unpersönlich und fremd. Der Vorhang ist neu.“

Oma geht hin, zieht den cremefarbenen Stoff zur Seite. „Ich wollte nicht immer mein Bett sehen. Praktisch diese Nische, nicht wahr? Meine Lieblingsbücher gleich vom Bett aus griffbereit.“ Sie zeigt auf das Wandbord, auf dem sich bunte Buchrücken aneinanderreihen.

„Und morgens habe ich einen herrlichen Blick in die Bäume.“

„Sehr schön. Und auf das Bild aus deinem Schlafzimmer.“

„Ja“, sie lächelt. „Das Einzige, das Opa wirklich mochte. Ich liebe es auch. Das Paar sieht so glücklich aus. Es erinnert mich an die schönen Tanzabende mit Opa.“

„Hm. Wie romantisch. Opa hatte einen guten Geschmack.“

„Er mochte es, weil es so sinnlich ist.“ Oma sieht verträumt in die Ferne. In Gedanken sicher bei Opa.

Sie schüttelt kurz den Kopf. „Komm, lass uns Tee trinken. Der wird sonst kalt."

Es ist behaglich mit ihr zusammen zu sitzen. „Fühlst du dich wohl hier Oma? Du kannst jederzeit wieder in deine Wohnung zurückziehen, wenn das Appartement nicht das Richtige für dich ist."

Sie lächelt. „Mach dir nicht so viele Gedanken Kind. Das ist jetzt deine Wohnung. Sie ist perfekt für ein junges Paar."

„Ich, ... weißt du ...?" Sie muss es erfahren. Es kommt mir nicht über die Lippen.

Oma lehnt sich vor und greift nach meiner Hand. „Was ist?", fragt sie besorgt.

„Oma, Christian und ich haben uns getrennt."

„Herrjemine!" Sie tätschelt mich. „Das tut mir leid. Bist du sehr traurig? Hat er etwa eine andere?" Ihr erzürnter Gesichtsausdruck ist rührend.

„Ehrlich gesagt, es ist meine Schuld. Christian wollte unbedingt mit mir zusammenziehen. Ich konnte einfach nicht ja sagen. Ich habe ihn wirklich gern, nur ... seine Eifersucht, seine festen Pläne für Beruf und Familie ... ich hatte Angst nicht mehr atmen zu können, wenn er bei mir einzieht."

„Verstehe. Vielleicht ist er nicht der Richtige. Aber weißt du, ich hatte auch Zweifel, ob ich deinen Opa heiraten sollte. Er war immerhin zwanzig Jahre älter als ich. Ich musste all meinen Mut zusammennehmen und die Ängste zur Seite schieben, um ja zu sagen. Das wirst du irgendwann auch tun müssen, wenn du nicht allein bleiben willst. Ich habe meine Entscheidung nicht bereut. Nicht, dass es immer einfach war, mit diesem Dickkopf zusammenzuleben.“ Oma lacht.

„Opa und du, wie habt ihr euch kennengelernt?“, ich sollte sie nach dem Unbekannten fragen, aber sie spricht so selten von der Vergangenheit.

Oma lehnt sich zurück, ihr Blick wandert zu dem Bild, das über mir hängt.

„Das war 1958, ich hatte mit meinen Freundinnen einen Ausflug nach Berlin ins Ballhaus Naunynstraße gemacht. Es waren die letzten Jahre, in denen es noch als Tanzlokal betrieben wurde und vor dem Mauerbau. Tja,“, seufzt sie, „da war dieser nette Mann, der schüchtern von der Bar zu mir rüber sah. Meine Freundinnen merkten es und zogen mich damit auf, dass reifere Männer mich attraktiv fänden. Sie wetteten, ob ich mich traute, mich zu ihm an die Bar zu stellen.“ Oma kichert bei der Erinnerung. Eine Spur der jungen Frau von damals blitzt in dem Kichern auf. „Ich habe mich getraut und mich zu ihm an die Bar gestellt. Er hat einen Schreck bekommen als ich plötzlich direkt neben ihm stand. Ich glaube, er musste allen Mut zusammennehmen, um mich anzusprechen. Wir sind ins Gespräch gekommen. Er war so schüchtern und gleichzeitig charmant ...“, Oma lauscht in sich hinein, „so nahm die Geschichte ihren Lauf.“

„Eine schöne Geschichte. Übrigens war letzten Samstag ein Mann bei Frau Knesebeck, der nach dir fragte. Ein alter Bekannter von Opa hat ihn wohl geschickt.“

Oma sieht auf. „Ja, ja, er kam am Montag vorbei. Ein sehr netter junger Mann. Du solltest ihn kennenlernen.“ Sie lächelt verschmitzt.

„Oma, so schnell muss es nun auch nicht gehen. Wie sah er denn aus?“

„Aha“, ihre Augenbrauen ziehen sich hoch, „doch interessiert? Wie sah er aus ... sportlich, etwas größer als Christian, dunkle Haare und Augen.“

Mein Puls beschleunigt. Die Beschreibung passt zu dem Fremden am See. „Was wollte er von dir?“

„Wir haben uns über früher unterhalten.“ Oma wirkt auf einmal abweisend. Was ist mit ihr?

„Frau Knesebeck meinte, der Mann wollte dich von einem alten Freund grüßen, wie hieß der noch ...?“

„Calewski - Roland Calewski, ein Freund von Opa, von damals.“ Oma zuckt mit den Schultern. „Ich kannte ihn kaum, habe ihn nur ein paarmal gesehen. Er war mir nicht besonders sympathisch. Rolands Vater wollte Opa davon abhalten zu mir nach Potsdam zu ziehen, hielt das für Wahnsinn. Manchmal habe ich mich gefragt, wie es gewesen wäre, wenn wir in Westberlin gelebt hätten, nicht so viele Hoffnungen in den Sozialismus gesetzt hätten ...“ Oma verstummt nachdenklich.

„Und woher kannte Opa die Calewskis?“

„Calewski Senior war Opas Vorgesetzter, er war der Leiter des Statistischen Reichsamtes. Calewski hielt große Stücke auf Opa, der war schließlich ein begabter Statistiker.“

Hustend spucke ich den Tee in die Tasse zurück. Oma guckt halb besorgt, halb missbilligend.

„Entschuldige, ist in der falschen Röhre gelandet. Was sagst du, Statistisches Reichsamt? Opa wurde im Dritten Reich von einem hohen Tier protegiert? War Opa etwa ein überzeugter Nazi?“

Oma sieht mich nachsichtig an. „Natürlich nicht. Aber es war damals nicht leicht, eine Stelle zu bekommen, genug Geld zu verdienen, um seine Familie zu ernähren, ohne Mitgliedschaft in der Partei, fast unmöglich. Opa war frisch verheiratet mit Sieglind, seiner ersten Frau, hatte ein kleines Kind. Was glaubst du, warum Hitler damals so ein leichtes Spiel hatte? Die Menschen waren verzweifelt und arm.“

Oma klingt ungewohnt streng.

„Opa hat nur seine Arbeit als Statistiker gemacht.“

„Wie hat Calewski Opa protegiert?“

„Opa hat nicht gern über diese Zeit geredet. Calewski hat ihn bevorzugt befördert, ihm anspruchsvolle Arbeit gegeben. Das größte Projekt war die Volkszählung. ...“, Omas Blick flattert, „das war schlimm. Aber wenn Opa bei der Vorbereitung und Auswertung der Zählung nicht mitgearbeitet hätte, dann hätte die Arbeit jemand anders getan. Die Zählung war ja nicht seine Idee. Das habe ich ihm immer wieder gesagt. Dein Opa war ein guter Mann, Marthe."

Opa war an der Volkszählung der Nazis beteiligt ... Wurden die Ergebnisse zur Judenverfolgung benutzt? Mein Opa, der überzeugte und enttäuschte Sozialist, hat bei den Nazis mitgemacht. Mir ist flau im Magen.

„Hat Opa nach dem Krieg noch viel mit Calewskis zu tun gehabt?"

„Am Anfang schon. Opas erste Frau war ihnen sehr dankbar für die Unterstützung während des Kriegs. Calewski hatte Opa vor der Einberufung bewahrt, indem er seine Arbeit für das Reichsamt als unersetzlich erklärte. Nach der Scheidung von Opa und seiner ersten Frau wurden die Besuche seltener. Mit Opas Umzug zu mir nach Potsdam ist der Kontakt ganz eingeschlafen. So mein Schatz, genug der Familiengeschichte. Deine alte Oma wird müde.", beendet sie das Gespräch.

„Ach Omi, ich wollte dich nicht ermüden. Ich räume das Geschirr ab."

„Danke Schätzchen." Sie legt sich auf das Sofa.

Das Geschirr ist schnell gespült. Omas geliebte Wolldecke liegt gefaltet auf der Rückenlehne. Ich breite sie über Oma aus.

„Das ist lieb." Ihre weiche Hand greift nach mir.

Ich setze mich an die Sofakante.

„Oma, eine kurze Frage, es lässt mir einfach keine Ruhe. Was wollte dieser Mann denn jetzt, hat er gesagt, wie er heißt?“

„Meine Marthe, wenn du dir was in den Kopf gesetzt hast ... Lewinsky hieß er, wir haben uns nur ein wenig über Opa und die alten Zeiten unterhalten. Tschüss mein Schatz, grüß unsere Frau Knesebeck von mir.“

„Lewinsky?“

Oma gähnt. „Hm.“

„Tschüss Omi.“ Ich gebe ihr einen Kuss auf die Stirn. „Ich komme dich bald wieder besuchen.“

Oma öffnet kurz die Augen. „Das wäre schön.“

Sie wirkt verletzlich, wie sie da auf dem Sofa liegt.

Haben Lewinsky und Oma sich wirklich nur über alte Zeiten unterhalten? Warum sollte er sich für unsere Familiengeschichte interessieren? Das ergibt keinen Sinn. Verheimlicht mir Oma etwas? Ist der Mann ein Betrüger, der Senioren mit seinem Charme umgarnt?

Die Geschichte von Opa ist krass. Ich habe mir nie Gedanken über seine Rolle im Dritten Reich gemacht. Wie dumm und naiv, dass ich ihm nie Fragen gestellt habe. Oma verharmlost Opas Vergangenheit. Damit wird sie nicht allein sein, es ist schwer, mit der Schuld zu leben. Wie finde ich heraus, was Lewinsky von Oma will?

4. Kapitel

Samstag, 03. September

Das letzte Stück der Brandenburger zieht sich. Frances mit ihren Ideen. Tom um Hilfe bitten. Er wird mich für neurotisch halten, weil ich wegen Lewinsky besorgt bin. Wenn Frances doch mitgekommen wäre. Ich habe mit Tom bisher kein Wort gewechselt. Kaum ist er im Büro, verschwindet er im Serverraum, erledigt die Wartung und ist wieder weg. Sehr effizient. Frances ist da hemmungsloser, sie hat ihn bereits ein paarmal für ihre privaten Computerprobleme eingespannt.

Wo ist denn jetzt Toms Laden? Hätte ich mir die Hausnummer doch aufgeschrieben. Ende der Straße. Die roten Klinkersteine der St. Peter und Paul Kirche ragen in den Himmel. Auf dem benachbarten Bassinplatz herrscht reges Markttreiben. Ob der Tomatenstand mit seinen hundert Tomatensorten wieder da ist? Ein Bummel wäre schön ... später, es wäre dumm, Tom zu versetzen. Also zurück, wo ist sein Laden?

Da ist er ja. Kein Wunder, dass ich vorbeigelaufen bin, die Fenster von dem kleinen Ladengeschäft sind schmuddelig, das Schild Netzwerkdoktor kaum zu lesen. Die Tür löst ein Glockenspiel aus, bei den sanften Tönen würde ich einen esoterischen Steinladen erwarten, keinen Computerfuzzi.

Der Einzige, der mich zur Kenntnis nimmt, ist ein Hund. Er sieht lieb aus, aber ist er es auch oder sie ... über dem riesigen Bildschirm taucht ein Kopf auf. Toms dunkle Haare stehen zu Berge, elektrisiert wie immer.

„Hast es ja doch gefunden." Ein breites Grinsen füllt sein schmales Gesicht aus.

„Wieso? Bin ich zu spät?"

„Nein zu früh, aber du bist eben an meinem Laden vorbeigelaufen.", lacht Tom.

„Wie hast du das gesehen? Du bist doch gerade erst hinter deinem Riesenbildschirm aufgetaucht!!"

Der Hund gibt ein leises Knurren von sich. Ich weiche zurück.

„Still Perla", beruhigt Tom sie sanft, „keine Angst, Perla ist lieb. Sie reagiert nur sensibel auf Stress, praktisch, wenn man nervende Kunden loswerden will. Tritt ein, bring Glück herein." Er winkt mich zu sich. Perla legt sich wieder entspannt in ihrem Körbchen zurecht.

Tom dreht den Bildschirm zu mir, in einer Ecke sieht man das Abbild des Bürgersteigs vor seinem Laden. „Hier hab ich gesehen, wie du vorbeigelaufen bist.", erklärt er.

„Videokamera? Du beobachtest die Leute draußen?"

„Nur die, die an meinem Laden vorbeilaufen, kleine Sicherheitsvorkehrung.", erwidert Tom.

„Ist das denn legal?"

„Na ja, geht so.“ Er lächelt mich schräg an, irgendwie süß, gar nicht wie ein dröger Nerd.

„Wie kann ich dir helfen? Frances meinte, du hast ein Problem. Einen Stalker oder so ...“

„Es ist ein bisschen kompliziert.“

Tom reibt sich die Hände, „je komplizierter, desto besser. Holst du uns einen Kaffee bei Lola? Dann bin ich mit dem Auftrag fertig und bereit für deinen Fall.“

„Gerne, aber wer ist Lola?“

„Der Kaffeeladen gegenüber. Lola weiß, wie ich ihn mag.“ Tom winkt etwas fahrig Richtung Tür. Mit seinen Gedanken offenbar schon wieder ganz woanders. Perla beobachtet mich aus ihrem Korb heraus. Sie ist hübsch, ein Labrador oder Retriever, die Rassen verwechsle ich immer. Ihr helles Fell schimmert.

Schräg gegenüber prangt über den Fenstern ein großes Messingschild „Der Kaffeeladen“. Davor eine Schlange Wartender. Im Schaufenster hängen Kaffeepäckchen und bunte Kaffeebecher um eine große Kaffeemühle herum. Ein eigentümliches, farbenfrohes Mosaik. Ich reihe mich in die Warteschlange ein. Tom wird genug Zeit haben, um fertig zu werden.

Es ist viel los in der Straße, Samstagvormittag eben. Einige verlassen eilig den Markt mit ihren prall gefüllten Tüten. Andere halten ein Pläuschchen, einen Kaffeebecher in der Hand. Vor der Kirche sammeln sich Menschen, eine Messe am Samstag oder ein Konzert?

Moment, neben dem Lieferwagen, der Mann. Unsere Blicke kreuzen sich. Ist das der Typ vom See? Der Mann bückt sich. Wo ist er? Verschwunden. Wie eigenartig. Verfolgt er mich?

„Stehst du an oder wartest du auf jemanden?“ Meine Hinterfrau klingt ungehalten.

„Entschuldigung, ich dachte, ich hätte einen Bekannten gesehen.“ Ich schließe zum Vordermann auf, damit sich keiner dazwischen drängelt. Der Mann macht einen Schritt nach vorn, um wieder Abstand zu schaffen. Herrje, das Leben ist seit Corona komplizierter geworden. Zugegeben, ich reagiere seitdem auch irritiert, wenn mir Leute auf die Pelle rücken.

„Nächste bitte!“, die kräftige Stimme übertönt mit Leichtigkeit den Lärmpegel in dem Café. Sie passt zu der großen, imposanten Frau hinter der Theke.

„Einen Kaffee für Tom von gegenüber.“

Die Frau lacht breit, „ah, für unseren Computerfreak. Alles klar und für dich?“ Sie mustert mich unverhohlen. „Wie wäre es mit Lolas Spezial? Cappuccino mit Vanillearoma und Milch oder Hafermilch?“ Sie hält den Siebträger unter die Kaffeemühle.

Nicht leicht, den Lärm der Mühle zu übertönen. „Mit Hafermilch, bitte.“

„Das macht sechs-fuffzich. Grüße Tom, er soll endlich mal die Tassen wieder rüber wachsen lassen.“ Lola stellt zwei geblümte Porzellanbecher auf den Tresen.

„Mach ich. Stimmt so und danke."

Lola zwinkert mir zum Abschied zu, während sie die nächste Bestellung entgegennimmt.

Ein Blick zum Markt. Keine Spur von dem Typ.

Ich drücke die Türklinke von Toms Laden mit dem Ellbogen runter. Auf der Straße ist niemand Verdächtiges zu sehen. Perla beobachtet mich einäugig, wedelt leicht mit dem Schwanz.

„Bist du nervös?", tönt die Stimme hinter dem Bildschirm hervor. „Bin gleich fertig, setz dich aufs Sofa." Meine Antwort scheint ihn nicht zu interessieren.

Wenn ich mich seitlich setze, habe ich die Straße halbwegs im Blick. Eine dunkle Ecke wäre mir lieber, statt im Schaufenster auf dem Präsentierteller zu sitzen. Der Kaffee schmeckt köstlich.

„Fertig." Tom springt von seinem Stuhl auf und streckt sich. Seine Bewegungen sind schnell, elektrisch aufgeladen, als ob er eine Überspannung loswerden müsste. Er schiebt sich einen Hocker an die Holzkiste, auf der ich unseren Kaffee abgestellt habe. Tom steckt seine Nase in die Tasse, zieht den Duft genüsslich ein. „Schieß mal los, wer oder was ist dein Problem? Nach wem hast du auf der Straße Ausschau gehalten?"

„Ich wollte mich umsehen, ob dieser Typ an der Straßenecke steht oder ob das vorhin Einbildung war."

Tom lacht auf. „Da musst du wohl noch üben. Wirst du gestalkt?"

„Letztes Wochenende tauchte ein Fremder an meinem Lieblingsplatz im Park auf, er hatte sich angeschlichen. Ich bin tierisch erschrocken. Zum Glück kam mein Freund ..."

Tom schlürft an seinem Kaffee.

„Am selben Abend hat meine Nachbarin von einem Fremden erzählt, der nach meiner Oma fragte. Sie hat ihm Omas neue Adresse gegeben. Dieser Mann hat Oma am Montag besucht. Ihrer Beschreibung nach könnte er der Fremde vom See sein."

„Ich kapier das Problem nicht."

Ist meine Sorge übertrieben? Es war ein Fehler herzukommen.

„Schwer zu erklären, sorry, ich halte dich unnötig auf."

„Setz dich wieder. Ich will nur das Problem verstehen. Du bist nervös, warum?"

„Ich verstehe nicht, was der Typ von Oma will! Und von mir, falls er der Fremde vom See ist. Ich habe das Gefühl, er verfolgt mich."

„Haste deine Oma nicht ausgefragt?"

„Oma ist meinen Fragen ausgewichen. Nur seinen Namen hat sie verraten, Lewinsky. Er könnte ein Betrüger sein, der alte Leute ausnimmt. Wieso sollte ein früherer Bekannter von Opa diesen Mann zu Oma schicken? Ich erkenne den Sinn nicht."

„Wer ist dieser Bekannte?“

„Er heißt Roland Calewski.“

Mit einem Knall landet Toms Tasse auf der Kiste. Ist er sauer, dass ich seine Zeit vergeude?

„Ob deine Sorge berechtigt ist oder nicht, wirst du nur rausfinden, wenn du Lewinsky und Calewski befragst.“

„Das ist ja das Problem. Bei Lewinsky finden sich im Internet tausende Artikel über Monika Lewinsky, du weißt schon ...“

„Herrje, die olle Clinton-Affäre, Calewski müsste doch leichter zu finden sein.“ Tom ist mit zwei Schritten an seinem Computer, schwingt sich auf den wippenden Schreibtischstuhl.

„Ich habe einiges über Rolands Vater gefunden, aber nichts über ihn selbst.“

„Sehen wir mal, was uns die Zaubermaschine verrät.“ Toms Finger fliegen über die Tasten.

Der Bildschirm ist zweigeteilt. Auf der einen Hälfte startet er eine Google-Suche, auf der anderen blinkt ein Cursor auf dunklem Hintergrund.

„Ah, da haben wir’s. Wow, ist das Roland Calewskis Vater?“ Erstaunt sieht er zu mir hoch. Google-Ergebnisse zu Ernst Calewski reihen sich untereinander.

„Ist er.“ Mich fröstelt. Opa hatte Mitschuld an so viel Leid ...

„Was hatte dein Opa mit dem Typ zu tun? Hat der bei den Nazis ganz oben mitgespielt?“

„Calewski war Leiter des Statistischen Reichsamts und der Vorgesetzte von meinem Opa. Er hat Opa in den Kriegsjahren gefördert. Später ist der Kontakt abgebrochen. ... Es ist nicht zu begreifen, Opa, so eng verbunden mit einem Naziboss."

Toms Mund verzieht sich zu einem spöttischen Lächeln.

„Du hältst mich für naiv, oder?"

Er wiegt seinen Kopf. „Ganz normal. Menschliche Verdrängung. Hast du nie Filme über die fünfziger Jahre gesehen? Nach dem verlorenen Krieg gab es auf einmal kaum Nazis, angeblich wusste keiner von den Konzentrationslagern. Sich der Verantwortung stellen? Die meisten Kinder und Enkel haben die Verdrängung akzeptiert, das Tabu in der Familie respektiert, nicht von dieser Zeit zu sprechen. Du befindest dich in guter Gesellschaft mit deiner Verdrängung. Mal sehen, was wir über diesen Roland herausfinden."

Tom hat sich der anderen Hälfte des Bildschirms zugewandt. Er tippt rasend schnell.

Mit einem Seufzer lehnt er sich zurück.

„Mageres Ergebnis. Ist Kunstsammler und bei einer Kunststiftung im Vorstand, die sich die abendländische Kultur auf die Fahnen geschrieben hat. Hier Adresse und Telefonnummer, er wohnt Stubenrauchstraße 18 in 14482, warte, nice, eine Villa am Griebnitzsee. Ein reicher Schnösel."

Tom sitzt fünf Minuten am Rechner und hat die Adresse, nicht zu fassen!

„Ich habe gestern endlos im Netz gesucht, wie hast du das geschafft?"

Er legt seinen Zeigefinger auf die Lippen „Pst, Betriebsgeheimnis."

„Im Ernst?"

Tom nickt. „Mehr kann ich im Moment nicht für dich tun." Er kritzelt die Adresse auf einen Zettel, reicht ihn mir.

„Danke, hoffentlich erfahre ich von Calewski, was es mit Lewinsky auf sich hat."

„Quetsch ihn aus."

„Hätte nicht gedacht, dass Calewski in Potsdam wohnt. Oma meinte, Calewskis Vater versuchte Opa davon abzuhalten nach Potsdam zu ziehen."

„Die haben die Villa bestimmt nach der Wende zurückbekommen oder zum Spottpreis gekauft. Lass von dir hören, wenn du bei Calewski warst, ja? Ich frage mich, ob der ein oller Nazi ist, bei dem Vater. Ich bin überzeugt, die neue Rechte Bewegung ist so stark, weil viele Menschen nach dem Krieg keine Verantwortung für den Nazi-Terror übernommen haben. Die Spießer waren am schlimmsten, sie haben fleißig ‚Heil Hitler' gerufen und am Ende so getan, als seien sie die Opfer gewesen ... Sorry, ich rede dich in Grund und Boden, habe gerade Harro und Libertas gelesen. Viel Glück."

Er zwinkert, dabei zieht sich die linke Augenbraue hoch. Das schräge Mienenspiel ist komikerreif.

Perla folgt mir zur Tür, schnuppert an meiner Hand und drängt sich an mich.

„Perla liebt Kaffeegeruch. Ach, falls dieser Fremde nochmal auftaucht, dann melde dich. Fotografier ihn möglichst."

„Danke für deine Hilfe." Perlas Fell ist weich und warm. „Bringst du die Kaffeebecher zurück? Lola lässt dir ausrichten, dass du die angesammelten Tassen wieder ‚rüberwachsen lassen sollst'."

Toms Gesicht verdüstert sich. „Ach, die Tassen. Am besten sofort, sonst vergesse ich die wieder." Er seufzt schwer.

„Soll ich sie Lola bringen?"

Seine Gesichtszüge hellen sich auf. „Super, Moment." Tom sprintet durch den Raum, verschwindet hinter einem schmuddeligen Vorhang, Perla schmiegt sich weiter an mich.

Tom taucht mit einem Karton auf. „Hier sind se."

„Herrjemine, seit wann sammelst du die? Ziemlich schwer."

„Zu schwer?" Er kneift die Augen zusammen.

„Nein, nein. Nochmal Danke für deine Hilfe."

„Kein Thema. Perla, bleib hier." Er hält mir die Tür auf.

Perla stupst mich mit ihrer kalten Nase, bevor sie sich wieder auf ihr Kissen plumpsen lässt. Die Schlange vor Lolas Laden ist unverändert lang, entschuldigend drängle ich mich durch die Reihe in den Laden. Wohin mit der Kiste? Alle Tische sind besetzt.

„Nanu, wat haben wir denn da?“, dröhnt Lolas Stimme in meine Richtung.

„Die Tassen von Tom, wo soll ich die hinstellen?“

Lola ruft: „Fritze, nimm der Lady mal die Kiste ab und bring sie in die Küche.“

Der Fritze, ein kleiner stämmiger Mann mit freundlichem Gesicht, kommt hinter dem Tresen hervor und nimmt mir die Kiste ab.

„Schönen Dank hat der Sammler die Stücke doch wieder rausgerückt.“, kommentiert er.

„Viele Grüße von Tom. Tschüss.“

„Tschüssikowski.“ Fritze verschwindet in der Küche, Lola winkt mir zum Abschied.

Was mache ich jetzt mit diesem Calewski, ihn anrufen, vorbeifahren? Ich würde ihn gern treffen aber nicht allein. Ob Frances mitkommt?

Der Sonnenschein ist herrlich. Über den Markt schlendern, Tomaten einkaufen. Verdammt, ständig habe ich den Drang, mich umzusehen, dieses Gefühl beobachtet zu werden. Herrje, beruhige dich Marthe. Dieser Fremde wird schon nicht gefährlich sein. Mein Kopfkino interessiert das nicht, Hirngespinste von einem Überfall auf Oma, von dunklen Geheimnissen geistern durch meinen Kopf.

Schluss mit diesen Gedanken! Am besten kläre ich das sofort mit Calewski. Wo kann ich ungestört telefonieren? Unter den Buchen vorm russischen Militärfriedhof ist es ruhig und schattig.

Vielleicht kommt Frances mit.

„Hey? Störe ich?"

„Hallo Marthe, nein du störst nicht. Warte kurz, ich muss eben die Einkaufstüten reinbringen." Rascheln, Schritte und ein lautstarkes ‚Uff' in Begleitung von einem dumpfen Aufprall. Das waren dann wohl die Taschen.

„Bist du noch dran?" Frances klingt außer Atem.

„Ja. Ich war bei Tom."

„Super, was meint er zu der Sache?"

„Er hat die Adresse und Telefonnummer von Calewski, dem Bekannten von Opa herausgefunden."

„Prima. Über Lewinsky konnte Tom nichts herausfinden?" Im Hintergrund ertönt Klappern. Frances packt beim Telefonieren ihre Taschen aus, praktisch wie sie ist.

„Nein, leider nicht. Sag mal ... hättest du Lust, mit mir zusammen zu Calewski zu fahren?"

Zögerliches Räuspern. „Jetzt? Hast du uns angekündigt?"

„Nein, das wäre ein Überraschungsbesuch."

„Auf keinen Fall. Ruf ihn an, mach einen Termin, dann komme ich mit. Außer Montag und Mittwoch, da ..."

„Ist Yoga, weiß schon."

„Ich drück dir die Daumen. Wir sprechen uns. Ciao." Aufgelegt. Frances hat sich wieder ihren Einkäufen zugewandt.

Calewski anrufen. Wie fange ich das Gespräch an? ‚Hallo, ich bin die Enkelin von Friedrich Keller?'

Und wenn er nicht selbst ans Telefon geht? Es ist eine Festnetznummer. Marthe, es hilft nichts, Augen zu und durch. Eventualitäten ausmalen, erhöht nur die Hemmschwelle. Hier ist der Zettel. Toms Schrift ist winzig und krakelig.

Tief durchatmen. Es tutet.

„Calewski." Eine resolute Frauenstimme.

„Guten Tag Frau Calewski, mein Name ist Marthe Keller. Könnte ich, ..." Was sage ich jetzt?

„Ja bitte?"

„Könnte ich ihren Mann, ich meine Herrn Roland Calewski sprechen?"

„Worum geht es?" Sie klingt nach der Hüterin der Schwelle.

„Ich bin die Enkelin von Friedrich Keller. Mein Opa und Herr Calewski waren früher befreundet. Ähm ... es ist etwas kompliziert."

„Was wollen Sie von meinem Bruder?"

Wie peinlich, er ist ihr Bruder, nicht ihr Mann ...

„Ihr Bruder hat einen Herrn Lewinsky zu meiner Oma geschickt. Wir möchten wissen, wer dieser Mann ist und warum ihr Bruder ihm unsere Adresse gegeben hat."

„Darum geht's." Frau Calewskis Unwille ist deutlich spürbar. „Fragen Sie diesen Lewinsky selbst."

„Ich kenne seine Telefonnummer nicht. Geben Sie mir doch bitte Ihren Bruder." Die Tante nervt.

„Wie kommen Sie überhaupt zu unserer Telefonnummer?" Ihre Stimme ist scharf. In mir zieht sich alles zusammen.

„Ich ..."

„Kriemhild!" Die Stimme im Hintergrund bewahrt mich vor einer Erklärung. „Ist der Anruf für mich?"

„Einen Moment Roland", erwidert Frau Calewski. Laute Schritte, klingt nach Stöckelschuhen auf Parkett. Undeutliches Gemurmel.

„Hallo?", erklingt eine heisere Männerstimme.

„Guten Tag Herr Calewski, ich bin Marthe Keller."

„Guten Tag. Meine Schwester hat mir von Ihrem Anliegen berichtet. Es tut mir leid, falls Sie Scherereien wegen Herrn Lewinsky haben.", entschuldigt er sich.

„Ich würde gern wissen, was für Absichten Lewinsky verfolgt. Könnten Sie mir Informationen über ihn geben? Bei einem persönlichen Treffen?" Bitte sag ja. Es wäre spannend, einem alten Bekannten von Opa zu begegnen.

Schweigen.

„Na ja, ich weiß nicht, wie ich Ihnen da weiterhelfen könnte.“, antwortet er zögerlich.

„Bitte. Meine Oma ist sehr beunruhigt.“ Nimmt er mir das ab?

„Nun gut. Rentner haben zwar bekanntlich nie Zeit. Aber ich könnte den Dienstagnachmittag einrichten. Gegen 16 Uhr.“

„Wunderbar. Wäre auch eine Stunde später möglich? Ich arbeite bis 16 Uhr.“

„In Ordnung. Kommen Sie um 17 Uhr. Dass ich einmal Friedrichs Enkelin kennenlernen würde, wer hätte das gedacht ... Haben Sie denn meine Adresse?“, fragt Calewski.

„Nein, die bräuchte ich.“ Hoffentlich hakt er nicht nach, woher ich seine Telefonnummer habe.

„Die Adresse ist Stubenrauchstraße 18, direkt am Griebnitzsee. “

Calewski ist zum Glück nicht so misstrauisch wie seine Schwester.

„Vielen Dank Herr Calewski. Eine Frage, wäre es in Ordnung, wenn meine Freundin mitkäme?“

„Eine Anstandsdame?“ Ein kurzes Auflachen. „Von mir aus auch mit Freundin.“

„Vielen Dank, bis Dienstag.“

„Es ist mir eine Ehre.“, erwidert er und legt auf.

Puh, geschafft.

Seine Schwester ist ja echt eine Nummer. Mit ihr ist nicht gut Kirschen essen.

Eine Nachricht an Frances, fertig. Jetzt habe ich mir ein leckeres Eis verdient und eine große Tüte bunte Tomaten. Calewski ... was für ein Mensch ist er? Hoffentlich kein Alt-Nazi. Opas Vergangenheit ... will ich sie wirklich kennen?

5. Kapitel

Dienstag, 06. September

Fünfzehn Uhr und die Vorlage für den Kondolenzbrief ist immer noch nicht fertig. Mir fällt kein passender Text ein. Meine Gedanken schwirren um den bevorstehenden Besuch bei Calewski.

„Frances, kannst du mir kurz helfen? Ich komme nicht weiter."

„Hm. Moment." Ihre Finger huschen emsig über die Tastatur. „So, jetzt. Du brauchst Hilfe?" Sie sieht verwundert auf. Normalerweise fragt sie mich nach Formulierungen.

„Ich schaffe es nicht, aus den Vorgaben einen Text zu bauen."

Frances neigt ihren Kopf zur Seite. „Du siehst müde aus. Beunruhigt dich dieser mysteriöse Mann vom See? Hast du ihn nochmal gesehen?"

„Ich bin nicht sicher. Letzte Nacht dachte ich, jemand würde an meiner Wohnungstür rummachen. Ich habe nachgesehen. Nichts. Meine Nerven liegen blank."

„Du solltest die Polizei informieren." Frances sieht besorgt aus.

„Wenn wir bei Calewski waren, sehen wir weiter."

„Zeig mal den Brief." Frances rollt mit ihrem Bürostuhl neben mich.

„Markus Muntesius, witziger Name. Hmm, deinen Anfang finde ich gut. Aus den Infos kannst du nicht viel rausholen. Schreib eine Lobeshymne, die halbwegs glaubwürdig klingt. Und ende mit dem tiefen Schmerz, einen so perfekten Mann verloren zu haben."

„Mensch Frances, dieser Zynismus, wie pietätlos."

Frances gluckst. „Ups, ... Los, bring deine Lobeshymne zu Papier, damit wir pünktlich loskommen."

„Ich versuche es. Man kann eben nichts rausholen, wo nichts rauszuholen ist."

Frances klopft auf meinen Rücken. „Bingo."

„Fertig." Genau rechtzeitig, in einer Viertelstunde müssen wir los. Speichern und Drucken. Hoffentlich hat Breitenbrunner keine Änderungswünsche.

„Immer herein." Die Antwort auf mein Klopfen kam prompt. Unser Chef sieht mir erwartungsvoll entgegen. „Ah, die Frau Keller."

„Ich habe das Kondolenzschreiben fertig. Bitte sehr."

„Sehr gut. Das sind die schwierigsten Briefe. Ich lese ihn gleich in Ruhe durch."

„Herr Breitenbrunner, ich muss heute pünktlich los. Ich habe um 17 Uhr einen Termin. Falls Sie Änderungswünsche haben, kann ich die erst morgen früh einarbeiten." Klingt fast wie eine Entschuldigung.

„Wie ungünstig. Der Brief soll heute raus, er ist ein Auftrag von einem unserer Stammkunden."

„Nun gut", Breitenbrunner unterstreicht seinen Unmut mit einem tiefen Seufzer, „nicht zu ändern. Schicken Sie mir den Pfad des Ordners, in dem Sie den Brief abgespeichert haben."

„Notfalls, wenn es ein Problem gibt, mailen Sie mir Ihre Änderungswünsche. Dann überarbeite ich den Brief zu Hause."

„Danke", er nickt zufrieden, „es ist ein wichtiger Brief, er liegt Herrn Elwert sehr am Herzen. Einen schönen Nachmittag wünsche ich." Breitenbrunner vertieft sich wieder in seinen Papierkram.

Frances Schreibtisch ist aufgeräumt, der Computer ausgeschaltet. Sie steht bereit, unsere Jacken überm Arm.

„Moment - bin sofort fertig. Ich schicke dem Chef kurz den Pfad für die Datei."

So erledigt, eine kommentarlose Nachricht ist ausreichend. Computer aus und los. Den Papierkram räume ich morgen weg.

„War der Chef zufrieden?"

„Er hat den Brief noch nicht gelesen. Wenn er was zu meckern hat, ändere ich das heute Abend."

„Nee, oder? Hat er es wieder geschafft."

„Wieso denn? Ich hatte jetzt keine Zeit mehr und der Brief ist ihm wichtig."

„Der Chef kriegt dich immer mit der Nummer – ach, es ist ja so wichtig – diese ewige Mitleidsnummer."

Sie schüttelt unwillig den Kopf.

„Hast ja recht. Ich falle zu oft drauf rein. Dumm von mir."

„Na, na, so dramatisch ist es auch wieder nicht. Schwamm drüber. Wir haben einen wichtigen Besuch vor uns. Hast du dir Fragen überlegt?"

„Wer Lewinsky ist, was er von Oma will und wieso Calewski ihm unsere Adresse gegeben hat. Fällt dir noch was ein?"

Frances lässt ihr Fahrradschloss aufschnappen, packt es in den vorderen Korb. „Es wäre spannend, mehr von deinem Opa und seiner Beziehung zu Calewskis zu erfahren."

„Über seine Nazivergangenheit? Ob Calewski darüber sprechen wird? Meinst du, ich sollte ihm etwas mitbringen, ein Dankeschön, dass er uns beide empfängt? Eine kleine Bestechung. Vielleicht stimmt sie ihn redefreudiger."

„Gute Idee, ich weiß schon was. Wir fahren über die Gutenbergstraße. Komm."

Sie packt das Rad, um die Schopenhauer zu überqueren.

Wir brauchen eine knappe halbe Stunde bis zu Calewski, da bleibt kaum extra Zeit.

Frances gibt ein Handzeichen. „Hier ist es."

„Ein Teeladen? Meinst du, das ist das Richtige?"

„Es ist ein ganz besonderer Teeladen. Da finden wir auch was Leckeres zum Mitnehmen. Ich habe Hunger.“ Frances ist nicht aufzuhalten, sie öffnet die Ladentür. Ein würziges Duftgemisch empfängt uns. Mit dem Schließen der Tür verstummen die Straßengeräusche. Auf dunklen Holzregalen sind Vasen, Teeservices und Teedosen ausgestellt. An zwei kleinen Tischen sitzen Gäste, genießen entspannt ihren Tee mit Sandwich-Ecken und Scones. Hm, ... lecker. Ich würde am liebsten hier bleiben und einen englischen High-Noon Tea zelebrieren.

„Hello, womit darf ich dienen?“, fragt eine weiche Stimme. Eine ältere Dame betritt den Raum durch einen Perlenvorhang. Sie sieht uns freundlich an.

Frances tritt an den Tresen. „Guten Tag, wir möchten gerne einen Tee kaufen, ein Mitbringsel.“

„Ah, wonderful idea, für wen soll der Tee sein?“ Die Frau erinnert mich in ihrer Vornehmheit an Queen Elizabeth. Doch statt einer Aura von Unnahbarkeit strahlt sie Warmherzigkeit aus.

„Für einen Bekannten meiner Oma.“

Sie lächelt mich an. „Liebt er es eher rustikal oder gediegen?“

„Gediegen.“, platzt Frances heraus.

„Dann empfehle ich unseren Earl Grey des Hauses ein exquisiter Darjeeling mit edlem Bergamottöl verfeinert. Sicher das Richtige für den Herrn.“ Die Dame holt ein Porzellangefäß aus dem Regal.

In diesem Laden gibt es nicht die üblichen Blechdosen. Sie öffnet das Gefäß. Sofort dringt ein erfrischender zitroniger Duft in meine Nase. Herrlich.

„Wünschen Sie hundert Gramm?"

„Ja, bitte."

„Ich lege Ihnen ein Tütchen von unserem Teegebäck dazu. Mit bester Empfehlung an den Herrn.", lacht die Dame schelmisch. „Das macht zehn Euro fünfzig."

Stolzer Preis für eine kleine Tüte Tee. Mein Magen knurrt.

„Wir bräuchten unbedingt etwas Wegzehrung. Haben Sie Sandwiches zum Mitnehmen? Wir haben es leider eilig."

„Aber natürlich. Wir haben Gurkensandwiches, Scones Plain und Scones mit Heidelbeere.", antwortet sie freundlich.

„Was meinst du Frances?"

„Für jeden ein Natur- und ein Heidelbeer-Scone, einverstanden?" Frances ist hibbelig. Wir müssen uns beeilen, um pünktlich zu kommen.

„Einverstanden."

Mit flinken Fingern packt die Dame die Scones ein. „Das sind dann zweiundzwanzig Euro fünfzig."

„Stimmt so. Danke." Wir nehmen die Tütchen und eilen raus.

„Warum hast du mir den Laden nicht schon früher gezeigt. Er ist entzückend!"

Frances lächelt. „Ja, nicht wahr? Ich habe ihn erst kürzlich entdeckt. Gib mir ein Scone."

Frances schnappt ihn sich gierig, beißt genussvoll hinein. Die riechen wirklich köstlich. Außen etwas kross, innen fluffig, ein leichtes Vanillearoma. Den Laden werde ich bald wieder besuchen.

Zufrieden kauend schwingen wir uns auf die Räder.

Endlich, die Stubenrauchstraße. Es ist kurz vor fünf. Für das zweite Scone bleibt keine Zeit mehr. Frances verlangsamt und deutet auf ein altrosafarbenes Haus. „Das ist es. Hübsche Villa. Wenn ich hier wohnen würde, würde ich jeden Morgen in den See hüpfen."

„Wo schließen wir die Räder an?"

„Die stellen wir im Garten ab.", beschließt Frances.

„Ich bin gespannt, wie der Calewski so ist. Soll ich klingeln?"

Frances sieht mich feixend an. „Was denn sonst, willste über den Zaun klettern?"

„Ha, ha, mach dich nur lustig. Ich bin nervös. Hoffentlich öffnet seine Schwester nicht."

Kaum habe ich geklingelt, ertönt eine Stimme durch die Sprechanlage, „Wer da?"

Eine Männerstimme, zum Glück.

„Marthe Keller!" Das war laut und deutlich, selbst ein Schwerhöriger hätte mich verstanden. Der Summer brummt.

An der Tür erwartet uns ein ernst aussehender Mann im Anzug. Zu jung, um Herr Calewski zu sein. Er mustert uns mit neutralem Gesichtsausdruck.

„Stellen Sie Ihre Fahrräder bitte rechts neben der Treppe ab." Unter seinem strengen Blick schieben wir die Räder auf den angewiesenen Platz.

„Treten Sie bitte ein. Sie werden erwartet."

Wir folgen ihm über knarzendes Parkett. Das Haus riecht nach Leben und Geschichten. Was für ein Traum, hier zu wohnen. Wir durchqueren ein großes Wohnzimmer mit Fischgrätenparkettboden, an den Wänden prangen Gemälde. Die helle Sofagruppe steht auf einem blumigen Perserteppich. Die bogenförmigen Fenster geben den Blick auf üppige Rosenbüsche frei.

Ein eleganter weißhaariger Herr kommt durch die weit offenstehenden Terrassentüren auf uns zu. Ein breites Lächeln in seinem weichen Gesicht.

„Willkommen." Seine blauen Augen wandern von mir zu Frances und zurück. „Sind Sie Fräulein Keller?", fragt er.

„Das bin ich. Vielen Dank, dass wir kommen durften. Meine Freundin Frances Simoni."

Er neigt seinen Kopf in Frances Richtung.

„Sehr erfreut. Calewski. Aber das wissen Sie ja bereits."

Er macht eine einladende Geste auf die Terrasse. „Darf ich vorstellen, meine Schwester Kriemhild Calewski."

Kriemhild Calewski steht hinter dem gedeckten Tisch, sie sieht genauso unsympathisch und unnahbar aus, wie sie am Telefon geklungen hat. Ausgesprochen elegant, in einem Kostüm, das ihre schlanke Figur betont, eine dicke goldene Halskette bedeckt das faltige Dekolletee. Dank ihrer Stöckelschuhe erreicht sie fast die Größe ihres Bruders.

Frau Calewski lächelt verkniffen. „Freut mich, Sie kennenzulernen."

Freude kann man bei ihr nicht erkennen, im Gegenteil.

Herr Calewski überspielt ihre Kälte mit einem Lachen. „Bitte, nehmen Sie Platz. Ich habe nicht erwartet, einmal Friedrichs Enkelin bei uns begrüßen zu dürfen. Friedrich hat so oft hier auf der Terrasse gesessen, nicht wahr Kriemhild?"

Sie verharrt steif an ihrem Platz. „Ich war zu jung. Wir sind doch schon Zweiundfünfzig an den Wannsee gezogen.", antwortet sie kühl.

„Ja, natürlich.", Calewski mimt weiter den gutgelaunten Gastgeber. „Setzen Sie sich doch, beim Tee unterhält es sich entspannter."

„Opa hat auf dieser Terrasse gesessen?"

Calewski sieht wehmütig aus. „Ja. Er und Vater waren sich eng verbunden. Wann habe ich Friedrich das letzte Mal gesehen ... Mitte der 60er Jahre? Ich war Anfang zwanzig." Sein Blick schweift ab.

„Roland!"

Calewski zuckt leicht zusammen. „Wo war ich ... das Leben hat uns leider voneinander getrennt. Meine Familie ist von Westberlin nach Potsdam gezogen, Friedrich in die umgekehrte Richtung. Tja, die Liebe.“

Frances stupst mich an, was will sie? Richtig, der Tee.

„Herr Calewski, Frau Calewski, vielen Dank, dass Sie sich die Zeit nehmen, wir haben Ihnen ein kleines Dankeschön mitgebracht.“ Ich reiche Herrn Calewski die beiden Päckchen.

„Wie aufmerksam, herzlichen Dank. Earl Grey, mein Lieblingstee und Gebäck. Schau wie nett Kriemhild.“ Er präsentiert ihr die Tütchen.

Frau Calewski schiebt seinen Arm unwirsch zur Seite. „Kommen wir zum Anlass des Treffens.“ Sie sieht ihren Bruder auffordernd an.

Er übernimmt es, uns Tee einzuschenken, seine Hand zittert leicht. Der Dienstbote ist verschwunden.

„Warum wollten Sie meinen Bruder treffen?“ Frau Calewski beäugt mich kritisch. Was hat sie nur?

„Es geht um diesen Lewinsky.“

„Was ist mit ihm?“, setzt sie ungeduldig nach.

Die Frau verunsichert mich. „Er ist ...“

Frances nickt mir aufmunternd zu.

„Herr Lewinsky belästigt meine Großmutter und mich.“ Die Behauptung ist etwas dick aufgetragen.

Calewski verschluckt sich am Tee. Hustend sucht er nach Fassung. „Wie bitte?“, presst er hervor.

Seine Schwester runzelt die Stirn.

„Ich wusste, dass es ein Fehler war, diesem Mann die Adresse von den Kellers zu geben!“, giftet sie ihren Bruder an.

Dieser sieht verunsichert drein. „Es tut mir leid, ich wollte nur behilflich sein.“, entschuldigt er sich.

Frau Calewski schüttelt verärgert den Kopf.

Ich konzentriere mich besser auf ihn. „Wobei denn behilflich?“

„Herr Lewinsky kam zu uns, weil er auf der Suche nach einem Gemälde ist.“

„Ein Kunstjäger, im schlimmsten Fall, ein Kunsträuber!“, wirft seine Schwester ein.

„Gemälde? Kunstjäger? Räuber?“ Ich verstehe nichts.

Calewski wirft seiner Schwester einen kurzen Blick zu. „Herr Lewinsky ist ein Kunstsachverständiger, der für eine New Yorker Anwaltskanzlei arbeitet. Die Kanzlei sucht im Auftrag von Klienten nach Gemälden, die unter Nazi-Raubkunst fallen.“

„Raubkunst?“, wiederholt Frances entgeistert.

„Kunstwerke, die im Dritten Reich entweder enteignet oder verfolgungsbedingt unter Wert verkauft werden mussten, werden als Raubkunst bezeichnet. Im Beamtenjargon nennt sich das, NS-verfolgungsbedingt entzogenes Kulturgut.“, erläutert er.

„Was haben Marthe und ihre Familie mit Raubkunst zu tun?“

„Lassen Sie mich das erklären.“, beschwichtigt unser Gastgeber. „Herr Lewinsky sucht ein Werk, das eine jüdische Familie Anfang der 40er Jahre versteigern musste, um ihre Fluchtsteuer aufbringen zu können.“

„Angeblich! Wie konntest du diesem Menschen nur vertrauen, dich einwickeln lassen? Kunstsachverständiger ... Ts!“, schnaubt Frau Calewski

„Ich verstehe den Zusammenhang nicht.“, bohrt Frances nach.

Herr Calewski starrt in seinen Tee.

„Mein Vater hat Friedrich, ihren Großvater, sehr gern gehabt, Fräulein Keller. Friedrich gehörte quasi zur Familie. Vater wollte ihm, seiner jungen Familie, ein gutes Auskommen sichern. Deswegen hat er Friedrich geraten, in Kunst zu investieren. In den Kriegsjahren gab es wahre Schnäppchen.“ Er sieht geradezu wehmütig aus. „Vater und Friedrich sind gemeinsam auf Auktionen gegangen. Friedrich hatte keine Ahnung von Kunst, Vater hat ihn beraten und ihm bei der Finanzierung unter die Arme gegriffen ...“, seufzend nimmt er einen Schluck Tee.

„Ich habe für Herrn Lewinsky in den Aufzeichnungen unseres Vaters nachgesehen. Das gesuchte Gemälde hatte er für Friedrich ersteigert. Ein unglaubliches Schnäppchen. Ob Friedrich es verkauft hat oder ob Ihre Großmutter es noch besitzt, entzieht sich natürlich meiner Kenntnis.“

In meinem Kopf schwirrt ein ganzer Bienenschwarm, das kann nicht sein Ernst sein.

„Nehmen Sie sich in Acht vor diesem Menschen, diesem Lewinsky.“ Frau Calewski fixiert mich. „Ich glaube keine Sekunde, dass er für eine Kanzlei arbeitet! Der Mann will sich wertvolle Kunst unter den Nagel reißen, mit angeblichen Ansprüchen einer Familie. Hofft einer senilen Dame, ein Gemälde abzuschwatzen. Restitution, dass ich nicht lache! Wenn Ihre Großmutter sich weigert, ihm das Gemälde zu überlassen, wer weiß, ob er dann nicht zu anderen Mitteln greift.“

Sie hat es geschafft, meine Sorgen zu schüren. „Restitution als Vorwand ... Sie meinen Lewinsky wird das Bild stehlen?“

Herr Calewski beugt sich zu mir. „Ich denke nicht, dass Sie sich zu beunruhigen brauchen. Herr Lewinsky wirkte seriös.“

Seine Schwester klopft erbost auf den Tisch. „Roland, sei nicht so naiv!“ Ihre Stimme ist schrill. „Du hättest diesen Mann sofort abweisen müssen!“

Seine Unterlippe zittert leicht. „Ich hätte nicht gedacht, dass Frau Keller noch dort wohnt. Ich gebe zu, Herr Lewinsky hat mich überrumpelt. Ich werde den Mann anzeigen, mich darum kümmern, dass er Sie in Ruhe lässt.“

„Ach, und was willst du der Polizei sagen? Nein.“ Frau Calewski steht auf.

„Am besten, Ihre Großmutter lagert das Gemälde in einem Tresor ein, bis dieser Lewinsky aufgegeben hat." Sie marschiert Richtung Terrassentür, die ‚Audienz' ist beendet.

Ich hätte gern mehr über Opas Vergangenheit erfahren. Lewinsky, ist er ein Betrüger oder vertritt er legitime Ansprüche?

„Herr Calewski, haben Sie die Kontaktdaten von Lewinsky, den Namen der Kanzlei, für die er arbeitet, ..."

„Natürlich nicht!", wirft Frau Calewski verärgert dazwischen.

Herr Calewski räuspert sich: „Nun doch. Er hat mir seine Visitenkarte gegeben. Moment."

Eilfertig verschwindet er im Haus, ignoriert den säuerlichen Ausdruck seiner Schwester.

Wir folgen ihm ins Wohnzimmer. Frances bleibt vor einem Gemälde stehen, bewundert das tänzerisch-schwungvolle Motiv. Ein Matisse, einer der wenigen Maler, die ich erkenne. Frances wendet sich an Frau Calewski.

„Dieses Bild ist wunderschön."

„Meinem Bruder gefällt es auch. Ich persönlich bevorzuge Albrecht Dürer, er ist schlicht der Inbegriff für die Leistung deutscher Künstler."

Ihrem Gesichtsausdruck zu Folge verabscheut sie Matisse.

Frances sieht betreten aus. „Sie kennen sich in der Kunst natürlich viel besser aus.“, erwidert sie diplomatisch.

Die Stimmung ist beklemmend.

Calewski läuft für sein Alter erstaunlich schwungvoll die Treppe runter. „Bitte.“ Er reicht mir einen Briefumschlag, das Papier fühlt sich edel an.

„Ich habe mich sehr gefreut, Sie kennenzulernen. Bitte grüßen Sie ihre Großmutter von mir Fräulein Keller.“ Er begleitet uns zur Haustür. Seine Schwester bleibt zurück.

„Es hat mich gefreut. Vielen Dank, dass Sie uns empfangen haben. Auf Wiedersehen.“

Wir nehmen unsere Räder und eilen zur Gartentür. Endlich wieder frei atmen.

„Fräulein Marthe“, Frances grinst, „wie hat Ihnen der Besuch gefallen. Möchten Sie bei dem herzallerliebsten Geschwisterpaar einziehen?“

„Um nichts in der Welt. So schön das Haus ist, die Schwester ist eine echte Schreckschraube, er ist altertümlich, aber nett. - ‚Mir gefällt nur Dürer‘“, äffe ich Frau Calewski nach. „Matisse ist ihr sicher zu lebendig. Ein Wunder, dass sie das Bild nicht längst abgehängt und verbrannt hat.“

„Mann, was für ein Besuch. Ich verstehe, warum du nicht allein hingehen wolltest. Das war eine gute Intuition.“ Frances schüttelt den Kopf. „Schade, dass sie nicht mehr von deinem Opa erzählt haben. Hattest du auch das Gefühl, der Calewski gefiel es nicht, als ich anfing, mir die Gemälde näher anzusehen?“

„Sie wollte uns so schnell wie möglich loswerden. Als ob sie etwas zu verbergen hätte.“

Der Besuch hat meine mulmigen Gefühle wegen Lewinsky eher verstärkt. Frances radelt still neben mir. „Was denkst du?“

Sie verlangsamt. „Kennst du dich mit Raubkunst aus? Wenn dein Opa das Gemälde auf einer Auktion erworben hat, kann es sich dann trotzdem um Raubkunst handeln ...? Und Lewinsky. Wer liegt richtig mit seiner Einschätzung Frau Calewski oder ihr Bruder?“

„Es ist vertrackt. Ich Idiotin habe ganz vergessen zu fragen, um welches Bild es geht.“

„Stimmt. Das wirst du von Lewinsky erfahren. Komm, wir halten auf der Freundschaftsinsel, dann rufst du ihn sofort an. Calewski hat dir doch seine Nummer aufgeschrieben, oder?“

„Ich hoffe.“

Frances macht Tempo. Zügig fahren wir die Breitscheidstraße entlang. Heute verzichten wir auf unsere Schleichwege über die Nebenstraßen. Mir ist flau im Magen vor Sorge um Oma.

Auf der Freundschaftsinsel sind einige Spaziergänger und Radfahrer unterwegs. Bei den Bänken am Weg hat man keine Ruhe zum Telefonieren. Also weiter bis zum Ende der Insel.

Die Wiese ist frei, bis auf ein paar Gänse, die uns misstrauisch beäugen. Sie sind mir nicht minder suspekt. Die Tiere können ziemlich aggressiv werden. Wir haben nichts zu essen dabei, also lassen sie uns hoffentlich in Ruhe.

Frances kaut angespannt auf ihren Lippen.

Calewskis Briefumschlag verströmt den Duft eines süßlichen Aftershaves. Er hat eine schwungvolle Schrift.

Liebes Fräulein Keller, wenn ich Ihnen wegen Herrn Lewinsky oder dem Gemälde Ihrer Großmutter weiterhelfen kann, melden Sie sich bitte bei mir. Anbei meine Mobilfunknummer und der Kontakt von Herrn Lewinsky.

Grüßen Sie Ihre Großmutter von mir.

Mit besten Wünschen

Ihr Roland Calewski

„Immerhin kann ich ihn jetzt kontaktieren, ohne dass seine Xanthippe von Schwester etwas mitbekommt."

Frances lacht. „Eine echte Schreckschraube, aber vielleicht hat sie ein bisschen recht mit Lewinsky."

„Das werden wir herausfinden. Was sage ich Lewinsky?"

„Vereinbare ein Treffen, bloß nichts am Telefon klären."

„Guter Plan. Am Bassinplatz? Vielleicht könnte Tom dazu kommen und gleich recherchieren, ob Lewinsky uns Mist erzählt. Er ist echt fit darin."

„Hab ich dir doch gleich gesagt. Bei mir ginge Donnerstag."

„Also los." Mein Herz klopft bis zum Hals.

„Hello?"

„Hallo, sind Sie Herr Lewinsky?"

„Ja. Wer ist da?"

„Marthe Keller."

Stille. Ist er überrascht?

„Oh, ... woher ... ich bin froh, dass du anrufst. ..."

Was fällt dem ein? Froh ist er ... „Warum belästigen Sie meine Oma und mich?"

Räuspern. „Das kann ich erklären."

Er hat nicht abgestritten, mich zu belästigen, also ist er der Typ von der Weide? „Wir sollten uns treffen."

„Einverstanden, am Jungfernsee?"

„Nein!"

„Wo dann ..."

„Am Bassinplatz. Vor der Kirche. Donnerstag."

„Um fünf", raunt Frances.

„Siebzehn Uhr."

„Ich werde da sein.", verspricht er.

„Bis dann." Aufgelegt. Geschafft.

Frances grinst.

„Gut gemacht. Ich habe Hunger, wollen wir zu Peter Pane, einen Burger holen?“

„Super Idee.“

Puh, der zweite Treppenabsatz und ich bin völlig außer Atem. Ein Sprint bis oben undenkbar. Es wird Zeit, mich beim Fitnessstudio anzumelden! Tja die lieben guten Vorsätze. Nach der ganzen Aufregung brauche ich einen Entspannungstee auf meinem Lieblingssessel. Für Darjeeling ist es zu spät, ein Rooibos-Vanille ist auch nicht schlecht.

Mit einer dampfenden Tasse Tee in den Sessel kuscheln, herrlich, Geborgenheit pur. Der große Ohrensessel vom Trödelmarkt, mein erstes Schnäppchen als alleinige Herrin der Wohnung. Der leichte Geruch nach Mottenkugeln wird sich schon verflüchtigen.

Das verblichene Rechteck auf der Tapete, da hing Omas Gemälde. Geht es Lewinsky um dieses oder um das aus dem Schlafzimmer? Wurde das Bild tatsächlich von einer jüdischen Familie verkauft, um aus Deutschland fliehen zu können, oder wurden sie enteignet? Ein schreckliches Schicksal. Ich habe nie auf die Bilder geachtet, sie gehörten schlicht zur Einrichtung. Ob sie wertvoll sind? Ausgerechnet Opa war auf Kunstauktionen? Dabei hat er Museen gemieden, hat Oma damals glatt ins Gesicht gelogen, um einem Besuch in der Alten Nationalgalerie zu entgehen. Behauptete, er hätte mir einen Zoobesuch versprochen. Es war ein herrlicher Nachmittag, wie alt war ich? Sechs?

Was war das für eine Auktion, auf der Opa das Gemälde ersteigert hat?

Tom, ich muss ihm von dem Treffen mit Lewinsky erzählen.

„Tom?“ Ein Knistern dringt an mein Ohr.

„Hallo?“ Die Stimme klingt verzerrt.

„Hier ist Marthe. Ich verstehe dich kaum.“ Was macht der nur mit seinem Handy?

„Scheiße ...“ Welch eine nette Begrüßung ... Wieder Knistern und Rauschen.

„Marthe, hörst du mich?“

„Jetzt ja, telefonierst du unter der Dusche?“

„Entschuldige, habe nur eine Software ausprobiert. Die sollte meine Stimme verfremden und Hintergrundgeräusche vom Hauptbahnhof darunterlegen. Warum hat das nicht funktioniert?“ Tom klingt absorbiert von seinem Tüftlerproblem.

„Tom, kannst du kurz zuhören?“

„Bin ganz Ohr.“, erwidert er.

„Ich war mit Frances bei Calewskis.“

„Ah. Super, und?“

„Entweder fahndet Lewinsky im Auftrag einer Kanzlei nach Raubkunst oder er ist ein Betrüger, der sich Gemälde ergaunern will.“

Tom schnauft vernehmlich. „Mal langsam, wiederhol das nochmal."

„Calewski behauptet, dass mein Opa während des Krieges ein Gemälde günstig ersteigert habe. Lewinsky, meinte er, würde im Auftrag einer New Yorker Kanzlei nach dem Bild suchen. Seine Schwester dagegen ist überzeugt, dass Lewinsky ein Betrüger sei."

„Raubkunst? ... interessant. Hat dein Opa das Gemälde etwa auf einer dieser sogenannten Judenauktionen ersteigert? ..."

„Einer was?"

„Judenauktion. Auf ihnen wurden die Kunstschätze jüdischer Familien billig verscherbelt. Manchmal haben Nazibonzen ganze Auktionen unter sich ausgemacht, große Kunst für wenig Geld. Und dein Opa hat da mitgemischt, krass."

„Moment, das ist nicht klar!" In mir sträubt sich alles gegen diesen Gedanken.

„Wie kam Lewinsky auf euch?"

„Calewski hat ihm meine, also Omas alte Adresse gegeben. Hat behauptet, Lewinsky habe ihn überrumpelt."

Tom schnaubt. „Was für eine bescheuerte Ausrede. Oder ist er schon tatterig."

„Ist er nicht. Calewski hat mir die Nummer gegeben. Ich habe ihn angerufen und ein Treffen am Donnerstag vereinbart, um 17 Uhr, gleich bei dir. Kommst du dazu?"

„Logo! Bis denne, ich muss los."

„Alles klar ..." Ich spreche in die Stille hinein. Tom hat schon aufgelegt. Mit sozialen Normen - wie sich verabschieden - hat er es nicht, das glatte Gegenteil von Calewski.

6. Kapitel

Donnerstag, 08. September

Ein grauer Tag, es nieselt, ich fröstle in der dünnen Jacke. Nicht das schönste Wetter, um sich draußen zu treffen. Es ist so ein Spätsommertag, an dem man besser den Wollpulli aus dem Schrank gekramt hätte. Frances stapft entschlossen, mit verkniffenem Gesichtsausdruck, neben mir her. Sie ist auch nicht begeistert davon, unnötig Zeit draußen zu verbringen.

„Ist er das?“ Frances deutet auf einen Mann mit Mütze in einer dicken Outdoorjacke, der wartend vor der Kirche steht.

„Keine Ahnung.“

Der Mann steuert zielstrebig auf uns zu.

„Hallo Marthe.“ Er zwinkert verschwörerisch, als ob wir alte Bekannte wären. Eigenartig ihm gegenüberzustehen, wo er in meinen Tagträumen fast zum Schwerverbrecher mutiert ist.

Frances drückt meine Hand. Sie hat die Verunsicherung gespürt.

„Hallo, das ist Frances.“

Er lässt seine weißen Zähne blitzen: „Steve, immer zu Diensten.“

Frances schmunzelt über seinen kleinen Diener.

„Da vorne ist Tom.“

Ein guter Grund, Steve stehenzulassen, der Mann verwirrt mich. Tom ist in den letzten Tagen zum Verbündeten geworden. Er versteift in meiner Umarmung. Mein überschwängliches Gefühl überfordert ihn anscheinend.

„Alles in Ordnung Marthe?“

Frances führt Lewinsky zu uns.

„Tom, ein Freund von uns.“ Sie strahlt Lewinsky an.

„Hey, ich bin Steve. Kommen noch mehr Leute zu diesem Treffen?“ Lewinsky sieht sich irritiert um.

„Nein.“, erwidert Tom trocken.

Lewinsky kehrt zu seinem selbstbewussten Lächeln zurück. Er passt voll ins Klischee vom ‚Immer-Gut-drauf ... mir gehört die Welt‘ US-Bürger. „Okay können wir uns in einem Café unterhalten? Ich bin deutsche Sommer nicht gewohnt.“

Ich sehne mich auch nach Wärme.

„Holen wir einen Kaffee bei Lola und setzen uns in meinen Laden.“, schlägt Tom vor und marschiert los.

Frances und ich sitzen auf dem Sofa in Toms Laden, Tom auf der Holzkiste. Steve sieht auf dem zierlichen 70er-Jahre-Sessel ziemlich deplatziert aus. Jeder hält eine Tasse dampfenden Kaffees in den Händen. Perlas Korb ist verlassen.

„Tom, wo ist Perla?“

„Sie ist auf einem Ausflug mit Freunden.“

Witzig, sein Hund hat ein eigenes Sozialleben.

„Jetzt schieß mal los Steve, was willst du von Marthe und ihrer Oma?“ Tom kommt sofort auf den Punkt.

Steve trinkt einen großen Schluck Kaffee. „Soll ich ganz vorne anfangen oder hast du mit deiner Oma gesprochen Marthe?“, fragt er zurück.

„Ich war bei ihr, aber sie hat mit mir nur über Roland Calewski gesprochen, nicht von dir. Von ihm habe ich deine Telefonnummer bekommen.“

„Okay. Dann wisst ihr, dass ich für eine Anwaltskanzlei arbeite und nach verschollenen Bildern suche? Mein Spezialgebiet ist Raubkunst aus dem Dritten Reich.“ Er sieht mich fragend an.

„Wie heißt die Kanzlei?“ Tom hat seine Tasse auf dem Boden abgestellt und das Tablet zum Mitschreiben gezückt.

„Tobin and Marks, die Kanzlei ist in Manhattan, New York.“, antwortet Steve, etwas arrogant.

„Ist schon klar, dass Manhattan in New York liegt.“ Tom reagiert allergisch auf Steves selbstgefällige Art. „Auf der Website steht nichts von dir. Und woher sprichst du überhaupt so gut deutsch?“ Er mustert Steve kritisch.

Der bleibt gelassen. „Natürlich nicht, ich bin kein Anwalt, sondern ein externer Berater. Meine Großmutter ist Deutsche, sie hat darauf bestanden, dass die Enkel ihre Muttersprache lernen.“, erklärt er.

Tom runzelt die Stirn: „Externer Berater heißt, du kriegst nur im Erfolgsfall Kohle?“

Steve starrt in seine Kaffeetasse, die Frage scheint ihm unangenehm zu sein. „Na ja, fast. In diesem Fall werden mir die Spesen und ein kleines Auskommen bezahlt. Im Erfolgsfall natürlich mehr. Einem der Chefs ist es wichtig, dass ich nach der verschollenen Sammlung einer befreundeten Familie suche.“

„Wie heißt die Familie?“

„Das darf ich euch leider nicht sagen. Klientengeheimnis“, Steve sieht mich mit schief gelegtem Kopf, nach Verständnis heischend, an.

„Das ist lächerlich.“, spottet Tom, „den Namen kriegen wir über die Bilder raus, die du suchst.“

Steve zuckt mit den Schultern. „Das ist dann eure Sache. Zurück zu Marthes Familie. Hat Herr Calewski euch erzählt, dass ich über wiederentdeckte Auktionskataloge aus einem Kölner Archiv auf ihn gekommen bin? Die Kataloge haben mich auf die Spur von vier Gemälden gebracht. Eins davon hängt bei Marthes Oma. Leider möchte sie es nicht restituieren.“

„Moment, eins nach dem anderen.“ Ich schnappe kurz nach Luft. Wovon redet Steve? „Erstens hat Calewski uns nichts von Auktionskatalogen erzählt und zweitens, was hast du gesagt? Du meinst, du hast meine Oma aus dem Nichts damit konfrontiert, dass eins ihrer Bilder, Raubkunst sei, es einer fremden Familie zusteht? Man kann eine alte Frau doch nicht so überfallen! Außerdem wissen wir gar nicht, ob deine Behauptung von den Ansprüchen stimmt!“ Der Typ spinnt wohl. Ich spüre die stille Zustimmung von Frances und Tom.

Steves Mimik zeigt widersprüchliche Gefühle, Zerknirschtheit gepaart mit Rechthaberei?

„Ich gebe zu, ich habe voreilig gehandelt. Aber als ich das Bild da hängen sah, konnte ich nicht anders.“

Mir stockt der Atem.

„Welches von den beiden ist es?“

„Es hängt an der Wand neben dem Vorhang.“, antwortet Steve.

„Ihr Lieblingsbild. Ausgerechnet. Und wenn es eine Kopie oder Fälschung ist?“.

Steve setzt sich aufrecht hin. „Das hat deine Oma behauptet.“ Er atmet tief durch. „Laut der Notiz in dem Auktionskatalog wurde das Gemälde an Ernst Calewski versteigert, der es seinem Sohn zu Folge deinem Großvater überlassen hat. Es wurde damals bestimmt auf Echtheit geprüft. Undenkbar, einen einflussreichen Nazi zu verprellen. Außerdem war Calewski ein Kunstkenner. Ihm muss viel an deinem Großvater gelegen haben, dass er ihm dieses Schnäppchen überließ.“

Steve lehnt sich vor, seine dunklen Augen erzwingen meine volle Aufmerksamkeit.

„War dein Großvater ein Kunstliebhaber?“

„Eher nicht.“

„Hätte er eine Kopie anfertigen lassen, wenn er das Original verkaufen wollte?“

„Höchstens, um den Verkauf vor Oma zu verheimlichen.“ Wie hätte er das anstellen sollen? Oma fällt jede Veränderung auf. „Aber sie hätte es bemerkt.“

Zufrieden sinkt Steve in den schmalen Sessel zurück. „Zu DDR-Zeiten erst recht, dein Großvater hätte eine Lizenz zum Verkauf beantragen müssen und dabei riskiert, dass ihm der Staat das Eigentum an dem Gemälde entzieht.“

Tom trommelt mit seinen Fingern nervös auf der Kiste herum. „Kannst du mal konkret werden, um welches Bild geht es und wie viel ist es wert?“

Steve leert seinen Kaffeebecher. „*Liebespaar im Garten* von Auguste Renoir. Der Wert liegt im sechsstelligen Bereich.“

„Ist das ein Scherz?“ Eine Hitzewelle durchfährt mich.

„Wow.“ Toms Augenbrauen zucken hoch. „Nicht schlecht, ist aber immer noch ungenau. Eher hunderttausend oder neunhunderttausend?“.

„In der Mitte, um die vierhundert- bis fünfhunderttausend Euro.“

Frances klappt der Mund auf, so wie mir. Es ist skurril, über Jahrzehnte hängt ein Schatz in Omas Schlafzimmer und wir haben keine Ahnung. Frances drückt meine Hand.

„Unglaublich.“

„Oh je, wenn jemand spitz bekommt, dass bei Oma ein Juwel an der Wand hängt ...“ Beängstigende Bilder steigen auf, Oma - bedroht von einem Einbrecher, Oma verängstigt, noch schlimmer, absurd mutig leistet sie Widerstand, wird erschossen ... alles wegen eines vermaledeit wertvollen Gemäldes ...

„Marthe?“, Frances tätschelt meinen Arm, „Du bist ganz blass.“

Beruhige dich Marthe. Das Gemälde hängt seit Ewigkeiten bei Oma und nie ist etwas passiert.

„Keine Angst. Ich will das Gemälde nicht stehlen. Sonst wäre ich damit schon längst über alle Berge.“ Er lächelt schief.

„Nicht witzig. Ich hatte gerade das Horrorszenario vor Augen, dass Oma brutal überfallen wird.“

Frances nickt verständnisvoll.

„Sie hat das Bild doch schon so lange.“ Tom wirkt am wenigsten beeindruckt von dem Wert.

„Schon. Aber jetzt lebt sie im Betreuten Wohnen, das bedeutet, es kommen Putzkräfte in ihr Appartement und Pflegepersonal, wenn sie krank ist. Wenn der Renoir einer Person auffällt, die erzählt es weiter oder Calewskis reden darüber. ... Ich habe Angst, dass eine Dynamik in Gang kommt. Versteht ihr?“ Ich sehe in die Runde.

„Wenn ich über die Auktionskataloge auf deine Oma gekommen bin, können es andere auch.“ Steve wiegt seinen Kopf.

Der Mistkerl schürt meine Sorgen.

„Wenn deine Oma das Bild restituierte, wäre das Problem gelöst. Sie wäre nicht in Gefahr ausgeraubt zu werden und das alte Unrecht würde endlich anerkannt.“

Und Steve hätte seine Provision, die sicher saftig wäre. Omas Wohlbefinden kümmert ihn nicht. Sein Besuch bei ihr war völlig daneben. Trotzdem bin ich auf seiner Seite, falls die Ansprüche berechtigt sind.

„Ich werde das mit meiner Mutter besprechen. Oma hat dir also nicht geglaubt, dass ihr Bild ein originaler Renoir ist?“

„Sie behauptete, das Gemälde sei eine Kopie. Ihr Mann hätte kein Geld für einen Renoir gehabt. Außerdem habe er das Bild auf einer Auktion erworben. Ganz legal, er habe kein Unrecht begangen. Sie wollte nichts von der Wahrheit wissen.“ Steves Mundwinkel ziehen sich missbilligend nach unten.

„Sie liebt Opa. Ist doch klar, dass sie keinem Fremden glaubt, der plötzlich behauptet, ihr Mann habe Raubkunst erworben.“ Ein begnadeter Psychologe ist Steve nicht.

„Ein Renoir im Betreuten Wohnen ist schon riskant.“, setzt er nach.

„Jetzt mal doch nicht den Teufel an die Wand.“ Frances funkelt Steve böse an. „So wahrscheinlich ist es nicht, dass plötzlich ein Räuber bei Marthes Oma auftaucht. Oder beauftragst du persönlich Diebe, wenn ihre Oma das Gemälde nicht hergibt?“

Er hebt abwehrend die rechte Hand. „Hey, nein, so war das nicht gemeint."

„Na also." Frances lehnt sich zufrieden zurück.

„Ich fasse mal zusammen Steve, du bist einer von den Guten und suchst Raubkunst. Warum hast du Marthe verfolgt?" Tom sieht ihn verkniffen an.

Steve richtet sich ruckartig auf. „Ich wollte Marthe um Hilfe bitten, ihre Oma zu überzeugen, den Renoir zurückzugeben."

„Und das ist alles?" Tom klingt nicht überzeugt.

„Ja, Ehrenwort." Steve sucht meinen Blickkontakt. „Hundertprozentig. Ich wollte dich nicht erschrecken. Ich habe einfach nicht den richtigen Moment gefunden, dich anzusprechen. Am See bist du gleich abgehauen." Er beugt sich vor. „Bitte glaub mir, ich will weder dir noch deiner Oma etwas Schlechtes. Ich will helfen, altes Unrecht wiedergutzumachen."

Ist sein treuherziger Blick echt oder ist er ein guter Schauspieler?

„Frau Calewski ist da anderer Meinung. Sie hat Marthe den Rat gegeben, dich so schnell wie möglich loszuwerden, sogar die Polizei einzuschalten. Geht es dir nicht einfach ums Geld, statt um Wiedergutmachung?" Frances sieht Steve prüfend an.

Steve schnappt nach Luft. „Das ist nicht wahr! Diese, ignorante Tante, die hängt doch alten Nazizeiten nach! Natürlich verdienen wir an einer gelungenen Restitution.

Aber die Arbeit ist so aufwändig und der Erfolg so selten, da muss man schon einen dicken Fisch fangen, damit man schwarze Zahlen schreibt."

„Warum macht ihr euch dann die Arbeit?", bohrt Frances nach.

„Die Familien der beiden Chefs waren selbst betroffen. So sind sie dazu gekommen, anderen zu ihrem Recht zu verhelfen. ..."

Schweigen breitet sich aus. Seine Erklärung ergibt Sinn. Ich fühle mich unwohl, als ob ich persönlich die Familie bestohlen hätte.

„Und jetzt?" Tom sieht ungeduldig in die Runde. „Wir haben weder einen Beweis, dass du für diese Kanzlei arbeitest, noch ob die Ansprüche der Familie gerechtfertigt sind."

Toms Einwände bringen es mal wieder auf den Punkt.

Steve stellt seine Tasse auf dem Boden ab, richtet sich auf. „Ich kann einen offiziellen *Claim*, ein Ersuchen um Restitution von meiner Kanzlei anfordern. Darin sind die Ansprüche und Beweise genau dargelegt. Normalerweise fordere ich den erst an, wenn es eine reelle Aussicht auf Restitution gibt. Sonst entstehen falsche Hoffnungen." Er knetet seine Hände. Zum ersten Mal wirkt er unsicher. „Ich sollte ehrlich zu euch sein. Ich stehe unter Erfolgsdruck. Der Fund der Auktionskataloge schien erfolgversprechender, als er tatsächlich ist. Wir suchen vier Gemälde der Auktion. Drei davon hatte Ernst Calewski ersteigert, darunter den Renoir für Marthes Großvater. Sein Sohn behauptet, die anderen beiden seien kurz nach Kriegsende weiterverkauft worden. In den Unterlagen sei nicht vermerkt an wen. Die Suche nach dem Käufer des vierten Bildes aus der Sammlung, oder nach seinen Erben, scheint auch aussichtslos.“ Steve sinkt in dem zu schmalen Sessel in sich zusammen.

Tom hebt an etwas zu sagen, schluckt es mit einem Blick auf Steve runter. Raubkunst in unserer Familie. Wenn das stimmt. Oma kann sehr stur sein. Ich muss sie von der Rückgabe überzeugen. Nur wie?

„Pech. Ich kehre unverrichteter Dinge nach New York zurück.“ Steve steht resigniert auf.

„Moment.“, hält Tom ihn auf. „Nicht so schnell. Gib Marthe etwas Zeit, ihre Oma zu überzeugen. Und ich helfe dir bei der Recherche nach den anderen Bildern. Restitution ist wichtig. “

Steve zuckt mit den Schultern. „Nett. Aber da habe ich schon alle Möglichkeiten ausgeschöpft.“

Tom grinst. „Du weißt nicht, mit wem du es zu tun hast.“

„Unterschätze Tom nicht! Er ist Mitglied einer krassen Hackergruppe. Die können dir bestimmt weiterhelfen.“, springt ihm Frances bei.

„Und ich kümmere mich um Oma. Ich werde nicht tolerieren, dass sie die Augen vor der Vergangenheit verschließt.“

Verrückt, wie schnell sich Gefühle ins Gegenteil wandeln. Vor einer Stunde fühlte ich mich von Steve bedroht, jetzt zu seiner Unterstützung verpflichtet.

„Du willst mir wirklich helfen Tom? Das ist zeitaufwändig." Steve bleibt unschlüssig stehen.

„Schon klar. Ich bin kein Greenhorn. Den Beweis, dass du für die Kanzlei arbeitest und für die Restitutionsansprüche an dem Renoir musst du uns allerdings bringen. Und glaub mir, ich werde rausfinden, wenn du uns irgendeinen Scheiß erzählst.", droht Tom, nur halb im Spaß.

Auf einmal strahlt Steves Gesicht wieder Optimismus aus. „Dann sind wir ein Team! Wann wollen wir anfangen?"

„Schick mir alle Infos rüber. Ich melde mich, wenn ich was gefunden habe.", grinst Tom. Er ist begeistert von der Challenge.

Steve zögert. „Was brauchst du?"

Tom zuckt mit den Schultern. „Je mehr Daten, desto größer die Chance, was zu finden. Du entscheidest."

Steve hält ihm die Hand zum Einklatschen hin. Tom schlägt ein.

„Ich danke euch. Ich kontaktiere gleich meine Kanzlei." Steve verlässt beschwingt den Laden.

Wir drei sitzen still da. Ich fühle mich schwer und energielos. Steve ist keine Bedrohung, dafür die Wahrheit über meine Familie umso mehr.

Ist Oma doch nicht so liberal und gerechtigkeitsliebend, wie ich immer dachte? Oder nur so lange, wie das kein Opfer für sie bedeutet? Kann ich sie verurteilen, sind nicht die meisten Menschen so? Wie beim Klimawandel. Alle sind für Umweltschutz, solange er nicht schmerzt und Verzicht erfordert.

Mann, eine halbe Million ... schon verführerisch, das Bild zu verkaufen und auf einmal reich zu sein ...

„Das war ein spannender Nachmittag. Die gute Nachricht ist, Marthe wird nicht bedroht, die schlechte, wir müssen das mit deiner Oma klären. Vielleicht ist der Familie geholfen, wenn man ihnen in Aussicht stellt, das Bild nach dem Tod deiner Oma zurückzugeben.“, durchbricht Tom die Stille.

Frances klappt der Mund auf. „Sag mal, von Pietät hast du noch nie gehört, oder? Nach dem Tod der Oma, ich fasse es nicht ...“

„Wieso, ich sage nur, wie es ist. Wie alt ist deine Oma?“ Tom sieht mich ungerührt an.

„Sie ist dreiundachtzig. Meine Urgroßmutter ist hundert geworden. Da müsste sich diese Familie noch eine ganze Weile gedulden.“

„Ach so.“ Tom zuckt mit den Schultern.

„Glaubt ihr den Calewskis, dass die keine Raubkunst mehr besitzen?“

„Keine Ahnung. Selbst wenn, freiwillig geben die nichts raus, was meinst du Frances?“

„Sicher nicht, sonst wären die offener gewesen. Also Tom, wenn du auf einmal einen Narren an Steve gefressen hast, und ihm helfen willst, musst du das vierte Gemälde finden. Das Geschwisterpaar wird nicht mit Informationen rausrücken und erst recht kein Gemälde zurückgeben. Ich muss jetzt los.“

Tom reagiert kaum auf die Bemerkung von Frances. Warum soll Tom einen Narren an Steve gefressen haben ... steht Tom auf Männer? Wäre mal wieder typisch, wenn ich das als Letzte kapierte. Und Steve ...?

7. Kapitel

Samstag, 10. September

Mutter sitzt aufrecht in ihrem Sessel, die Teetasse in der Hand. Der Tee ist längst kalt. Ich muss ihr Zeit geben, das Gehörte zu verarbeiten. Ihr geliebter Vater soll ein Gemälde auf einer Judenauktion erstanden haben und Oma will nichts davon wissen, das ist auch etwas viel auf einmal. Mutti war mindestens genauso naiv bis ignorant wie ich, was unsere Familiengeschichte betrifft.

Mit einem Klirren landet ihre Teetasse auf dem Glastisch, neben der Untertasse.

„Warum lächelst du? Findest du die Geschichte etwa amüsant? Oder hast du mich nur veräppelt mit dieser Raubkunst?“ Mutti ist verärgert.

„Nein, nein, nur ... du hast die Tasse neben die Untertasse gestellt. Sowas passiert normalerweise mir. Die Raubkunst in unserer Familie ist überhaupt nicht amüsant. Im Gegenteil.“

Ungehalten steht Mutti auf, kaut auf der Unterlippe. Ihre Ratlosigkeit gefällt mir.

„Wie viele Gemälde hatte dieser Calewski für Vater ersteigert? Hat Vati etwa so den Kauf der Wohnung finanziert? Mit einem ergaunerten Gemälde?“

„Du meinst, Opi hat noch mehr Gemälde ersteigert? Was hat die Wohnung damit zu tun? War die nicht ein

Schnäppchen, kurz vor der Wende ..."

„Wieder so ein mysteriöses Geschäft." Mutti knirscht mit den Zähnen.

„Aber das war doch etwas ganz anderes ..."

„Ach ja? Wurde ja nicht allen angeboten, ihre Wohnung zu kaufen."

„Mutti, beruhige dich."

„Moment." Grimmig verlässt sie das Wohnzimmer.

Was hat sie vor?

Mit einem Bild in den Händen kehrt sie zurück. „Diesen Schinken hat Vater mir geschenkt. Für schlechte Zeiten hat er gesagt, ein Spitzweg. Ich dachte, das wäre ein Scherz, Vati hatte manchmal einen komischen Humor. Solche Motive gibt es auf den Flohmärkten doch zuhauf. Habe es aus Nostalgie behalten, aber wenn das Bild echt ist, und Raubkunst ... es gefällt mir nicht einmal."

„Deswegen hast du es ins Schlafzimmer verbannt? Ziemlich altbackenes Motiv. Was trägt das Mädchen auf dem Kopf?"

Mutti zuckt mit den Achseln. „Irgendein Gefäß. Ein biederes Spitzwegmotiv eben."

„Wenn du möchtest, zeige ich Steve das Bild. Er ist Experte und kann bestimmt einschätzen, ob es echt ist und ob es bei Lost Art gesucht wird."

„Lost Art?" Mutti wendet ihren Blick von dem Spitzweg zu mir.

„Lost Art ist eine Datenbank für Raubkunst. Letzte Woche kannte ich die auch noch nicht. Gestern habe ich mich auf der Website durchgeklickt. Unglaublich, wie viele Kunstwerke nach dem Krieg nie wieder aufgetaucht sind. Von den Familien der früheren Eigentümer gesucht werden. Tausende."

„Nicht zu fassen!" Kopfschüttelnd nimmt sie das Bild und bringt es zurück an seinen Platz.

Seufzend lässt sie sich auf den Sessel fallen. „Traust du diesem Steve? Seine Methoden erscheinen mir suspekt."

„Ich vertraue ihm." Wenn ich mir da so sicher wäre, aber Tom scheint es zu tun.

Nachdenklich zieht Mutti die Stirn kraus. „Weißt du was? Ich habe eine Idee. Wir werden Hans fragen, was er von der Sache hält."

„Hans?" Wer war das nochmal?

Ihre Stirnfalte vertieft sich, es irritiert sie, wenn ich mich nicht an ihre Bekannten erinnere.

„Na, Hans Hellbricht. Der Richter, er ist jetzt pensioniert und führt mit Partnern eine Anwaltskanzlei. Er ist juristisch top und kennt sich auf dem Kunstmarkt aus, besitzt selbst eine kleine Gemäldesammlung."

Langsam klingelt es, das Bild von einem korrekten Herrn in Anzug taucht in meinem Kopf auf. „Klingt doch perfekt. Frag ihn."

„Ich werde ihn gleich anrufen. Wir könnten uns mit ihm treffen und beratschlagen, wie wir am besten mit den

Bildern umgehen.“ Mutti sieht mich erwartungsvoll an, begeistert von ihrer Idee. Ich habe keine große Lust mitzukommen. Andererseits ist es eine gute Idee. Wir müssen eine Lösung für Omas Renoir finden.

„Einverstanden, du kennst ja meine Arbeitszeiten. In der nächsten Woche habe ich nichts Besonderes vor.“ Zeit zu gehen.

Mutti löst die Abschiedsumarmung nur halb. „Wolltest du deine Trennung von Christian vor mir verschweigen?“ Ihr Vorwurf ist unüberhörbar.

„Ach, du hast mit Oma gesprochen? Ehrlich gesagt, habe ich die letzten Tage kaum daran gedacht. Die Raubkunstgeschichte ist so aufregend.“

„Schade, ich habe Christian gern. ... Ist dieser Steve der Grund?“, bohrt sie nach.

„Mensch Mutti. Erstens ist das meine Sache und zweitens ... Nein.“ Mutti sieht nicht überzeugt aus. Sie liegt nicht ganz falsch. Steve ist verdammt attraktiv, er schleicht sich regelmäßig in meine Tagträume.

8. Kapitel

Sonntag, 11. September

Die Sonnenstrahlen haben das herbstlichgraue Nieseln aufgelöst. Bestes Wetter für einen Sonntagsspaziergang durch den Kiez.

Soll ich zum Lottenhof gehen, mir einen Platz unterm Baum ergattern und Tee trinken oder erst eine Runde drehen?

Eine Hand auf meiner Schulter. Mein Nacken versteift.

„Hey Marthe, keine Angst, ich bin‘s.“ Steve, breit lächelnd.

Mein Herz wummert. „Verfolgst du mich wieder?“

Steve zieht seine Hand zurück. „Nein, sicher nicht. Ich wohne in der Nähe und habe dort einen Kaffee getrunken.“ Er zeigt hinter sich.

„Im einzigen Café, von dessen Terrasse man ganz zufällig meine Straße im Blick hat?“

Steve hebt beschwichtigend seine Hände. „Bitte reg dich nicht auf. Ich wohne wirklich in der Nähe.“

„Noch so ein Zufall??“ Der Typ macht mich wütend. Für wie dumm hält er mich?

„Nein ... ja. Das Appartement war Zufall. Zugegeben, ich habe eben auf dich gewartet. Ich möchte dir etwas zeigen.“

Ich wünschte, ich könnte seinen Kopf durchleuchten.

„Du hättest mich anrufen können."

Er grinst schief. „Das war der Plan B, falls du nicht auftauchst. Bitte komm mit. Mein Appartement ist in der Zeppelinstraße, quasi um die Ecke." Es ist schwer, diesem Hundeblick zu widerstehen. Steve merkt mein Zögern, berührt sachte meinen Arm. „Bitte."

Gänsehaut. Ruckartig entziehe ich ihm den Arm.

„Warum setzen wir uns nicht in ein Café und du zeigst mir, was auch immer ..."

Er schüttelt den Kopf. „Ich will das Material nicht herumschleppen. Vertrau mir ... Bitte."

„Ich bin verabredet." Was für eine idiotische Ausrede.

„Just ... kurz", wieder dieser Hundeblick.

Ich kapituliere. Bekommt Steve immer, was er will?

„Perfekt", beschwingt läuft er los.

Ist es eine gute Idee, mit ihm zu gehen? Tom ist überzeugt, dass Steve in Ordnung ist. Er will Omas Renoir, Okay. Gefährlich macht ihn das nicht. Ich sollte trotzdem auf der Hut sein. Wenn er nur nicht so verdammt attraktiv wäre.

Steve läuft zielstrebig auf ein hässliches graues Haus zu.

„Nicht die schönste Absteige."

Er schnauft. „Die Gerüche von der Potsdamer Grillstube steigen bis in die Wohnung hoch."

Im Treppenhaus hängt der Geruch von Frittieröl. Steve sprintet in den dritten Stock. Strahlend erwartet er mich.

„Hereinspaziert."

Ein kleines zweckmäßig eingerichtetes Appartement. Links ein dunkelbraunes, etwas ranziges Ecksofa mit Couchtisch, vor dem Fenster ein Schreibtisch, darauf ein dicker Ordner.

Die Tür neben dem Sofa steht halboffen, gibt den Blick auf ein akkurat gemachtes Bett frei.

Steve geht zum Schreibtisch, schlägt den dicken Ordner auf.

„Komm her ... das sind die Fundstücke aus dem Kölner Archiv. Kopien von den alten Auktionskatalogen. Hier ist der Renoir deiner Oma abgebildet."

Steves Finger pocht auf eine Seite.

Ein winziges Bild.

„Die Katalogseiten sind ja ziemlich verkleinert."

„Nimm die Lupe. Das ist doch Wahnsinn, oder? Dieses Zeitdokument ist ewig im Archiv des Kunsthistorischen Museums in Köln verstaubt."

„Wer hat die Kataloge entdeckt?"

„Eine Kunsthistorikerin. 2009 wurden die Kellerräume des Museumsarchivs saniert und die angeschimmelten Kataloge gerettet. Die Kunsthistorikerin Katja Terlau hat sich der Kataloge angenommen. Sie hat über tausend davon gerettet, gesichtet, elektronisch erfasst und ausgewertet. Eine Heldin!"

„2009? Das ist ja ewig her."

„Forschung braucht Zeit. Das *Paper* wurde 2017

veröffentlicht[1]. Hab es durch Zufall im Netz gefunden."

„Von wem ist das Gekritzel neben dem Renoir?"

„Einem Kunsthändler ... lies doch, Sammlung Goldberg, Käufer Ernst Calewski, 3.000 RM."

„Krass. Und der Preis war unangemessen niedrig?"

Steve verdreht die Augen. „Was glaubst du?"

So viele Gemälde, alle unter Zwang versteigert?

„Sind das Briefe in der Klarsichthülle? Kann ich die lesen?"

Steve kneift seine Augen zusammen, zögert. „Okay."

Die Kopie ist gestochen scharf, bildet die Knicke und Falten des Originals plastisch ab, es irritiert fast, sie nicht zu spüren. Die Schrift ist zart, verhuscht, wie in Eile geschrieben.

Mein lieber Freund, unsere Gemälde wurden versteigert. Warten auf Ausreisegenehmigung und Bescheid für die Fluchtsteuer. Bete für uns.

Dein Samuel

---

[1] Die beschriebene Auktion ist Fiktion, doch die Auktionskataloge und die Veröffentlichung existieren:

Terlau, Katja

„Annotierte Auktionskataloge von 1933-1945 im Kunsthistorischen Institut der Universität zu Köln und der Kunsthändler Eduard Plietzsch (1886-1961)" in: art market studies, Kunstmarktforschung, Kunsthistoisches Institut, Universität zu Köln, 25.04.2017, S 1-29

„Mein Gott! Einen Originalbrief zu lesen, ist so viel schrecklicher als sämtliche historische Texte über die Zeit. Von wem ist der Brief? Und der Zweite."

August 1941 ... Geld reicht nicht für meine Fluchtsteuer. Schicke Sara und die Kinder. Bitte kümmere dich um sie. Werde Geld für die Fluchtsteuer auftreiben und nachkommen.

Dein Freund Samuel

„Die Briefe sind die etwa von ..." Meine Brust zieht sich zusammen.

„Marthe, du bist ganz blass." Steve schiebt mich Richtung Sofa.

„War ..."

„Samuel Goldberg, war der Eigentümer eures Renoirs, er hat die Briefe geschrieben."

„Opi war mitschuldig daran, dass er nicht genug Geld bekam ... konnte er fliehen?"

Steve schüttelt den Kopf, meidet meinen Blick. „Ab Oktober 1941 wurde es fast unmöglich, zu emigrieren."

„Oh Gott." Ich plumpse kraftlos aufs Sofa. Das darf nicht wahr sein. Opi ... was hast du getan?

„Willst du ein Wasser?"

„Du wolltest, dass ich die Briefe lese, oder? Es ging dir nicht um die Auktionskataloge. Deswegen hast du mich abgefangen. Klientengeheimnis ... plötzlich ist es dir egal? ... Goldberg.“ Ich fühle mich wie ein Spielball, gelenkt von Steves Interessen.

„Ich habe eingesehen, dass meine Geheimnistuerei idiotisch ist.“ Steve neigt seinen Kopf.

Den Hundeblick kann er sich sparen. „Ich gehe.“ Ich bin nicht schuld an dem, was Opa getan hat! So darf ich nicht denken, trotzdem fühle ich genauso.

„Marthe, sei nicht wütend. Bitte bleib ...“

„Du bist hinterhältig!“

„Du wolltest doch die Wahrheit.“

„Spar dir deine Unschuldsmiene. Du willst den Druck auf mich erhöhen. Gib es wenigstens zu. Hast du Stress mit deinem Chef, weil du keine Restitution zu Wege bringst? Sind die Briefe überhaupt echt?“

Steves charmantes Lächeln erstarrt, löst sich auf in Resignation. War ich zu hart?

„Steve, ich habe das nicht so ...“

Er wehrt kraftlos ab, sitzt da wie ein Häufchen Elend.

Mist, jetzt fühle ich mich schlecht.

„Sollen wir was trinken gehen?“

„Ich sollte arbeiten, nach dem vierten verschollenen Gemälde recherchieren.“ Steve wirkt nicht so, als ob er sich zu einer weiteren Suche aufraffen könnte.

Er hat einen echt frustrierenden Job. Rennt sich quasi den Kopf an der Mauer unserer Gesetzgebung und unserer Ignoranz ein. Kein Anspruch auf Herausgabe von Raubkunst, alles verjährt.

„Steve, ich werde Oma überzeugen.“

Sein Blick ist starr zu Boden gerichtet, die rechte Hand zur Faust geballt. Sie ist kühl, ich öffne seine Finger, wärme sie zwischen meinen Handflächen.

Endlich sieht Steve auf. „Wäre der ganze Mist doch erledigt. Dann könnten wir Zeit miteinander verbringen ohne den Druck ...“

„Können wir trotzdem. Ein paar Drinks, alles vergessen. Gehen wir.“ Ich stehe auf, er widersteht dem Zug meiner Hand.

Immerhin ringt er sich zu einem schwachen Lächeln durch. Seine Augen sind ein dunkler Sog. Prickeln durchströmt meine Nervenbahnen. Warum wollte ich gehen?

Unsere Finger ineinander verschränkt, unsere Körper in einem Magnetfeld gefangen. Eine Hitzewelle fährt durch meinen Unterleib. Ich will bleiben. Nähe, Auflösung, Vergessen. Bin ich verrückt?

Die Stimme der Vernunft - einfach ignorieren.

Seine Lippen sind weich und voll, sein Geruch herbzitronig, ich möchte ihn in mich aufsaugen. Wir sind auf die Welle gesprungen, Lust drängt uns zueinander, Befreiung von Vergangenheit und Zukunft.

9. Kapitel

Mittwoch, 21. September

Warum meldet sich Steve nicht? Verdammt, ich sehne mich nach ihm. Hat er genug von mir? Bedeutet ihm unsere ... unsere was ... Affäre, Sex ... nichts? Was habe ich erwartet. Er wird nach New York zurückkehren und das war es dann. Genuss, eine schöne Erinnerung, mehr nicht. Das war doch von Anfang an klar.

Aber er wollte sich melden, hat es versprochen. Hat er eine neue Fährte aufgenommen, musste er spontan verreisen? Er hätte wenigstens Bescheid sagen können!

Es riecht verbrannt. Das Gemüse ... es qualmt.

Herd aus, Fenster auf. Mist! Ist es zu retten? Die obere Schicht ist noch genießbar, mit Reis und Chutney.

Ich habe sowieso kaum Hunger.

Ich brauche Ablenkung.

Es sieht so aus, als ob ich Steve abschreiben müsste.

Und Omas Renoir?

Die Familie Goldberg soll ihn zurückbekommen.

Egal ob Steve wieder auftaucht oder nicht. Eine Restitution an ihm vorbei – das wäre eine Genugtuung dafür, dass er mich hängen lässt. Ich brauche einen Plan, um Oma von der Rückgabe des Renoirs zu überzeugen. Die Briefe von Goldberg und die Katalogseiten der Auktion wären hilfreich. Ich könnte die Kanzlei von Steve kontaktieren, vielleicht schicken sie mir Scans von dem Material. Tom und Muttis Anwaltsfreund Hans Hellbricht sollen die Ansprüche überprüfen. Wenn die Briefe echt sind, muss Oma doch einwilligen.

Ich verstehe nicht, warum in Deutschland niemand dazu gezwungen werden kann, Raubkunst an die Geschädigten zurückzugeben. Wie lange war die Verjährungsfrist ... zehn Jahre bei gutgläubigem Erwerb - was für ein Wort - und dreißig Jahre, wenn man weiß, oder hätte wissen müssen, dass das Gemälde gestohlen oder abhandengekommen ist? Was ist, wenn ein Gemälde verkauft wird, beginnt die Verjährungsfrist dann von vorne? Oder nicht? Laut Hellbricht sind die Auktionshäuser seit 2016 zu besonderer Sorgfalt bei der Feststellung der Provenienz eines Kunstwerkes verpflichtet, wenn der leiseste Verdacht auf Nazi-Raubkunst bestünde. Was passiert, falls sich ein Auktionshaus nicht daran hält?

Es macht mich nervös, dass der Renoir ungeschützt bei Oma hängt. Wir sollten ihn versichern, bis Oma bereit ist, ihn der Familie Goldberg zurückzugeben. Oder wir lassen eine Kopie anfertigen und sperren das Original in ein Schließfach, wie Calewskis Schwester es empfohlen hat.

Calewski, wieso hat er Steve Omas Adresse gegeben, wo er doch anscheinend gegen Restitution ist.

Fühlte er sich in die Ecke gedrängt? Durch was? Besitzt das Geschwisterpaar selbst Raubkunst, sogar eins der Bilder, die Steve sucht? Wollte er Steve deswegen schnell loswerden?

Tom hat recherchiert, dass Calewski beruflich nicht sonderlich erfolgreich war, seinen Familiensitz in Brandenburg verkaufen musste. Vielleicht braucht der Mann Geld und hatte Angst, Steve könnte ihm den Verkauf eines Raubkunst-Gemäldes verhageln.

Ich sollte Calewski auf den Zahn fühlen. Wie kann man ein solches Gemälde verkaufen, doch nicht offiziell in einem Auktionshaus. Ich rufe ihn an, bitte um Rat wegen des Renoirs. Vielleicht bringt uns das einen Schritt weiter.

Das klingelt aber lange. Wenn sich die Schwester meldet, lege ich sofort auf.

„Calewski." Es ist seine weiche Stimme.

„Guten Abend, hier ist Marthe Keller, störe ich?"

„Fräulein Keller, welche Überraschung. Was kann ich für Sie tun?" Er spricht so leise, dass er kaum zu verstehen ist. Absatzgeklapper ertönt im Hintergrund.

„Roland, wer ist das?" Die durchdringende Stimme seiner Schwester.

„Geschäftlich. Entschuldige mich, ich esse später."

„Sind Sie noch dran?" Seine Stimme ist jetzt laut und klar.

„Selbstverständlich."

„Haben Sie Ärger mit Herrn Lewinsky?" Er klingt ehrlich besorgt.

„Meine Oma möchte den Renoir behalten, Herr Lewinsky scheint das zu akzeptieren."

„Da bin ich aber beruhigt."

Ist er beruhigt, weil Steve keinen Ärger macht oder weil Oma den Renoir nicht rausrückt? „Das Problem ist, wir machen uns Sorgen, dass das Gemälde gestohlen werden könnte. Ehrlich gesagt, wussten wir gar nicht, dass es so wertvoll ist."

„Verstehe. Eine Versicherung wäre kostspielig. Ich würde empfehlen, für Ihre Großmutter eine Kopie anfertigen zu lassen und das Gemälde einzulagern."

„Haben Sie eine Empfehlung, wer eine Kopie anfertigen könnte? Wie kostspielig wäre das?"

„Ich könnte mich für Sie nach einem geeigneten Künstler erkundigen. Bei den Kosten bin ich leider überfragt."

„Und falls meine Großmutter sich entschließen würde, den Renoir zu verkaufen ... hätten Sie eine Empfehlung, an wen wir uns da wenden könnten?"

Calewski räuspert sich. „Als Sammler arbeite ich mit dem Auktionshaus meines Vertrauens zusammen. Mein Vater war dem Auktionshaus Borken bereits verbunden. Allerdings wäre der Verkauf in diesem Fall etwas kompliziert ... die Ansprüche müssten geklärt werden.

Falls sich Ihre Großmutter dazu entschließen sollte, kontaktieren Sie mich. Ich werde den Verkauf dem Seniorchef persönlich ans Herz legen. Es ginge schließlich um eine stattliche Summe."

„Das stimmt. Fünfhunderttausend sind kein Pappenstiel."

Stille. Räuspern. „Wer hat Ihnen diesen Preis genannt?"

„Herr Lewinsky. Stimmt etwas nicht?"

Ein spöttisches Lachen. „Der Herr hat den Preis gehörig heruntergespielt, wahrscheinlich, damit Ihre Großmutter das Bild restituiert. Hängen Sie eine Null dran und Sie sind eher am Verkaufswert. Der Mann ist wohl doch ein Betrüger!"

Mein Herz rast. Was meint er? Steve, ein Betrüger?

„Sind Sie noch da Fräulein Keller?" Calewski klingt besorgt.

„Ja."

„Sie sollten Herrn Lewinsky mit einer Anzeige drohen, falls er sich wieder bei Ihnen meldet. Gut, dass Sie diesem Betrüger den Renoir nicht überlassen haben. Es tut mir schrecklich leid, dass ich ihm die Adresse ihrer Großmutter gegeben habe. Ich werde mich bei Herrn Borken nach der Möglichkeit einer sachgemäßen Einlagerung des Renoirs erkundigen."

Mein Mund ist trocken. „Sie meinen Lewinsky könnte so weit gehen, den Renoir stehlen zu lassen?"

„Das will ich nicht herbeireden. Aber Gelegenheit macht Diebe.“

„Ich werde das mit meiner Mutter besprechen.“

„Rufen Sie mich jederzeit an.“

„Danke.“

„Einen schönen Abend Fräulein Keller.“

Wie kann das sein? Der Renoir soll fünf Millionen wert sein?

Steve, wer bist du? Was ist dein Plan?

Ich muss Frances und Tom informieren. Morgen, nicht jetzt. Wie konnte ich mich so blenden lassen?

Ich will nicht mehr denken, nichts mehr spüren, ich nehme eine Schlaftablette. Hoffentlich wirkt sie schnell.

10. Kapitel

Donnerstag, 22. September

„Marthe, was ist mit dir?“ Frances sieht mit gerunzelter Stirn von ihrem Bildschirm auf.

„Ach nichts. ... Oder doch. Ich habe gestern mit Calewski telefoniert.“

„Und? Warum ziehst du so eine Trauermiene?“

„Erzähle ich dir in der Mittagspause, dann haben wir Ruhe. Tom kommt auch vorbei.“

Wie auf Kommando öffnet sich die Tür, Breitenbrunner.

„Guten Morgen die Damen“, grüßt der Chef gut gelaunt. Ohne auf unseren Gruß zu warten, steuert er auf sein Büro zu. „Dann machen wir uns mal an die Arbeit.“

Als ob wir das nicht schon längst getan hätten. Mein Postfach ist voll. So habe ich wenigstens keine Zeit an Steve zu denken. Denken ... mein Hirn ist träge, mein Körper rastlos. Blöde Schlaftablette. Das Aufstehen heute Morgen war eine Tortur, als hätte ich mich selbst aus einem tiefen Sumpf ziehen müssen.

Auf meinem virtuellen Blatt flimmern nur unsinnige Worte, gedankenloses Tippen. Ich bin unfähig, zu formulieren. Briefe schreiben nervt!

Das Handy brummt, die ersehnte Nachricht von Tom?

Was wird er zu den Neuigkeiten sagen?

„Frances, Tom ist da, lass uns runtergehen.“

Frances springt auf. „Na endlich. Ich platze schon vor Neugier.“ Sie übernimmt es, Breitenbrunner Bescheid zu geben, dass wir in die Mittagspause gehen.

Der Friedensteich, unser Lieblingsmittagspausenplatz, ist verlassen. Touristen verlaufen sich nur selten hierher. Selbst wenn sie die Friedenskirche besichtigen, trollen sie sich schnell in den Park Sanssouci, bewundern die Fontänen, die Gartenkunst, das Schloss, gut für uns.

Es ist herrlich entspannend auf dem warmen Gras zu liegen. Erst recht an einem perfekten Spätsommertag wie heute, die Sonnenstrahlen lassen das Wasser glitzern. Es könnte so schön sein ...

Mein Halloumi Döner schrumpft, ich muss den beiden endlich von meinem gestrigen Telefonat erzählen.

Tom wirkt nervös. Hat er auch etwas auf dem Herzen?

„Ich habe gestern mit Calewski gesprochen.“

Toms Augenbrauen ziehen sich zu Rundbögen zusammen, während er ein riesiges Stück Halloumi in den Mund schiebt.

„Ich dachte, es wäre hilfreich, zu wissen, wo er seine Bilder verkauft.“, beantworte ich die gemimte Frage. „Wir haben über Omas Renoir gesprochen und ... jetzt haltet euch fest. Er sagte, der sei keine Fünfhunderttausend wert, sondern um die fünf Millionen. Steve hat uns einen Scheiß erzählt!"

Meine Wut auf Steve und mich selbst, meine Naivität, kocht wieder hoch.

Tom hustet, er hat sich verschluckt. Frances schlägt ihm auf den Rücken, sieht mich dabei entgeistert an.

Tom spuckt das verhängnisvolle Stück Halloumi auf die Wiese, spült mit Wasser nach. Sein Gesicht ist rot.

„Steves einzige Aussage, die ich nicht überprüft habe, war der Wert von dem Renoir. So ein Mistkerl! Warum?"

„Glaubst du Calewski?" Frances scheint skeptisch.

Ich zucke mit den Schultern, ein Versuch ungerührt auszusehen.

„Leider. Calewski verdächtigt Steve, dass er den Preis heruntergespielt hat, damit Omi eher bereit wäre, das Bild zu restituieren."

„Wir sollten ihn sofort zur Rede stellen.", schlägt Frances empört vor. „Vielleicht hat Steve eine Erklärung, Calewski könnte sich täuschen."

„Und wenn er recht hat? Fünf Millionen, die über Omas Bett hängen, das ist zu gefährlich. Wir müssen etwas unternehmen."

Hat jemand mitgehört? Keine Menschenseele um uns herum. Ein Glück.

„Hat Calewski verraten, wo er seine Bilder verkauft?", fragt Tom.

„Ein Auktionshaus, mit dem sein Vater bereits Geschäfte gemacht hat und mit dessen Geschäftsführer er befreundet ist. Auktionshaus Borken."

„Was?" Tom hätte sich fast schon wieder verschluckt.

Frances haut ihm fester auf den Rücken als nötig. „Mensch Tom, nicht so gierig, sonst erstickst du uns noch."

„.... sagtest du Borken?" Tom lehnt sich vor. Seine Knoblauchfahne zieht mir in die Nase.

„Ja, kennst du das Auktionshaus?"

„Nein oder doch, hört zu. Sonntagabend ist Steve zu mir gekommen. Wir, also meine Gruppe ... weißt du Marthe, wir sind im Netz aktiv, spüren nationalistische und pädophile Netzwerke auf, legen ihre Server durch Cyber-Attacken lahm, geben Hinweise an die Polizei ..."

Frances verdreht die Augen zum Himmel. „Ja, ja, *Die Tafelrunde*, kennen wir. Und weiter?"

„Genau. Auf jeden Fall sind wir über Telegram auf die Ankündigung einer exklusiven Gemäldeversteigerung der Freunde der abendländischen Kultur gestoßen. Es wurde damit geworben, dass fünfzig Prozent des Auktionserlöses dem Trägerverein der Plattform Deutschtum gespendet würden. Für die Umsetzung ihrer patriotischen Ziele."

Mich schaudert's. „Das ist gruselig."

Tom redet aufgeregt weiter. „Ich habe Steve die Auktionsankündigung gezeigt. Er war elektrisiert. Auf der Ankündigung war irgend so ein teurer Schinken abgebildet. Ich habe in das Bild gezoomt, dann konnte man in der Ecke des Fotos ein Logo erkennen. Steve ist total ausgeflippt, als er das Logo erkannt hat.“ Tom sieht uns auffordernd an. „Na, ratet mal.“

„Mach`s nicht so spannend!“

Er schnippt mit den Fingern. „Auktionshaus Borken.“

„Vom Auktionshaus Borken? Seltsam. Vielleicht hat jemand anders ihr Foto benutzt ...“ Frances lässt sich nicht von Toms Euphorie anstecken. Ich kann mir auch nicht vorstellen, dass das Logo irgendetwas beweist.

„Kann doch kein Zufall sein, dass Calewski mit denen zusammenarbeitet.“

Tom wuschelt sich durch die Haare, „die müssen Dreck am Stecken haben.“

„Ich weiß nicht. Ein renommiertes Auktionshaus macht Werbung auf einer nationalistischen Plattform? Ist das nicht rufschädigend?“ Ob er sich da nicht in wilde Vermutungen reinsteigert?

„Mensch! Wir sind durch Zufall auf die Ankündigung gestoßen, eine Sicherheitslücke! Wir haben uns durch den Irrgarten von Telegram gewühlt und sind auf Gold gestoßen! Ehrlich gesagt, ein Idiot hat den Link geteilt. Ich zeige euch den Screenshot von der Ankündigung.“

Frances kaut auf ihrer Unterlippe. „Aber was sagt uns das? Dass die Geschäftsführung von dem Auktionshaus nationalistische Werte vertritt?“

Tom zuckt mit den Schultern und stopft sich den Rest seines Döners in den Mund.

Steve war am Sonntagabend bei ihm. Warum meldet er sich nicht bei uns?

„Tom, warum hat Steve so auf das Auktionshaus reagiert?“

„Er hatte mal Probleme mit Borken, hat sogar Hausverbot im Berliner Mutterhaus. Steve hatte damals ein Gemälde als Nazi-Raubkunst identifiziert, das dort versteigert werden sollte. Er verlangte eine Restitution, daraufhin wurde das Gemälde von der Auktion zurückgezogen und ging an den anonymen Verkäufer zurück. Steve meldete es der Polizei. Borken konnte man nichts anhaben, er bekam nur eine Ermahnung, die Provenienzen besser zu prüfen. Steve hat Borken vor Frust attackiert und wurde rausgeschmissen.“

„Das kann doch nicht wahr sein! Wieso kommen Auktionshäuser damit durch?“ An Steves Stelle wäre ich auch ausgerastet.

„Gefühltes Recht und Gesetz sind eben zwei Paar Stiefel.“ Tom wirft im hohen Bogen Steinchen ins Wasser.

„Steve hatte den Verdacht, dass Borken das Gemälde später unter der Hand versteigert hat. Konnte es aber nicht beweisen.“

„Wie frustrierend! Wäre der Verkauf jetzt illegal gewesen oder nicht?“

„Keine Ahnung. Zumindest schlecht für den Ruf des Auktionshauses, falls das publik geworden wäre.“

„Wenn die Verjährungsfrist bei jedem Verkauf auf Null gesetzt würde, wäre der neue Käufer verpflichtet, das Gemälde an die Anspruchssteller abzutreten. Was meint ihr?“

Frances japst, als ob ihr ein Geist erschienen wäre. „Marthe.“ Ihre feuchtkalte Hand drückt meine Linke schmerzhaft. „Wenn das stimmt, dann ergibt es Sinn, dass Calewski den Steve loswerden wollte, genau wie seine Schwester uns.“

„Du meinst, die wollen ein Raubkunst-Gemälde verkaufen? Den Gedanken hatte ich auch schon. Tom, was ist mit Steve?“

„Er wollte am Montag zu unserer Tafelrunde kommen, ist nicht erschienen, er hätte wenigstens absagen können.“

„Zu eurem Hackertreffen? Bei mir hat er sich auch nicht gemeldet.“ Mein Groll auf Steve wandelt sich langsam in Sorge.

„Vielleicht sitzt er beim LKA, um das Auktionshaus und Calewski anzuzeigen.“ Frances steht auf und klopft sich die Dönerkrümel ab. Ihren Optimismus würde ich gerne teilen. „Es ist spät. Wir müssen zurück ins Büro.“

„Steve ist nicht zu erreichen, liest keine Nachrichten. Hoffentlich hat er sich nicht in Schwierigkeiten gebracht.“

Frances sieht von mir zu Tom. „Wollt ihr zur Polizei?“

„Wir könnten bei seinem Appartement vorbeischauen, ihm eine Nachricht hinterlassen, falls er nicht da ist. Handys können verlorengehen.“ Ich sollte mir nichts vormachen, wenn er Kontakt wollte, wäre er längst bei mir aufgetaucht.

Frances sieht mich überrascht an: „Du weißt, wo er wohnt?“

Mein Gesicht wird heiß. Frances öffnet den Mund, um etwas zu sagen, lässt es dann zum Glück.

„Wo wohnt Steve?“, fragt Tom.

„Zeppelinstraße, gleich bei der Geschwister-Scholl-Straße.“

„Liegt ja fast auf dem Heimweg, gut statten wir ihm nach der Arbeit einen Besuch ab.“ Frances streckt mir ihre Hand entgegen, zieht mich hoch.

„Macht das und ruft mich an. Bis denne!“ Tom winkt, schwingt sich auf sein Rad und saust davon.

Frances sieht mich grinsend an.

„So, erzähl mal, wieso weißt du, wo Steve wohnt?“ Sie hakt sich bei mir ein.

Ein Fall von, Leugnen zwecklos. Erzähle ich ihr eben von der kurzen Liaison, mehr wird daraus ja wohl nicht werden.

Der Arbeitstag hat sich gezogen wie Kaugummi. Gleich sind wir bei Steve.

„Mensch Marthe, jetzt lauf doch ein bisschen langsamer. Hast du es so eilig zu Steve zu kommen?“ Frances japst atemlos.

„Ich bin sauer, dass er uns angelogen hat. Ich will die Begegnung schnell hinter mich bringen. Da vorne ist das Haus.“

„Der Kasten da?“ Sie zeigt auf den grauen Klotz.

„Genau. Ich weiß gar nicht, welcher Name auf der Klingel steht. Nur, dass Steve im dritten Stock wohnt.“

Etwas ratlos stehen wir vor den Klingelschildern.

„Die unteren beiden Etagen sind von der AWO, vielleicht lassen die uns rein.“, schlägt Frances vor.

„Ich weiß nicht ... Zeitungs- und Prospektausträger klingeln immer ganz oben. Die Knesebeck regt sich zwar jedes Mal darüber auf, wenn die Zeitungsverteiler hereingelassen werden, könnten ja Einbrecher sein. Aber wehe, wenn ihre kostenlose Wochenzeitung nicht auf der Treppe ausliegt. Probieren wir es.“

Der Türöffner brummt. „Danke, Zeitung.“ Mein Ruf hallt durch das Treppenhaus. Keine Antwort.

Frances zögert. „Was, wenn die warten, bis wir wieder draußen sind?“

Ich zeige ihr einen Vogel. „Wer macht das schon?“ Trotzdem schleiche ich die Treppe hoch. Das käme einem aufmerksamen Bewohner natürlich noch verdächtiger vor. Egal. Wahrscheinlich ist ein Großteil der Wohnungen nur auf Zeit vermietet.

Frances folgt mir zaghaft. Dritter Stock, da stand Steve, lud mich mit seinem charmanten Lächeln ein.

Stopp Marthe, nicht sentimental werden. Du musst ihn mit seiner Lüge konfrontieren. Ich kann nicht ...

Frances klopft entschlossen, die Tür gibt nach.

„Eigenartig, wieso ... Steve? Bist du da?“, ruft sie in die Wohnung. Keine Antwort.

„Soll ich reingehen?“

Frances hält mich zurück. „Warte. Steve!?“

Keine Antwort. Ich stoße die Tür weiter auf. „Oh Gott! Siehst du das Chaos?“

„Ist Steve ein Messy?“, wundert sie sich.

„Nein, letztes Mal war alles picobello aufgeräumt. Eher zu ordentlich. Was hat das zu bedeuten?“

Frances packt meinen Arm. „Bleib lieber hier. Wir rufen die Polizei.“

„Was ist, wenn er verletzt da drin liegt? Ich muss nachsehen.“

Sie lässt los. „Fass nichts an und komm gleich wieder raus.“

„Ist gut.“ Mein Herz schlägt wie verrückt. Bitte, lass ihm nichts passiert sein. Der Boden ist übersät von Papier, herausgezogene Schreibtischschubladen, Sofakissen auf dem Boden. Die Schlafzimmertür steht offen, das Bett durchwühlt, der Kleiderschrank ausgeräumt, aber kein Steve.

Im Bad. Nichts.

Die Horrorbilder von einem verblutenden Steve auf dem Boden, verflüchtigen sich. Was ist hier passiert? Ein normaler Einbrecher auf der Suche nach Geld? Wonach sonst?

„Und?“ Frances betrachtet das Chaos vom Türrahmen aus.

„Nichts, keine Spur von Steve. Hast du die Polizei gerufen?“

„Ja, wir sollen auf sie warten. Ich habe Tom Bescheid gegeben. Er wollte am liebsten kommen, aber ich fand das keine gute Idee.“

„Hm. Ich verstehe den Einbruch nicht. Wo ist Steve?“ Ich habe Angst um ihn. Hat er aus Ungeduld irgendeinen Mist gebaut, die falschen Leute unter Druck gesetzt? Aber wen? Borken?

„Oma, was wenn die Einbrecher hinter dem Renoir und nicht hinter Steve her waren?“

Mich durchfährt ein siedend heißer Schreck. „Ich muss sofort Oma anrufen.“

Es klingelt. Einmal, zweimal ...

„Keller?“

Oma. Ein ganzer Steinbruch fällt mir vom Herzen.

„Hallo Oma. Ich wollte kurz hören, ob es dir gut geht.“

„Kindchen, ist bei dir alles in Ordnung? Du klingst so besorgt.“

„Doch, doch. Es ist alles gut.“

„Sicher?“, bohrt Oma nach.

„Ehrlich gesagt, der Renoir in deinem Appartement macht mich nervös."

„Das Bild hängt seit Jahrzehnten in meinem Schlafzimmer. Als ob das so wertvoll wäre. Deine Mutter macht mich auch ganz verrückt wegen dieser Geschichte. Komm doch wieder auf einen Tee vorbei."

„Das mache ich Oma. Tut mir leid, ich wollte nicht nerven."

„Schon gut Kindchen."

„Tschüss Omi."

„Pass auf dich auf Liebes."

Frances schüttelt den Kopf. „Deine Oma ist irgendwie auch cool."

„Ja, ist sie und stur."

Ich bin müde. „Die Polizei braucht ja ewig." Der graue Betonboden ist kalt am Po.

Die Klingel schrillt durchs ganze Treppenhaus. Ich springe auf, um den Türöffner zu drücken. Frances hält mich zurück, zieht ein Taschentuch aus ihrer Hosentasche.

„Wegen der Fingerabdrücke."

Typisch Frances. Ich drücke den Türöffner mit dem Tuch über dem Finger.

Schritte hallen durchs Treppenhaus.

Ein älterer Beamter und seine junge Kollegin erscheinen.

„Guten Abend, Polizeihauptmeister Werner, meine Kollegin Polizeiobermeister-Anwärterin Malik. Sie haben einen Einbruch gemeldet?“

Was für ein Wort – Polizeiobermeisteranwärterin ... deutsche Beamtensprache.

„Ja. Wir wollten unseren Bekannten besuchen.“, antwortet Frances eifrig. „Als wir an die Wohnungstür geklopft haben, gab sie nach und wir haben das Chaos in der Wohnung gesehen. Deswegen haben wir angerufen.“

„Hm. Verstehe. Waren Sie in der Wohnung?“

Hoffentlich war das kein Fehler. „Ich habe nachgesehen, ob Steve verletzt ist und Hilfe braucht. Seine ganzen Sachen sind durchwühlt, Schubladen geleert. Ich hoffe, ihm ist nichts passiert.“

„Der Bewohner, Steve“, der Hauptmeister schielt zum Klingelschild „Steve Schlüter ...“

„Lewinsky, er heißt Steve Lewinsky. Die Wohnung hat er nur für ein paar Wochen gemietet. Ich schätze über Airbnb.“

„Aha.“, schnauft Herr Werner. Er mustert uns mit gekrauster Stirn.

„Wissen Sie, wo Herr Lewinsky sich aufhalten könnte, ist er zu erreichen?“, mischt sich die junge Beamtin ein. Sie trommelt mit den Fingern auf ihrer Waffe.

„Nein, er ist seit ein paar Tagen nicht zu erreichen, deswegen sind wir heute vorbeigekommen.“, erklärt Frances geduldig.

„Wir machen uns Sorgen, dass ihm etwas zugestoßen sein könnte."

Der Polizist mustert mich. „Verstehe. Kennen Sie Herrn Lewinsky schon länger?"

„Äh, na ja, seit ungefähr drei Wochen."

„Zwei.", korrigiert Frances nuschelnd.

Die Malik verzieht ihr Gesicht, als ob sie auf eine Zitrone gebissen hätte. Was hat sie für ein Problem?

Der Kommissar dagegen sieht uns freundlich an. Der korpulente Mann strahlt Ruhe aus. „Machen Sie sich keine Sorgen. Der taucht wieder auf. Sehen wir uns die Chose mal an."

Aufmerksam betrachtet er jeden Winkel des Appartements. Die Kollegin wippt ungeduldig auf der Türschwelle, seine Langsamkeit scheint sie auf die Palme zu bringen.

„Wissen Sie, ob etwas fehlt?" Ihr Blick ist stechend.

„Nein, leider nicht, ich war erst einmal hier. Steve ist Kunstsachverständiger, mit dem Fachgebiet Raubkunst. Vielleicht hat der Einbrecher nach Steves Recherchematerial gesucht."

„Aha." Malik wendet sich ihrem Vorgesetzten zu. „Die beiden unteren Etagen hat doch die AWO für Betreutes Wohnen von Ex-Junkies angemietet. Könnte einer von denen gewesen sein. Hat nach Barem gesucht."

Werner nickt. „Kann sein, aber Sie wissen, kein vorschnelles Urteil.", ermahnt er die junge Kollegin.

„Keinerlei Einbruchsspuren an der Wohnungstür. Moment“, schnaufend bückt sich der Polizist, um das Schloss genauer zu untersuchen, „Aha.“

Mit triumphierendem Lächeln winkt er mich heran. „Sehen’se hier? Den Nippel? Der ist unten, da kann man die Tür einfach aufdrücken, wenn sie zugezogen wird.“

Er drückt den Nippel nach oben. „Jetzt schließt sie wieder. Wahrscheinlich hat ihr Freund vergessen, dass das Ding nach unten gestellt war, hat die Tür nur zugeschlagen. Irgendjemand hat die Gunst der Stunde genutzt und nach Bargeld gesucht. Wenn er wieder da ist, soll er eine Anzeige aufgeben, Ihr Bekannter. Ist ja anscheinend nix kaputt in der Wohnung. Na denn.“

Der Kommissar zieht die Tür zu, drückt probehalber dagegen. Die Tür bleibt verschlossen.

„Also doch die Junkies.“, kommentiert die Malik.

Werner sieht sie streng an. „Zum Mitschreiben. Keine Vorverurteilung. Kann sein oder auch nicht.“ Er wendet sich uns zu.

„Schicken Sie Ihren Bekannten auf die Wache, wenn er wieder auftaucht. Malik, der Form halber, nehmen Sie die Personalien der Damen auf. Sie schreiben den Bericht.“

Säuerlich zückt sie einen Stift.

„Aber Steve ... er ist verschwunden, wenn ihm etwas zugestoßen ist ...“

Werner sieht mich nachsichtig an. „So gut kennen Sie den Herrn doch gar nicht. Er wird wieder auftauchen.“

Frustriert folgen wir den Beamten nach draußen.

Die verabschieden sich mit einem zackigen Nicken und steigen in ihren Streifenwagen.

Frances hakt sich bei mir unter. „Komm, wir gehen einen trinken."

Mir ist zum Heulen. „Das kann doch nicht wahr sein. Die nehmen den Einbruch überhaupt nicht ernst und Steves Verschwinden ..."

Sie stupst mich in die Seite. „Und ich hatte Angst, du könntest Fingerabdrücke hinterlassen. Hat die gar nicht interessiert. Vielleicht hat wirklich nur jemand die Chance genutzt, weil der Depp seine Tür nicht verschlossen hat."

„Nie im Leben. Steve ist bestimmt zu dem Auktionshaus gegangen, hat sich in Schwierigkeiten gebracht. Warum hat er uns nicht eingeweiht?"

Frances bleibt abrupt stehen. „Meinst du, Steve wird irgendwo festgehalten?"

Mich schaudert. „Ich habe ein mulmiges Gefühl."

11. Kapitel

Freitag, 23. September

„Marthe, ich muss los.“ Frances schaltet den Computer aus und greift nach ihrer Jacke.

„Ist gut. Ich werde bei der Polizei vorbeifahren, wegen Steve. Der kann doch nicht vom Erdboden verschwunden sein. Die müssen nach ihm suchen.“

Frances sieht mich skeptisch an. „Vielleicht hat er ein anderes Bild aufgespürt und ist überstürzt aufgebrochen.“

„Und ruft nicht mal an? Keine Nachricht? Das glaube ich nicht.“

„Wie du meinst. Versuch dein Glück bei der Polizei. Sag Bescheid, wenn du was von ihm hörst.“ Sie umarmt mich. „Nimm es nicht so schwer.“

„Leicht gesagt.“

„Tschüss Marthe.“

„Viel Spaß bei deinem Date!“

Frances streckt lachend ihre Zunge raus. Die hat es gut. Hat einen schönen Abend vor sich. Ich mache auch Schluss. Auf zur Polizei, die werden mich nicht abwimmeln!

Wer hatte bloß die Idee, gegenüber von der Polizei ein Casino zu eröffnen? Das ist skurril. Soll ich wirklich auf die Wache gehen? Wie erkläre ich, warum ich so besorgt um Steve bin.

Ich kenne ihn erst kurz, weiß kaum etwas über ihn und will auch nicht mein Liebesleben vor desinteressierten Beamten ausbreiten. Mut Marthe, du gehst da jetzt rein. Das Haus sieht freundlich aus, ein hübsches Palais, die Laternen am Eingang geben einen nostalgischen Flair. Mit etwas Glück treffe ich auf ein verständnisvolles Gegenüber.

Fahrradständer sind keine zu sehen. Zu blöd. Die Eingangstür ist verschlossen, in der Mitte prangt ein Schild, große rote Lettern leuchten mir entgegen. STOP

Das gibt es nicht, die Wache müsste doch offen sein. Was steht da?

Müssen Sie ihr Anliegen zwingend persönlich vortragen?

Jaa! Von wegen „die Polizei, dein Freund und Helfer“. Wenn man sie braucht ... Moment ... eine Telefonnummer.

Das tutet ja ewig.

„Polizeiinspektion Potsdam, Polizeiobermeisterin Bandrock, guten Tag.“ Eine sachliche Frauenstimme.

„Guten Tag. Ich ... äh, ich stehe hier vor der Wache, weil …“, herrje, ich hätte mir die Worte zurechtlegen sollen!

„Ja ..., wat für ein Anliegen haben Sie?“ Im Hintergrund ertönt Rascheln, als ob die Frau mit Papierkram beschäftigt wäre. Sitzt sie hinter dem Fenster, vor dem ich auf und ab laufe? Sieht sie mich?

„Es geht darum, dass mein Freund Steve Lewinsky seit einigen Tagen verschwunden ist. Wir machen uns große Sorgen, weil er nicht erreichbar ist, sich nicht meldet.“

„Verstehe. Liegt eine akute Gefährdung vor?“

„Wie meinen Sie das? Ich fürchte, dass ihm etwas zugestoßen ist.“

„Ich meinte, ob es einen begründeten Verdacht gibt, dass er sich selbst gefährdet oder einem Verbrechen zum Opfer gefallen ist.“

„Es muss etwas passiert sein, sonst hätte er sich doch längst gemeldet.“

„Nun.“ Ich spüre förmlich ihr nachsichtiges Lächeln durchs Telefon. „Wir können leider nicht nach jedem Erwachsenen fahnden, der beschließt unterzutauchen. Das kommt häufiger vor, als man denkt.“

„Aber, seine Wohnung war durchwühlt, eine Streife war doch vor Ort und ...“ Das darf nicht wahr sein! Wie kann ich diese Frau davon überzeugen, dass sie nach Steve suchen müssen?

„Haben Sie denn in den Krankenhäusern nachgefragt?“

„Die geben mir doch keine Informationen!“

„Moment, warten Sie bitte kurz.“ Leises Gemurmel im Hintergrund. Was ist los?

„Da bin ich wieder. Sie sagten, Sie stehen vor der Wache?“

„Ja, genau.“ Wird sie mich wenigstens anhören?

„Warten Sie. Ich komme.“

Sie hat aufgelegt. Woher der Sinneswandel?

Die Tür öffnet sich. Eine rothaarige kräftige Frau steht vor mir. „Nehmen Sie det Fahrrad mit rein. Sie können es im Hof abstellen."

„Ich habe schon vergeblich nach einem Fahrradständer gesucht."

„So is ditte. Allet schick saniert, aber nicht nachgedacht."

„Nur die Fassade."

Die Rothaarige lacht scheppernd. „Janz jenau."

Im Eingangsbereich ist nichts mehr von dem alten Flair des Gebäudes zu spüren. Plakate mit Fahndungsmeldungen, links Stufen zum Eingang der Wache, ein einsamer Stuhl davor.

Die Polizistin geht geradeaus, durchquert den Wartebereich, spärlich möbliert mit dem unvermeidlichen Kaffeeautomaten und drei Plastikbänken mit zwei Sitzen. Eine Glasschiebetür versperrt den Zugang zu Treppe und Gängen. Die Hintertür zum Innenhof steht offen.

„Ganz schön großes Gelände."

Sie nickt mit Stolz.

„Sind Sie nicht von hier?"

„Doch, ich bin Potsdamerin, aber hier war ich noch nie."

Die Beamtin schmunzelt. „Da ist Ihnen ja was entgangen. Da hinten, hinter dem Quergebäude, schließt das Ministerium des Inneren an. Gehen wir."

Mit den Worten marschiert sie los, ich eile hinterher. Sie hackt einen Code auf die Tasten neben der Schiebetür. Beim Öffnen ertönt ein nerviges Tuten. Zügig geht es weiter den Gang entlang.

„Hier rein. Machen Sie es sich gemütlich.“

„Eine Frage.“

Die Beamtin bremst ab. „Ja?“

„Wieso ... warum haben Sie Ihre Meinung geändert? Was ...“

„Na ja ...“ Sie fährt sich mit dem Zeigefinger zwischen Kragen und Hals, als ob der Kragen plötzlich zu eng wäre. „Das wird Ihnen die Hauptkommissarin selbst erklären.“ Hastig verschwindet sie.

Warum ist sie meiner Frage ausgewichen? Mir gemütlich machen, sehr witzig ...

Die beiden aneinandergestellten Schreibtische in der Raummitte erinnern an Gruppenarbeit in der Schule. Auf der rechten Seite eines Tisches warten eingestaubte Gläser und kleine Wasserflaschen. Der Korb mit Knabberzeug und Schokoriegeln bringt wenigstens etwas Farbe in den Raum. Ich bin zu nervös zum Sitzen.

Die Tür öffnet sich, na endlich. Eine blonde Frau betritt den Raum, eine Mappe unter dem Arm. „Guten Tag Frau ...“ Sie sieht mich auffordernd an.

„Keller, Marthe Keller.“

„Guten Tag Frau Keller, ich bin Kriminalhauptkommissarin Becker, das ist mein Kollege Kommissar Çelik.“

„Guten Tag." Gleich im Duo, was hat das zu bedeuten?

„Setzen wir uns. Hat unsere Kollegin Sie informiert, worum wir Sie bitten möchten?"

„Nein - ich bin gekommen, weil mein Freund verschwunden ist und wir uns große Sorgen machen .... Sie müssen ihn suchen."

Die beiden werfen sich einen vielsagenden Blick zu. Oder bilde ich mir das ein?

Frau Becker räuspert sich. „Wir haben Sie hereingebeten, weil wir Sie bitten möchten, etwas auszuschließen."

„Auszuschließen?"

„Aber vorher müssten wir die Formalitäten erledigen. Können Sie sich bitte ausweisen?"

„Ja sicher." Mit zittriger Hand fingere ich den Ausweis aus meinem Portemonnaie.

Herr Çelik nimmt ihn mir ab, notiert sich Namen und Anschrift.

„Es geht um Folgendes. Haben sie in der Zeitung von dem Leichenfund gelesen?"

„Leichenfund? Aber ... nein." Wieso Leiche? Ich brauche Luft.

„Wir möchten Sie bitten, sich ein Foto anzusehen, um auszuschließen, dass es sich bei der Person um ihren Freund handelt. Oder haben sie eventuell ein Foto von ihm, dann könnten wir ..."

„Ich habe kein Foto von Steve."

Kommissar Çelik beugt sich vor, sieht mich mit seinen freundlichen braunen Augen an. „Fühlen Sie sich dazu in der Lage? Es ist nur eine Aufnahme des Gesichts."

Meine Finger krampfen sich um die Tischkante. Angst.

„Sind Sie bereit?" Die Hauptkommissarin sieht mich konzentriert an. Ich zwinge mich, zu nicken. Sie schiebt ein Foto aus der Mappe über den Tisch und dreht es um.

Steves erloschene Augen starren mir entgegen.

„Nein! Das kann nicht sein!" Tränen schießen mir in die Augen. Das darf nicht sein! Steve muss leben!

„Wie ..." Mir fehlen die Worte. Leere, Hitze, Zittern.

„Trinken Sie etwas." Ein Wasserglas wird mir vor die Nase gehalten. Umklammere es mit beiden Händen.

„Es tut mir leid." Frau Becker berührt sacht meinen Arm.

Mein Körper ist kalt.

„Bei dem Toten handelt es sich also um Ihren Freund?", fragt sie nach. Das Foto verschwindet wieder in ihrer Mappe.

„Ja." Steve ...

„Mein Kollege wird das weitere Gespräch aufnehmen. Ist das in Ordnung?"

Ich nicke.

„Sie müssten ihr Einverständnis aussprechen. Sollen wir Sie nach Hause bringen und später befragen?"

„Nein." Ich will weg. Die Weide, Steve am Stamm, lächelt.

Reiß dich zusammen Marthe. Was ist mit Steve passiert? „Sie können aufnehmen."

„Danke. Wie hieß ihr Freund?"

„Steve Lewinsky."

„Seit wann kannten Sie sich?", Die Kommissarin klingt schrecklich sachlich.

Hieß, kannten - Vergangenheit, es ist vorbei. Ich werde ihn nie mehr sehen, spüren ...

„Ein paar Wochen."

Sie mustert mich. „Wissen Sie, wo er gelebt, wo er gearbeitet hat?"

„Steve kommt aus den USA. Er arbeitet ... für eine New Yorker Anwaltskanzlei, als Kunstsachverständiger." Meine Kehle ist eng. Tief durchatmen, auf das Sprechen konzentrieren. „Er hat ein Appartement in der Zeppelinstraße gemietet. Da waren ihre Kollegen. Wir hatten sie gerufen, weil Steve nicht da war und die Wohnung durchwühlt worden ist."

„Wir werden uns das Protokoll der Streife ansehen. Wissen Sie, ob sich Herr Lewinsky bedroht fühlte?"

„Wie ist er, was ist mit ihm passiert?"

„Er wurde am Ufer des Jungfernsees gefunden."

„Ist Steve ertrunken?"

Die beiden fixieren mich. „Er wurde erschossen", antwortet Çelik betont ruhig, „seine Leiche wurde in den Jungfernsee geworfen."

„Oh Gott." Wer hat das getan? Was hat Steve getan?

Hat Toms Recherche ihn zu einer Dummheit verführt?

„Wie haben Sie sich kennengelernt?“, durchbricht Frau Becker meine Gedanken.

„Steve ist bei mir aufgetaucht, weil er herausgefunden hat, dass meine Oma ein Bild besitzt, Nazi-Raubkunst. Er hat das Bild für eine jüdische Familie gesucht und wollte meine Oma überzeugen, es zu restituieren. So haben wir uns kennengelernt.“

„Ist ihre Großmutter dazu bereit?“, fragt Çelik interessiert.

Es ist surreal, wir unterhalten uns, aber Steve ... „Nein.“ Ich kann jetzt nicht die ganze Geschichte erzählen, nicht zusammenhängend. Ich friere. „Es tut mir leid ... ich möchte nach Hause.“

Die Kommissarin seufzt.

„Selbstverständlich. Können Sie uns den Namen der Anwaltskanzlei nennen?“

„Mein Kopf ... irgendwas mit Marks ...“

Çelik sieht mich mitfühlend an. „Kein Problem.“

„Rufen Sie bitte an, wenn Sie sich wieder an den Namen erinnern. Hier ist meine Karte.“, förmlich streckt sie mir diese entgegen. „Mein Kollege druckt das Protokoll aus. Wenn Sie unterschrieben haben, können Sie gehen. Sollen wir Sie nach Hause bringen lassen?“

„Nein. Ich brauche frische Luft. Wer ... muss ich ... ihn identifizieren?“

„Nein. Wir melden uns, falls sich Fragen ergeben.“

„Wenn Sie herausgefunden haben, wer das getan hat, bitte ...“

„Wir melden uns. Auf Wiedersehen Frau Keller. Mein herzliches Beileid.“ Sie steht auf.

„Ich hole den Ausdruck des Protokolls, bin gleich zurück. Nehmen Sie sich einen Riegel. Zucker hilft bei einem Schock.“ Çelik lächelt mir aufmunternd zu.

„Danke.“ Erschöpft sinke ich zurück, stopfe mir den nächstbesten Riegel in den Mund, schmecke nichts.

Çelik, er legt das Protokoll vor mich hin. Meine Hand unterschreibt. Mein Fahrrad, der Heimweg ... alles im Nebel, zäh und dicht.

Es klingelt. Ich fühle mich immer noch eigenartig taub. Wo ist die Zeit geblieben? Tom sieht mir vom Treppenabsatz entgegen. „Mensch Marthe, siehst echt elend aus.“

Frances schubst ihn zur Seite, eilt an ihm vorbei die Stufen hoch, nimmt mich fest in den Arm. Sie streicht mir eine Haarsträhne aus dem Gesicht. „Es tut mir so leid Marthe.“

Tränen verschlucken meine Antwort.

Frances bugsiert mich ins Wohnzimmer. Ich sinke auf das dicke Kissen. Perla drängt sich an Tom vorbei, stupst ihre kühle Nase an mein Bein, schmiegt ihren Kopf an meine Schulter.

Tom sieht sich neugierig um. „Coole Wohnung, echt Retro-Style.“

„Findest du?“ Sie sieht noch nach Oma aus. Ich müsste dringend renovieren, Möbel kaufen, ein Sofa, statt der dicken Kissen aus dem Räumungsverkauf ... das ist jetzt unwichtig ...

Frances lässt sich auf meinem Sessel nieder.

Tom sinkt auf das Kissen neben mir. Perla breitet sich zwischen uns aus, ihre Schnauze auf meinem Kissenrand.

„Sie mag dich.“ Er nimmt sich eine Möhre und dreht sie in der Hand. „Rohkost. Ganz schön gesund.“

„Tunk sie in die Sesamsoße. In der Küche sind Kräcker und Nüsse.“ Ich hätte einkaufen sollen. Ich konnte nicht. „Tut mir leid, ist etwas dürftig. Es gibt zwei Tiefkühlpizzen. Soll ich die machen?“

Toms Gesicht hellt sich auf. „Rettung in Sicht!“

Aufstehen fühlt sich an wie eine Bergbesteigung. Perla gibt ein grunzendes Geräusch von sich.

„Lass mal Marthe, Pizza aufwärmen schaffe ich gerade noch.“ Voller Elan springt er auf.

„Danke, dass ihr gekommen seid.“

„Ist doch klar. Ist für uns alle ein Schock.“ Er klopft auf meine Schulter.

„Allerdings.“ Frances sieht müde aus.

„Und dein Date?“

Sie winkt ab. „Das kann warten. Meint ihr, das Auktionshaus hat mit ... mit dem Mord zu tun?“

„Seine Augen, seine Lebendigkeit ausgehaucht, einfach so. Ich verstehe es nicht.“

„Marthe.“ Frances rutscht vom Sessel neben mich. Lehnt ihren Kopf an meinen.

„Steve fühlt sich so nah an ... ich kann ihn spüren. Verrückt.“

„Das ist nicht verrückt.“

Tom poltert ins Zimmer. Gläser und Bierflaschen in der Hand. „Alles klar ihr beiden?“

Frances richtet sich auf. „Klar ist gar nichts.“

„Hm. Echte Scheiße mit Steve. Ich zermartere mir das Hirn, warum Steve erschossen wurde. Wo ist das Motiv? Der hatte doch gar nichts in der Hand. Nur einen bescheuerten Screenshot ... Ich hol das Knabberzeug.“ Tom sprintet zurück in die Küche.

„Ts.“, kommentiert Frances kopfschüttelnd, „der steht echt unter Strom.“

Mit einem Seufzer lässt er sich aufs Kissen sinken. Schaufelt sich eine Handvoll Erdnüsse in den Mund.

„Habt ihr eine Idee?“ Toms Augen blitzen unternehmungslustig hinter der Brille. Sein Elan tut gut. Ablenkung vom Schmerz.

„Eine Idee?“, wiederholt meine bodenständige Freundin spöttisch. „Ne, brauch ich auch nicht. Das kann die Polizei erledigen, diese Kommissarin ...“

„Becker.“

„Genau.“

Tom zieht die Augenbrauen hoch. „Interessiert dich gar nicht, was mit Steve passiert ist?“

Mir geht es wie Tom, ich muss wissen, wer Steve das angetan hat. Fühle mich schuldig. Hätte Oma sofort eingewilligt, wäre Steve schon zurück in New York ... lebendig ... „Meint ihr, jemand vom Auktionshaus hat ... Aber warum? Hat Steve etwas herausgefunden? ... Ich dachte, wir wären ein Team." Der Kloß im Hals erstickt meine Stimme. „Warum hat er uns angelogen mit dem Wert vom Renoir? Was war sein Plan?"

„Steve hätte zur Polizei gehen müssen." Frances starrt Tom herausfordernd an. „Nicht wahr?"

Der ignoriert sie. „Wir müssten mehr über das Auktionshaus herausfinden."

„Und Calewskis?"

„Traust du dem ältlichen Geschwisterpaar einen Mord zu Marthe?"

„Blödsinn.", empört sich Frances. „Frau Calewski ist ein Ekel, aber doch keine Mörderin." Sie rümpft die Nase. „Es riecht angebrannt."

„Shit, die Pizza." Wie von der Tarantel gestochen springt Tom auf, rennt in die Küche. Kurz darauf kommt er mit sehr gut gebräunten Pizzen zurück. Mit schiefem Grinsen stellt er die Teller auf den Tisch. „Ein bisschen kross sind sie leckerer."

Pizzageruch, mein Magen grummelt, den ganzen Tag konnte ich nichts essen. Aber jetzt. Tom futtert rasend schnell. Ich nehme zwei Stücke, Frances ebenso. Kopfschüttelnd sichert sie sich ein Weiteres.

Mir wird leichter ums Herz. Es tut gut, die beiden hier zu haben.

„Was?“ Tom sieht verunsichert auf.

„Beim Wettbewerb in schnellem Essen wäre dir der erste Platz sicher.“, kommentiert Frances.

„Sorry.“ Und schon verschwindet das nächste Stück. „Steve war echt angestachelt von dieser Auktionsankündigung. Aber als Trigger für einen Mord?“

Toms Neugier ist erfrischend. Seine Fragen ziehen mich aus dem gefühlten Sumpf der Ohnmacht. Logisch denken.

„Steve hatte Hausverbot in dem Berliner Mutterhaus von Borken. Er hatte das Auktionshaus schon länger auf dem Kieker. Vielleicht hat er mehr über diese Auktion herausgefunden. Wenn die total wichtig für das Haus ist, Steve die hätte platzen lassen .... wäre das ein Motiv?“

Tom kaut nachdenklich auf dem letzten Stück Pizza. „Weiß nicht ... da müsste mehr dahinterstecken, denke ich.“

„Diese Infos gibst du morgen an die Kommissarin weiter!“, wirft Frances mit ihrer Lehrerinnenstimme ein.

Tom zieht eine spöttische Grimasse. „Ich habe nur einen Screenshot von der Auktion. Das ist kein Beweis für irgendetwas.“

„Die Beweise zu finden ist Aufgabe der Polizei.“ Frances Stirnfalte vertieft sich. Gradmesser für ihre Verärgerung.

„Wenn die Polizei wegen Steve beim Auktionshaus auftaucht, sind die doch alarmiert. Dann wird es viel schwieriger, Beweise zu finden. Die Kommissarin hat bestimmt keine Ahnung von Raubkunst, ist ja auch nicht ihr Fachgebiet.“

„Aber Mord ist dein Fachgebiet, ja? Marthe, du gehst zu Frau Becker, sagst ihr alles, was wir wissen. ... oder ich übernehme das.“

Tom springt auf.

„Nein. Wir sind es Steve schuldig, herauszufinden, ob bei dem Auktionshaus unter der Hand mit Raubkunst gehandelt wird.“

„Mensch Tom, du mit deinem Helfersyndrom, deiner Tafelrunde – es geht um Mord!“ Frances schnauft, das Gesicht puterrot.

Sie weicht meiner Berührung aus.

„Frances, beruhige dich. Den Mord soll natürlich die Polizei aufklären. Mit dem Auktionshaus hat er, glaube ich, recht. Wenn die Polizei dort auftaucht ...“

„Papperlapapp. Die werden sowieso auf der Hut sein, falls Steve sie aufgescheucht hat.“

„Stimmt. ...“ Mein Elan ist verpufft. Was sollten wir schon ausrichten.

„Es würde mir nur guttun, etwas zu unternehmen.“

„Eben.“ Frances sieht triumphierend zu Tom.

„Deswegen wirst du morgen früh die Kommissarin anrufen.“

„Kann sie auch lassen. Bringt doch nichts. Wenn dieser Borken gute Beziehungen hat, kann die Kommissarin nur ein paar nette Fragen stellen, ob Steve dort war. Sie hat keinerlei Beweise für eine Verstrickung von Borken. Warum sollte er die Wahrheit sagen?“

„Und warum sollte er so gute Beziehungen haben?“

„Weil er Kulturprojekte der Stadt mitfinanziert.“, kontert Tom wie aus der Pistole geschossen.

„Ach, Verschwörungstheoretiker bist du jetzt auch noch?“, Frances winkt genervt ab. „Macht doch was ihr wollt.“

„Sei bitte nicht sauer Frances. Ich werde der Becker alles erzählen. Aber es könnte hilfreich sein, herauszufinden, ob an Steves Verdacht gegen das Auktionshaus etwas dran ist. Ich glaube nicht, dass die mit dem Mord zu tun haben.“

„Du könntest dem Auktionshaus den Renoir zum Verkauf anbieten. Dann wird sich zeigen, wie genau sie es mit der Provenienz nehmen.“, schlägt Tom mit einem vorsichtigen Seitenblick zu Frances vor.

„Marthe soll mit dem Renoir in das Auktionshaus spazieren? Das ist doch verrückt.“

„Vergiss es. Oma wäre niemals einverstanden. Aber Mutti will ihren Spitzweg loswerden. Den könnten wir dem Auktionshaus zur Versteigerung anbieten. Einziges Problem, er ist nicht in der Datenbank von Lost Art gelistet.“

Tom grinst. „Ach, das Bild in die Datenbank einzupflegen ist easy. Fragt sich, ob der Spitzweg interessant genug für das Auktionshaus ist.“

Frances schüttelt unwillig den Kopf. „Ist das nicht illegal, den Spitzweg bei Lost Art einzutragen?“

„Tut doch keinem weh.“, erwidert er genervt.

„Calewski hat mir das Angebot gemacht, Kontakt zu dem Auktionshaus herzustellen. Ich könnte ihm sagen, dass Oma den Renoir verkaufen möchte, wenn der Verkauf vom Spitzweg gut läuft.“

„Der Spitzweg als Teaser?“

Frances seufzt resigniert. Tom grinst zufrieden.

„Ich werde Mutti morgen anrufen. Wenn sie ihr Go gibt, kontaktiere ich Herrn Calewski. Bis wann kriegst du den Eintrag, in der Datenbank von Lost Art hin?“

Steves Arbeit darf nicht umsonst gewesen sein.

„Montag.“

Frances sieht unglücklich drein.

„Das ist doch wirklich harmlos. Wir verkaufen nur Muttis Bild. Wenn wir das Gefühl haben, die Leute haben Dreck am Stecken, benachrichtigen wir die Becker. Mit dem Beweis!“

„Das klingt zwar harmlos, aber ich habe kein gutes Gefühl.“ Sie nimmt einen tiefen Atemzug.

„Keine Sorge.“ Frances lässt meine Umarmung steif über sich ergehen. „Ich bin einfach froh, etwas tun zu können, weißt du?“

„Ich muss los." Tom schnellt hoch, Perla streckt sich und folgt ihm. „Bin noch zu einem Hack verabredet." Bei den Worten schielt er zu meiner besorgten Freundin.

„Ein bisschen Daten klauen." Er grinst sie provokant an.

„Idiot!", zischt Frances. „Mach dich nur lustig über mich. Ich halte mich eben gern an Regeln."

„War Spaß. Komm, klatsch ein." Er streckt ihr seine Hand entgegen.

Frances packt zu und zieht sich hoch. „Ich glaube keine Sekunde, dass das ein Spaß war."

„Stimmt. Montag kannste loslegen Marthe. Bis denne."

Schade, dass Frances auch gegangen ist. Die Wohnung fühlt sich leer an und unser Plan auf einmal gar nicht mehr so harmlos. Immer dieselben Fragen rotieren in meinem Kopf. Was hat Steve getan, um einen Einbruch und einen Mord auszulösen? Warum hat er den Wert des Renoirs heruntergespielt? Hat er uns noch mehr verheimlicht?

Es ist schrecklich, in der Vergangenheit von ihm zu denken.

12. Kapitel

Donnerstag, 29. September

Mutti, das Bild und ich auf der Rückbank des Taxis. Die Ecke des Rahmens bohrt in meinen Oberschenkel. Mutti hat sich schlicht geweigert, das Bild in den Kofferraum zu legen. Was soll's, die Fahrt ist kurz. Ein Glück, dass sie den Spitzweg loswerden möchte. Mit dem Wissen, dass es vielleicht eng verbunden mit dem Leid einer jüdischen Familie ist, konnte sie es in ihrem Schlafzimmer nicht mehr ertragen. Ich bin gespannt auf das Auktionshaus. Calewski war geradezu euphorisch, als ich ihm den Verkauf des Renoirs in Aussicht gestellt habe. Was für eine gute Entscheidung das wäre. Man könnte meinen, er würde Prozente für die Vermittlung von Kunden bekommen. Gar nicht unwahrscheinlich bei einem Objekt wie dem Renoir. Er hatte kaum Bedenken wegen der Restitutionsansprüche.

Der Taxifahrer hat es mit zwei schweigsamen Fahrgästen zu tun. Die anfänglichen Konversationsversuche sind kläglich gescheitert. Seine offensichtliche Neugierde, was in dem Paket steckt, blieb unbefriedigt. Was hat er gefragt? Ob wir einen Staubfänger loswerden wollten, in seiner Wohnung hinge auch ein Familienerbstück, ein düsterer Ölschinken, der die aufgewühlte See darstellt.

Mutti hat freundlich gelächelt, ‚ja so ungefähr.', stimmte sie zu und das war es an Kommunikation. Dabei wirkt der Mann nett. Wer weiß, was sein Bild für eine Geschichte hat. Die Geschichte von alten Bildern, wo sie überall gehangen haben, wer sie betrachtet hat, sind manchmal interessanter als die Bilder selbst.

„So die Damen, da wären wir. Auktionshaus Borken." Ungeniert fährt er in die Einfahrt einer stattlichen Villa. „Macht zweiundzwanzig Euro."

„Vielen Dank." Mutti drückt ihm Fünfundzwanzig in die Hand.

Der Mann lächelt, verzeiht unsere Reserviertheit. „Moment, ich helfe den Damen."

Er steigt aus, seine Schuhe knirschen über Kies. Er öffnet mir die Wagentür, dann Mutti. Übergibt das Bild an mich, damit sie bequem aussteigen kann. „Alles Gute.", wünscht er uns.

„Danke. Versuchen sie doch auch, Ihren Ölschinken zu verkaufen."

Er lacht und zeigt dabei eine Zahnlücke. „Besser nicht, sonst jagt mich Großmutters Geist. Ihr Motto war: Erbstücke bleiben in der Familie, für schlechte Zeiten." Bei den letzten Worten klopft er auf das Dach seines Taxis, zwinkert mir zu und steigt wieder ein.

Mutti und ich stehen etwas verloren in der Hofeinfahrt. Sollen wir hineingehen und die Sache durchziehen?

In dem Moment wird die Eingangstür geöffnet.

Ein Mann in Anzug, mit beachtlich breiten Schultern, tritt an die oberste Treppenstufe. Er mustert uns mit strenger Miene.

„Kann ich Ihnen helfen?“

„Bringen wir es hinter uns.“, murmelt Mutti leise vor sich hin. Zu dem Wachmann gewandt antwortet sie. „Ja bitte, wir haben einen Termin.“

Er eilt uns entgegen und nimmt Mutti das Bild ab.

„Bitte gehen Sie voraus.“

Kaum betreten wir die Villa, blickt eine Frau am Empfangstresen auf, steuert auf uns zu, ein übertriebenes Lächeln im Gesicht. „Guten Tag meine Damen,“ flötet sie, „wie schön Sie in unserem Haus begrüßen zu dürfen. Sie sind die Damen Keller, nehme ich an?“

Mutter nickt. „Das sind wir.“

„Herzlich willkommen. Bitte folgen Sie mir nach oben, dort sind unsere Beratungsräume.“ Sie stöckelt auf ihren Pumps vor uns her. Die Frau trägt ein elegantes, cremefarbenes Kostüm, Schuhe, Strumpfhose, alles Ton in Ton, bis auf die Lippen. Die sind knallrot und bewegen sich immerfort, ziehen unwillkürlich den Blick auf sich. Dabei ist die Empfangshalle beeindruckend, wird durch ein kuppelförmiges Oberlicht erhellt, Sonnenstrahlen brechen sich in dem kunstvollen Buntglas. Die Dame nimmt die Treppenstufen seitlich, redet uns zugewandt munter weiter, sie spricht so schnell, ich habe kaum die Hälfte verstanden.

Wie heißt sie? Frau Sim ...? Frau ‚Schnelle Zunge' würde zu ihr passen. Die Treppe verläuft in einer Spirale Richtung Himmel. Schnelle Zunge verlässt sie in der ersten Etage. Schade, ich wäre gerne bis ganz nach oben gegangen, um das Oberlicht aus der Nähe anzusehen. Sie geht auf einen weiteren Wachmann zu. Dieser ist mit einem zackigen Schritt an der Tür, hält sie für uns auf. Das Wachpersonal sieht erheblich wehrhafter aus als in einem Museum. Wer weiß, was hier für Schätze hängen. Ist Steve mit einem von ihnen aneinandergeraten? Hat sich im Handgemenge ein Schuss gelöst, Steve tödlich getroffen?

Der Raum ist hell, in der Mitte steht eine Staffelei, davor ein niedriger runder Tisch und drei Stühle. An der rechten Wand ein großer Tisch, auf dem eine Lupe und andere Gerätschaften bereitliegen. Der Wachmann stellt unseren Spitzweg sorgsam auf die Staffelei.

‚Schnelle Zunge' lächelt mich an. Hat sie mich etwas gefragt?

„Ich nehme einen Orangensaft.", hilft Mutti mir auf die Sprünge. Sie kennt meine Abschweifungen.

„Für mich bitte auch. Danke.", antworte ich auf die überhörte Frage.

„Sehr gerne. Frau Mantzig wird gleich bei Ihnen sein."

Mit einem Nicken entfernt sie sich. Die Tür schließt sich hinter ihr und dem Bildträger.

Eine ernste Frau mit Brille betritt den Raum.

Ihre braunen Haare sind zu einer kunstvollen Hochsteckfrisur geformt. Sie schenkt uns ein angedeutetes Lächeln. „Willkommen in unserem Haus. Mein Name ist Mantzig, ich bin Kunsthistorikerin und zuständig für die Erstellung von Gutachten und die Beratung unserer Verkaufskunden.“ Ihre Stimme ist leise und dennoch gut zu verstehen.

„Wie können wir Ihnen behilflich sein?“ Die Beraterin sieht Mutter mit ihrem reservierten Lächeln an.

„Ich möchte gerne dieses Gemälde verkaufen.“.

„Wären Sie so freundlich, das Gemälde auszupacken? Aus versicherungstechnischen Gründen müssen Sie das leider selbst übernehmen.“

Während Mutti das Gemälde auspackt, kommt ‚Schnelle Zunge‘ mit unseren Säften herein und verdünnisiert sich wieder lautlos.

Frau Mantzig betrachtet den Spitzweg von allen Seiten, steckt sogar einen Lupenaufsatz auf ihre Brille. Nach einer gefühlten Ewigkeit wendet sie sich uns wieder zu.

„Besitzen Sie ein Gutachten für das Gemälde?“

„Nein.“, antwortet Mutti kurzangebunden.

„Dann müssten wir eines erstellen, bevor wir das Gemälde anbieten können.“, stellt die Beraterin nüchtern fest. „Es handelt sich nach meinem ersten Eindruck um einen originalen Spitzweg. Um sicherzugehen, müssten wir einige Tests durchführen. Haben Sie einen Provenienznachweis und die Kaufurkunde mitgebracht?“

Mutti sieht mich verunsichert an. „Nein, das tut mir leid. Ich wusste nicht, ... wir besitzen keinen Kaufnachweis. Mein Vater hat das Gemälde in den Kriegsjahren auf einer Auktion gekauft. Ich weiß nicht, was mit der Urkunde passiert ist.“

„Verstehe. Wir sind allerdings verpflichtet, vor einem Verkauf die Provenienz zu prüfen.“

Unser Verdacht löst sich in Luft auf. Die Frau ist absolut seriös. Nichts weist auf zwielichtige Geschäfte hin. „Wie aufwändig wäre die Prüfung?“

„Nun“, sie rückt ihre Brille zurecht, „zuerst würden wir über unsere Datenbank prüfen, ob das Gemälde gesucht wird, es als vermisst oder gestohlen gemeldet wurde. Das ist Routine, dazu sind wir bei jedem Verkauf verpflichtet, selbst wenn uns Nachweise über den Kauf erbracht wurden. Wenn die Prüfung ergebnislos bleibt, könnte man weiter besprechen, welcher Aufwand betrieben werden sollte. Je sorgfältiger die Prüfung der Provenienz ausfällt, desto besser baut man unangenehmen Überraschungen bei einer Versteigerung vor.“

„Wann könnten Sie die Datenbankprüfung vornehmen?“ Hoffentlich schiebt sie die nicht auf die lange Bank.

„Wenn Sie es wünschen, jetzt sofort.“ Sie sieht Mutti fragend an.

„Ja bitte. “, Muttis Augenlider zucken nervös.

Elegant wendet sie sich dem Schreibtisch zu, öffnet

eine schmale Schublade, holt einen Laptop hervor. Das leichte Klacken der Tastatur durchdringt die Stille. Wenn Tom seine Arbeit getan hat, wird das Bild in der Datenbank auftauchen.

Die Beraterin schließt den Laptop, auf ihrer Stirn hat sich eine steile Falte gebildet. „Es tut mir leid. Ihr Spitzweg wird bei Lost Art als gesucht aufgeführt.“

Mutti schnappt nach Luft.

„Wie bitte? Was heißt das?“

Verwirrt sieht sie mich an. Hätte ich sie besser eingeweiht?

Frau Mantzig sieht Mutti mitfühlend an. „Laut Lost Art ist das Gemälde im Dritten Reich einer Familie abhandengekommen, das bedeutet, der Spitzweg könnte enteignet worden sein oder die Familie war verfolgungsbedingt gezwungen, ihn unter Wert zu verkaufen. Bevor wir den Spitzweg versteigern können, müssten wir die Ansprüche der Familie klären. Das ist leider etwas aufwändig.“, erklärt sie.

„Sie meinen, wir können das Bild nicht verkaufen!!!“

Mutti zuckt leicht zusammen, die Mantzig versteift sich. Meine Empörung war überzeugend.

„So war das nicht gemeint. Die Ansprüche der anderen Partei sollten jedoch im Vorfeld geklärt werden, die Nachweispflicht liegt bei den Antragstellern. Bei einem begründeten Anspruch wird in der Regel eine gütliche Einigung gefunden. Seien Sie unbesorgt, es besteht kein

Herausgabeanspruch für das Gemälde. Der Prozess zieht sich nur leider in die Länge und die Kosten im Vorfeld fallen höher aus.“ Zu Mutti gewandt setzt sie hinzu: „Niemand wird Ihnen das Gemälde wegnehmen, da kann ich Sie beruhigen.“

Mutti schluckt schwer. „Verstehe. Welchen Verkaufswert hat der Spitzweg ungefähr?“

Frau Mantzig öffnet wieder ihren Laptop. Nach einigen Minuten blickt sie auf. „Ich habe als Referenz die Auktion eines Spitzwegs mit ähnlichem Motiv gefunden. Sonderauktion Schäfer im Auktionshaus Neumeister aus dem Jahr 2022. Das Gemälde lag bei einem Schätzwert von 30.000 bis 40.000 Euro, der Zuschlag erfolgte bei 52.000 Euro. Das Käuferaufgeld betrug 27 Prozent, das ist allerdings irrelevant für Sie. Als Verkäuferin würden für Sie das Abgeld sowie die Kosten für das Gutachten, Provenienzprüfung, Aufnahme in den Katalog und Versicherung anfallen. Bei uns betrüge das Abgeld, also die Provision, ca. 20 Prozent. Da wir über einen großen Kundenstamm verfügen, bin ich optimistisch, dass wir einen ähnlich hohen Zuschlag erzielen könnten.“, erklärt sie eifrig.

Wow, nicht schlecht. Mutti guckt groß, sie ist auch überrascht.

„Falls die Ansprüche und Provenienz geklärt sind.“, ergänzt die Frau schnell.

„Diese Ansprüche! Mein Opa hat das Bild vor langer Zeit rechtmäßig ersteigert. Ich verstehe das Problem nicht."

Die Mundwinkel unserer Beraterin zucken nervös.

„Ich kann Sie beruhigen. Da es in ihrem Fall keinen Herausgabeanspruch gibt, sind auch die Anspruchssteller auf eine gütliche Lösung angewiesen. Als Auktionshaus sind wir angehalten, möglichst eine Restitution anzubahnen. In der Datenbank wird eine Anwaltskanzlei als Kontakt genannt. Von dieser würden wir Nachweise für die Ansprüche anfordern, darüber, wem das Gemälde gehört haben und wie es abhandengekommen sein soll."

Die Frau verhält sich absolut korrekt. Es war naiv zu glauben, dass sie Unbekannten eine andere Lösung vorschlagen würde, eine inoffizielle oder sogar illegale. Wir sind keinen Schritt weiter.

Mutti holt tief Luft.

„Von mir aus können die Anspruchssteller ..."

„Entschuldige Mutti. Frau Mantzig, wissen Sie ... Herr Calewski hat uns versprochen, dass Sie uns weiterhelfen werden und den Spitzweg zeitnah und zu einem guten Preis verkaufen können!"

Sie verengt ihren Blick. Mutti verzieht das Gesicht.

„Das hat Herr Calewski Ihnen versprochen?"

„Ja, allerdings."

„Seien Sie versichert, wir setzen uns mit aller Kraft für die Zufriedenheit unserer Kundschaft ein. Womit wäre

Ihnen geholfen?“ Ihre Stimme klingt vorsichtig tastend.

„Wenn wir den Spitzweg mit möglichst wenig Aufwand verkaufen könnten.“ Muss ich deutlicher werden, wird sie darauf einsteigen?

„Ich weiß nicht, inwieweit das möglich wäre. Ich gebe zu bedenken, dass wenig Aufwand einen kleineren Käuferkreis bedingt und damit der Verkaufspreis unter den Möglichkeiten bleiben könnte.“

Jetzt wird es interessant.

„Dafür weiß man, dass das Bild in gute Hände kommt, so hoffe ich. Bei einer Onlineauktion beispielsweise, könnte es irgendwo in der Welt landen.“

Frau Mantzig weicht meinem Blickkontakt aus. Was überlegt sie? Sie hebt ihren Blick. Hat sie einen Entschluss gefasst?

„Wir haben einige Kunden, die aus diesem Grund Privatauktionen bevorzugen. Würde Ihnen das entgegenkommen?“

„Unbedingt!“

„Ich müsste mit meinem Vorgesetzten Rücksprache halten. Wenn Sie mich entschuldigen und sich einen Moment gedulden würden?“ Sie sieht zu Mutti, die signalisiert ihr Einverständnis mit einem steifen Kopfnicken.

Kaum hat sie den Raum verlassen, lässt Mutti ihr Pokerface fallen.

„Was sollte das denn?“

Muttis Stimme bebt vor Empörung. „Was hast du vor? Willst du das Bild etwa verkaufen, obwohl es von einer Familie gesucht wird? Dein Steve scheint ein Dilettant zu sein. Sonst hätte er uns vorgewarnt. Dem vertraue ich Omas Renoir mit Sicherheit nicht an!“ Ihr Gesicht ist rot vor Aufregung.

Steve ... mein Triumphgefühl verpufft. Wenn sie wüsste, dass Steve ...

Sie muss sich beruhigen, bevor die Mantzig zurückkehrt. Hoffentlich gibt es keine Videoüberwachung. „Mutti, bitte vertrau mir. Ich bin nicht dazu gekommen, dich in unseren Plan einzuweihen.“

„Plan? Welcher Plan? Und ‚uns‘ – meinst du damit diesen Steve? ... Marthe, ist dir unwohl ...“

„Nein, nein. Der Plan ist von Tom, Frances und mir.“

„Frances? Er ist aber nicht illegal?“ Mutti klingt schon zugänglicher. Sie vertraut Frances, hält sie für bodenständiger wie mich.

„Keine Sorge. Ich erkläre dir später, worum es geht.“

„Hm.“ Mutti ist nicht wirklich beruhigt, aber bereit zu warten.

Frau Mantzig kommt mit einem Mann im Gefolge herein. Ein Herr um die Fünfzig, sehr smart.

„Darf ich vorstellen, Herr Walther, der Geschäftsführer unseres Hauses. Die Damen Keller.“

Dieser deutet eine Verbeugung an.

„Sehr angenehm – Frau Keller und Frau Keller.“ Der

wohlklingende Bariton steigert seine Attraktivität, dennoch ist mir der Mann unsympathisch. Es ist dieser gönnerhafte Zug um seinen Mund. „Herr Calewski hat ihr Kommen bereits angekündigt. Wie ich höre, wünschen Sie unsere besondere Unterstützung beim Verkauf von zwei Gemälden? Und da ist ja schon eines davon. Ein klassisches Spitzwegmotiv. Das ist immer beliebt. Dafür werden wir bestimmt interessierte Käufer finden." Er lächelt gewinnend.

Mutti ist kurz zusammengezuckt, als er zwei Gemälde erwähnte. Zum Glück hat sie sich nichts weiter anmerken lassen. Calewski hat dem Auktionshaus also den Mund wässrig gemacht, ihm den Verkauf des Renoirs in Aussicht gestellt. Wenn Auktionshäuser fast dreißig Prozent des Kaufpreises bekommen, meine Güte, dann würden Sie an dem Renoir über eine Million verdienen, unmöglich, oder nicht?

Mutti räuspert sich. „Frau Mantzig hat uns das Vorgehen, und die nötigen Recherchen im Vorfeld eines Verkaufs erläutert, das klang sehr aufwändig."

Der Mann wirft seiner Mitarbeiterin einen vorwurfsvollen Blick zu. „Sie hat Ihnen den üblichen Weg vorgestellt. Ihr war nicht bewusst, dass Sie gute Bekannte von Herrn Calewski sind. Dieser hat sich für Sie verbürgt, daher können wir Ihnen den gleichen Service anbieten wie unseren Stammkunden.", erklärt er jovial. Sein Gebaren erinnert an einen Hahn, herausgedrückte Brust, der Blick von oben herab. Seine Mitarbeiterin dagegen ist scheinbar eingeschrumpft. Ihre Mundwinkel zu einem gequälten schmalen Lächeln hochgezogen, wartet sie auf Anweisungen.

„Wie zuvorkommend," so geschwollen zu reden, fühlt sich wie eine Verkleidung an, „könnten Sie uns erklären, wie Ihr Service aussieht?" Es ist Zeit zum Geschäft zu kommen.

Der überhebliche Herr Walther hatte bisher nur Mutti angesprochen, jetzt schenkt er mir einen Seitenblick, behält Mutti aber im Auge. Er macht den Punkt klar, dass sie die eigentliche Kundin ist.

„Für unsere Stammkunden bieten wir Privatauktionen an. Da diese nur für geladene Gäste sind, können wir auf einige Formalitäten verzichten. Verkäufer und Bieter vertrauen auf unsere Bewertung. Wir erzielen in der Regel vergleichbare Preise, trotz des kleineren Bieterkreises. Außerdem sind die Zuschläge unter Vorbehalt. Sie können binnen vierundzwanzig Stunden widersprechen. Das minimiert das Risiko für Sie."

Mutti sieht ihn übertrieben wohlwollend an. „Das klingt ideal. Wo liegt denn das Restrisiko?"

„Falls Sie das Gebot ablehnen, müssten Sie die Unkosten unserer Dienstleistungen tragen.", erklärt er.

„Verstehe." Mutti lächelt verständnisvoll. Bevor er weiterreden kann, setzt sie schnell hinterher.

„Wie hoch wären diese Unkosten?“

Walthers Mundwinkel zucken nach unten. Missfällt ihm Muttis Frage? Macht sich seine normale Klientel keine Gedanken über Unkosten? Mutti wird alles genau hinterfragen, sie ist Kauffrau durch und durch.

„Die Rückziehungsgebühr beliefe sich auf 10% des Zuschlags, weit weniger als bei anderen Häusern üblich. Frau Mantzig gab mir zu verstehen, dass sie den Verkauf schnell abwickeln möchten?“

Uff, bis zu fünftausend? Darauf wird Mutti sich nicht einlassen.

„Korrekt.“, antwortet Mutti zu meinem Erstaunen ungerührt. Sie lächelt Frau Mantzig zu. „Wann ist die nächste Auktion?“

„In zehn Tagen. Ich weiß nicht, ob wir es schaffen, das Bild in diese Auktion aufzunehmen. Die darauffolgende Privatauktion findet in einem halben Jahr statt.“, erklärt er.

„Oh, das wäre aber spät.“ So lange können wir unmöglich warten!

Herr Walther sieht unwillig zu mir.

„Meine Tochter hat recht.“ Mutti ist ein Schatz, dass sie mich unterstützt.

Der Geschäftsführer nimmt zwei Schritte aufs Fenster zu. Wägt er ab, ob sich der Einsatz lohnt? Er räuspert sich. „Wenn es Ihnen so wichtig ist, für Sie werden wir das Gutachten über die Echtheit des Gemäldes im

Eiltempo erstellen. Ein Freundschaftsbonus. Dann können wir Ihren Spitzweg in zehn Tagen anbieten. Frau Mantzig wird den Vertrag mit Ihnen durchgehen.“ Herr Walther sieht Mutti Beifall heischend an.

„Das wäre wunderbar Mutti, oder?“ Wir müssen auf diese Auktion kommen.

Sie scheint zu zögern. „Hans hat mir versprochen, einen kurzen Blick auf den Vertrag zu werfen. Im Anbetracht des finanziellen Risikos, beim Ausschlagen eines geringen Zuschlags, wäre mir das wichtig.“

Herr Walther wippt ungeduldig vor und zurück. Sitzt ihm die Gier nach dem Renoir im Nacken?

„Ich mache Ihnen ein einmaliges Angebot, da Herr Calewski Sie uns ans Herz gelegt hat.“ Er sieht uns gönnerhaft an. Von wegen, ans Herz gelegt. Geldgierig bist du.

„Wir verzichten ausnahmsweise auf die Rückziehungsgebühr. Dann tragen Sie keinerlei Risiko. Was sagen Sie dazu?“ Die Brust von Herrn Walther ist weiter angeschwollen.

Mutti strahlt ihn an. „Wie zuvorkommend. Wissen Sie, so eine Versteigerung ist absolutes Neuland für uns. Da fällt es schwer, die Risiken einzuschätzen. Und der Spitzweg ist ein Erbstück von meinem Vater.“

Beim Handeln ist Mutti wirklich mit allen Wassern gewaschen. Es ist richtig anstrengend, mir das Grinsen zu verkneifen.

„Ich verstehe vollkommen. Frau Mantzig, fertigen Sie doch bitte den Vertrag aus. Das Gemälde bleibt gleich hier, damit wir das Gutachten erstellen können. Einverstanden?“ Walthers Stimme trieft vor Freundlichkeit.

„Selbstverständlich.“, bestätigt Mutter.

„Wir werden dabei sein, wenn Opas Bild versteigert wird. Wie aufregend, meine erste Auktion. Lernen wir die Käufer kennen? Es ist beruhigend, wenn das Gemälde in gute Hände kommt.“

Er reagiert nicht gerade überschäumend auf meine Begeisterung. „Ich fürchte, da muss ich Sie enttäuschen. Einige unserer Kunden möchten anonym bleiben. Das ist bei Kunstauktionen im Übrigen gang und gäbe.“

Mutti stutzt. „Aber wir können doch bei der Auktion anwesend sein?“ Sie sieht ihn mit empörtem Gesichtsausdruck an.

Herr Walther weicht ihrem Blick aus, sieht zu dem Spitzweg, dann wieder zu uns. „Natürlich. Frau Mantzig wird Ihnen Einladungen mitgeben. Haben Sie weitere Fragen? Ansonsten würde ich meiner Mitarbeiterin die weitere Abwicklung überlassen.“

„Das Mindestgebot wäre interessant.“, hakt Mutti nach.

Der smarte Geschäftsmann klatscht in die Hände. „Da hätten wir das Wichtigste fast unter den Tisch fallen lassen. Ich denke, wir sollten uns an der Auktion von Neumeister orientieren, die Frau Mantzig herausgesucht hat und ein Mindestgebot von € 35.000 ansteuern. Wäre das in Ihrem Sinne?“, er klingt ungeduldig, scheint es eilig zu haben, die Sache abzuschließen.

„Damit bin ich einverstanden.“ Mutti sieht zufrieden aus.

Er verabschiedet sich mit einem galanten Diener und überlässt seiner Mitarbeiterin die Schreibarbeit. Sie begutachtet das Gemälde gründlich auf Schäden, jeden kleinen Kratzer im Rahmen dokumentiert sie. Was für eine ermüdende Prozedur. Ich wünschte, sie würde sich etwas beeilen. Tom wird staunen! Mutti und ich gehen auf die Auktion. Das ist großartig!

Frau Mantzig ist fertig, endlich.

„Den sind wir los.“ Mutti hakt sich resolut bei mir unter, schreitet forsch Richtung Straße.

„Wen meinst du, Herrn Walther ...“

„Den Spitzweg natürlich. Wir sind befreit von einem Stück dunkler Vergangenheit. Lass uns feiern, bei Kaffee und Kuchen?“ Sie sieht sich um, ihr Rock schwingt mit. „In Richtung neuer Garten, da war doch ein Café. Und dann erklärst du mir, was es mit eurem Plan auf sich hat.“

Es wird schwer, von Steve zu sprechen. Erzähle ich ihr alles? Mutti darf keine Angst bekommen und einen Rückzieher von der Auktion machen.

13. Kapitel

Sonntag, 02. Oktober

Die Sonntagsrunde durch den Kiez ist trübselig. An der Straßenecke lag plötzlich seine Hand auf meiner Schulter. Sein unwiderstehlicher Hundeblick hat mich überzeugt, mit ihm zu gehen ... ach Steve ... was ist passiert? Warum die Lüge über den Wert des Renoirs?

Unser Leben hängt an einem seidenen Faden, eine falsche Entscheidung ... vorbei ... was war deine falsche Entscheidung Steve?

Tom und ich müssen aufpassen, dass wir uns nicht verrennen und selbst in Gefahr bringen. In dem Auktionshaus wird Raubkunst unter der Hand verkauft, auf Provenienzen verzichtet. Aber begeht man einen Mord, weil jemand droht, das an die Öffentlichkeit zu bringen? Ohne einen stichhaltigen Beweis zu haben? Was wusste Steve?

Mutti war so geschockt von seinem Tod, fast hätte Sie die Auktion abgesagt. Aber was sollte uns auf einer Auktion passieren. Ihr Pflichtgefühl, Opas Schuld anzuerkennen und die Erleichterung, den Spitzweg loszuwerden, haben gesiegt. Seltsam, dass der Spitzweg nicht bei Lost Art gelistet war. Er stammt sicherlich auch von einer dieser schrecklichen Auktionen. Immerhin hilft er jetzt, die Mistkerle dranzukriegen, die sich einen Dreck um Nazi-Raubkunst, um unsere deutsche Verantwortung scheren. Mutti bringt Hellbricht mit, ein Zeuge mehr. Sobald der Handel abgeschlossen ist, zeigen wir das Auktionshaus an, falls die Polizei nicht eingreift, informieren wir die Presse.

Tom ist euphorisch, wegen unseres Erfolgs. Im Grunde haben wir ihn Calewski zu verdanken.

Was für Menschen werde ich dort begegnen? Wird Steves Mörder unter ihnen sein?

14. Kapitel

Sonntag, 9. Oktober

Ich sehne mich nach Jeans und Handschuhen. Der feuchtkalte Fahrtwind dringt durch die dünne Strumpfhose, Gänsehaut zieht sich über meine Beine, die Finger sind klamm, die Nase läuft. Egal, fest in die Pedale treten, ich bin spät dran.

Vor dem Eingang des Auktionshauses tummeln sich einige Grüppchen, sie unterhalten sich lautstark. Ein Sehen und Gesehenwerden. Wo ist ein Fahrradständer? Frau Mantzig steht an der Treppe, lächelt höflich einen älteren Herrn an, der auf sie einredet. Ich ernte neugierige Blicke, Radfahrer gehören hier offenbar zu einer exotischen Spezies.

Die Mantzig, in elegantem Kostüm, entschuldigt sich bei dem Herrn und eilt auf mich zu.

„Guten Tag Frau Keller, wie sportlich.“ Sie manövriert mich rasch hinter die Villa. „Ihr Fahrrad können Sie an dem Gitter anschließen. Das Gästebad ist im Erdgeschoß, rechts, falls Sie sich frisch machen möchten. Wir sehen uns später.“

Ein dezenter Hinweis auf meine zerzausten Haare und die laufende Nase – falls Sie sich frisch machen wollen ...

„Marthe.“ Mutti steht vor der Treppe, winkt aufgeregt. „Da bist du ja.“

„Guten Morgen, so schnell sieht man sich wieder." Hellbrichts Hand ist angenehm warm. „Du bist eiskalt."

„Ich habe meine Handschuhe vergessen. Schön, dass Sie mitgekommen sind."

„Du, Marthe. Wir hatten uns auf Du geeinigt. Beim nächsten Herr oder Sie musst du eine Runde ausgeben."

„Oh je, das könnte teuer werden."

Hans lacht. „Kein Problem, ich bin trinkfest."

Mutti strahlt Hans an. Sie hat rote Wangen. Ist sie verliebt? Leider prangt ein dicker goldener Ehering an seiner rechten Hand.

„Ich bin so erleichtert, dass du hier bist Hans.", flötet Mutti. „Marthe und ich kennen uns mit Kunst nicht aus." Ihre Hand streift seinen Arm. Die beiden sind sich auf jeden Fall vertrauter, als ich bei unserem Besuch in seiner Kanzlei mitbekommen habe.

„Hoffen wir, dass sich mein bescheidenes Wissen auszahlt. Ich werde mein Möglichstes tun, um den Preis von eurem Spitzweg etwas in die Höhe zu treiben.", verschmitzt sieht er zu Mutti.

Sie runzelt die Stirn. „Tu bloß nichts Unvernünftiges!"

„Keine Sorge Astrid. Du bist eine solide Geschäftsfrau, von Pokern verstehst du nichts. Es braucht ein bisschen Schlitzohrigkeit bei solchen Gelegenheiten."

Hellbricht gefällt mir immer besser. Er ist nicht der eingestaubte Jurist, für den ich ihn hielt.

„Herr … ich meine Hans."

Er lacht. „Gerade noch zurechtgebogen."

„Wie konntet ihr Oma bei eurem Besuch davon überzeugen, dass der Renoir echt ist und sie sich eine Kopie anfertigen lassen soll? Eine Meisterleistung. Sie war bei Mutti und mir so stur." Ich entwickle die Angewohnheit zu schleimen.

Hans winkt ab. „Deine Oma ist eine vernünftige Frau. Sie hat die Gefahren verstanden, ebenso die Kosten und Notwendigkeit einer Versicherung, falls sie das Original bei sich hängen lassen würde. Deine Großmutter ist glücklich, dass sie euch ein so wertvolles Erbstück hinterlassen wird. Sie möchte die Erbmasse nicht durch eine teure Versicherung schmälern oder gar den Verlust des Renoirs riskieren."

„Das heißt, sie ist nicht bereit, den Renoir zu restituieren? Ich dachte, ...", meine Begeisterung bröckelt.

Hans schüttelt den Kopf. „Ich fürchte nicht. Sie glaubt nicht an diese Ansprüche. Deine Oma ist fest überzeugt, dass ihr Mann die Gemälde ordnungsgemäß ersteigert hat, es keine legitimen Ansprüche geben kann."

Verdammt. Omas Sturheit ist frustrierend. Warum hört sie sich die Geschichte der Familie Goldberg nicht wenigstens an? Weil das hieße, sich der Vergangenheit zu stellen?

„Kopf hoch Marthe. Es gibt Schlimmeres als einen Renoir in der Familie zu haben." Seine warme Hand legt sich auf meine Schulter. „Die Restitution liegt dir am

Herzen, das verstehe ich. Ich werde die Ansprüche der Familie für euch auf Leib und Nieren prüfen, dann sehen wir weiter. Ein Schritt nach dem anderen."

„Ja bitte, tu das. Die Briefe, die Steve mir gezeigt hat. Sie haben mich erschüttert. Der Erlös aus der Versteigerung hatte nicht einmal für die Fluchtsteuer der ganzen Familie gereicht. Samuel Goldberg blieb in Deutschland zurück."

Mutti sieht mich schockiert an. „Das hast du mir gar nicht erzählt. Das bedeutet ...", flüstert sie.

„Tut mir leid. Jetzt war sicher nicht der beste Zeitpunkt."

„Hast du die Briefe? Wir müssen sie prüfen lassen." Da spricht der Jurist.

„Leider nicht, Steve hatte nur Kopien. Sie kamen von seiner New Yorker Kanzlei, glaube ich."

„Wenn die Briefe echt sind ... notfalls werden wir deine Großmutter mit ihnen konfrontieren."

Mutti stöhnt auf, sie scheut die Konfrontation noch mehr als ich. Wie wird Oma reagieren?

„Abgesehen davon, wäre der Renoir so gut wie unverkäuflich, wenn er den Goldbergs zustünde. Außer in diesem Auktionshaus. Sag mal Marthe", Hans wirft einen Blick über die Schulter, beugt sich dann konspirativ zu mir, „Astrid hat mir erzählt, dass ihr den Spitzweg bei Lost Art eingetragen habt."

„Ein Freund von mir."

„Respekt. Keine Sorge, ich verrate euch nicht. Klientengeheimnis. In dem Fall seid ihr doch meine Klienten?"

„Unbedingt." Es fühlt sich gut an, einen Anwalt zu haben. Trotzdem braucht er Toms Namen nicht zu erfahren, noch nicht.

Es kommt Bewegung in die Grüppchen im Garten der Villa.

Hans hakt Mutti unter und hält mir seinen anderen Arm hin. „Meine Damen darf ich bitten."

Geht es bei Versteigerungen immer so förmlich zu? Elegante Gäste, Small Talk, abschätzende Blicke, wie in einer Soap. Gemälde an Stellwänden, Schmuck in Vitrinen und Skulpturen. Ein kleines Privatmuseum. Leider habe ich keine Ahnung, ob die Provenienzen echt oder vollständig sind.

Am besten setze mich in die letzte Reihe, falls es zu langweilig wird, kann ich unauffällig verschwinden. Mutti und Hans sitzen in der zweiten Reihe. Es geht los. Ein älterer Herr ruckelt das Mikrophon am Pult zurecht. Die Unterhaltungen verstummen. Der Mann räuspert sich, sieht zufrieden auf die gefüllten Reihen.

„Guten Tag meine lieben Gäste und Freunde, es ist eine Freude, Sie zu unserer heutigen Privatauktion begrüßen zu dürfen. Den neuen Gästen möchte ich mich kurz vorstellen, mein Name ist Heinrich Borken. Dieses bescheidene Auktionshaus, mit seinem Mutterhaus in

Berlin, wurde von meinem Vater gegründet und wird heute von meinem Sohn geleitet. Ich genieße den Luxus, nur noch zu repräsentieren und kleine Reden schwingen zu dürfen. Ein Teil der Erlöse der heutigen Auktion wird, wie üblich, unserer Stiftung Heimat und Kultur gespendet. Dank Ihrer, hoffentlich großzügigen Gebote ..." Er unterstreicht die Worte mit einer großen Handgeste Richtung Himmel und lässt Zeit für Lacher. Die kommen prompt. „Wird unsere abendländische Kultur gefördert und geschützt, Kindern und Jugendlichen unsere Werte und deutschen Tugenden vermittelt. Sie können nicht nur Ihre Sammlungen bereichern, sondern auch unsere Jugend beschenken und die Zukunft unseres Landes fördern." Applaus. Der Mann neben mir klatscht begeistert. Ich stimme ein, um nicht aufzufallen. Was für ein Mist, deutsche Tugenden.

„Vielen Dank meine Damen und Herren. Die Auktion wird von unserem Verkaufsleiter höchstpersönlich durchgeführt. Herr Walther, bitte, walten Sie Ihres Amtes." Galant macht Herr Borken einen Schritt zurück und lässt den pomadisierten Mann ans Mikrophon treten.

Borken nimmt in der ersten Reihe Platz. Nachzügler betreten den Raum. Calewski und seine Schwester sind darunter. Das gibt's ja nicht. Lassen die beiden ein Bild versteigern? Eines, das Steve gesucht hat?

Der Auktionsleiter nimmt die Gebote für eine kleine Skulptur entgegen.

Der Großteil des Publikums nähert sich dem Rentenalter oder ist schon darüber hinaus. Eine dünne Schicht von Mittvierzigern und ein paar wenige in meinem Alter. Der Mann neben mir gehört unserer unterrepräsentierten Altersgruppe an. Seltsamer Kerl, lang, schlaksig, seine Haut hat einen rötlichen Schimmer. Er hält sich schief, als ob er sich zusammenfalten wollte, um seine Größe zu verstecken. Dabei sitzt er doch in der letzten Reihe. Sein Kopf schnellt zur Seite, unsere Blicke treffen sich. Unangenehm, ich habe ihn zu offensichtlich gemustert. „Hallo."

Er nickt, verzieht den Mund, soll wohl ein Lächeln sein.

Der Spitzweg, unser Spitzweg. Ist das spannend! Das Mindestgebot liegt bei 35.000 €. Warum hebt keiner die Hand? Getuschel und Geraschel, kein Gebot. Das ist nicht auszuhalten. Da, in der Mitte, eine Hand. Eine Weitere mit dickem Goldring, ist das etwa Hans? Das Schlitzohr treibt den Preis in die Höhe. Hoffentlich verschätzt er sich nicht.

Der smarte Walther ruft neue Gebote aus, nicht zu erkennen, wer bietet. Einige heben ihre Hand so diskret, dass es nur direkte Nachbarn mitbekommen.

Der Zuschlag: „Fünfundvierzigtausend zum Ersten … zum Zweiten …. und zum Dritten."

Walthers Stimme dröhnt laut und klar durch den Saal.

Meine Güte, das ist eine Menge Holz. Ich sacke erschöpft in dem Stuhl zurück. Wie wird Mutti mit dem Geld umgehen, es behalten oder spenden?

„War das Ihrer?“ Die schnarrende Stimme reißt mich aus den Gedanken. Sie gehört dem schlaksigen Sitznachbarn.

„Fast. Das Bild ist von meiner Mutter, aber da fiebert man natürlich mit.“

„Sicherlich“, erwidert er, „ich habe Sie hier noch nie gesehen.“

„Wir sind zum ersten Mal dabei. Besuchen Sie die Auktionen regelmäßig?“

Sein Mund verzieht sich zu einem asymmetrischen Grinsen, auf der Stirn bilden sich Falten, sie lassen ihn älter aussehen. „Ab und zu. Aber verzeihen Sie meine Unhöflichkeit, ich hätte mich Ihnen vorstellen sollen, bevor ich Sie mit Fragen belästige. Mein Name ist Johannes Brömer.“

„Sehr erfreut, Marthe Keller. Sind Sie hier, um etwas zu ersteigern oder um etwas zu verkaufen?“

„Heinrich Borken ist mein Patenonkel. Ich bin seinetwegen hier.“

Der Kopf meiner Vorderfrau schnellt herum, eine Lehrerinnenfalte oberhalb der Nase, den Zeigefinger an den Lippen. „Pst!“

Johannes wird rot. „Wir verschieben unsere Unterhaltung besser auf später."

Wow, ich sitze neben Borkens Patensohn. Kennt er die Geheimnisse des Auktionshauses?

Mein Hintern tut weh. Es hält mich nichts mehr auf diesem Stuhl, ich muss mich unbedingt strecken, die Auktion hat ewig gedauert. Ein älteres Ehepaar sieht pikiert weg. Etwa wegen meiner kleinen Gymnastik? Ein Verstoß gegen ihre Etikette? Herrjemine, diese spießigen Leute. Wie schaffen es die Senioren, so lange still zu sitzen? Haben sie sich so an Schmerzen gewöhnt, dass sie die gar nicht mehr spüren?

Johannes sieht auch irritiert aus.

„Ich hatte es am Ischias, mein Arzt hat mir verschrieben, mich nach längerem Sitzen zu strecken."

Bei der Erklärung glättet sich sein Gesichtsausdruck. Wenn eine Autorität etwas anordnet, ist das also okay.

„Johannes, wie schön. Ich sehe die jungen Leute haben sich bereits miteinander bekannt gemacht!", ertönt eine Stimme hinter uns.

Borken, in Begleitung von Hans und Mutti.

„Hallo Onkel Heinrich.", begrüßt Johannes ihn freudig.

„Darf ich vorstellen. Mein Patensohn Johannes Brömer. Johannes darf ich dir Frau Keller und Herrn Hellbricht vorstellen? Gehe ich richtig in der Annahme, dass Sie Fräulein Keller sind?"

‚Fräulein', die Bezeichnung ärgert mich bei ihm fast mehr als bei Calewski.

„Korrekt. Freut mich Herr Borken." Lächeln, keine Verärgerung anmerken lassen. Er hat einen festen Händedruck.

„Ich habe Ihrer Mutter zum Verkauf des Gemäldes gratuliert. Ein schönes Werk zu einem fairen Preis. Wir möchten gemeinsam darauf anstoßen. Begleiten Sie uns ins Foyer?" Er wartet nicht auf meine Antwort, sondern setzt seine Unterhaltung mit Hans fort.

Johannes gibt den Gentleman. „Bitte nach Ihnen." Bei den Worten vollführt er eine sich windende Verbeugung. Sein langer, dünner Körper wirkt schlangenhaft. Er verströmt einen eigenartigen Körpergeruch. Oder bilde ich mir den nur ein? Wenn er nicht Borkens Patensohn wäre, würde ich das Weite suchen. Bei der Auktion geht es um große Summen, was ist das für eine Stiftung, in die ein Teil des Erlöses fließt? Mit dem Verkauf von Muttis Spitzweg haben wir sie heute unterstützt, ganz unfreiwillig. Der Walther hätte uns vorher darüber informieren müssen! Obwohl das Auktionshaus auf einen Teil seiner Einnahmen verzichtet, nicht wir. Mein Gerede, das Bild solle in gute Hände kommen, entspricht anscheinend der Einstellung von Borken und Co. So wie er von Vaterland, deutschem Kulturgut und Bräuchen gesprochen hat. Den Renoir bekommen die auf keinen Fall in die Finger.

Tom muss herausfinden, was diese Stiftung bezweckt.

Johannes trottet neben mir her zum Treppenhaus. Schade, dass die Sonne nicht scheint und die Blau- und Rottöne des Glasmosaiks im Oberlicht zum Strahlen bringt.

In dem eindrucksvollen Foyer tummeln sich die Gäste, trinken Sekt und bedienen sich an kleinen Häppchen, die vom Personal angeboten werden. Mitten im Getümmel steht Borken, verteilt vom Silbertablett eines Kellners Sektgläser an Mutti und Hans. Johannes berührt meinen Ellbogen und führt mich zielstrebig zu den dreien.

„Da seid ihr ja. Fräulein Keller, einen Sekt für Sie? Und hier für dich Johannes.“ Der Eigentümer des Auktionshauses mustert mich. „Ist alles in Ordnung Fräulein Keller? Sie sind hoffentlich nicht unzufrieden mit dem Verkaufspreis?“ Er schickt der Frage einen Lacher hinterher.

„Aber nein.“ Lächeln! Meine verräterische Mimik im Zaum halten. „Ich habe etwas Rückenschmerzen vom langen Sitzen, das ist alles. Ich freue mich, hier zu sein, und dass der Verkauf von Mutters Spitzweg so schnell und professionell vonstattenging. Herzlichen Dank!“

Borken nickt wohlwollend. „Darauf wollen wir anstoßen. Ach, da sind Roland und Kriemhild. Roland!“

Calewskis drehen sich um, entdecken Borken und kommen auf uns zu. Die drei begrüßen sich herzlich.

Der Hausherr stellt ihnen Hans vor. Roland Calewski scheint sich zu freuen, mich wiederzusehen und Mutti kennenzulernen. Seine Schwester dagegen nicht, daran lässt ihr unterkühltes Nicken keinen Zweifel.

„Du kannst mit deinem Verkauf zufrieden sein Roland.“, prostet Borken ihm zu.

„Das sind wir.“ Die beiden stoßen an. Frau Calewskis Miene hat sich verfinstert. Die beiden haben tatsächlich etwas versteigert ...

„Herzlichen Glückwunsch. Welches Kunstwerk haben Sie denn versteigert?“

Calewski schenkt mir ein breites Lächeln.

„Es war das fünfte Objekt in der Auktion.“, fährt seine Schwester dazwischen. Diese Giftschlange, sie weiß genau, dass ich keine Ahnung habe, was als Fünftes versteigert wurde. „Herr Hellbricht, Sie sind selbst Sammler?“ Gekonnt hat sie die Kontrolle über die Unterhaltung übernommen.

Hans beantwortet charmant ihre Fragen. Sie scheint zufrieden. Hans findet ihre Gnade. Er ist Anwalt, Kunstsammler, genau ihre Liga. Und er gibt sich als Verfechter unserer Kultur.

Ihre Tiraden über die deutsche Leitkultur und ihre Überlegenheit sind ätzend. Hans stimmt ihr zu, ohne mit der Wimper zu zucken. Das meint er hoffentlich nicht ernst. Ihre Äußerungen verlaufen an der Grenze zu einer rechtsextremen Gesinnung.

Johannes ist genauso schweigsam wie ich. Ich habe Hemmungen ihn vor den Calewskis auszufragen.

„Sie entschuldigen mich bitte. Meine Gastgeberpflichten rufen.“ Herr Borken wendet sich anderen zu.

„Es war mir ein Vergnügen Sie, kennenzulernen, hoffentlich werden wir uns bald wiedersehen.“ Johannes deutet einen Handkuss an. Wie lächerlich!

„Ganz meinerseits.“

Die Calewski nutzt die Gelegenheit des Abschieds und rauscht davon. Ihr Bruder sieht Mutti gerührt an.

„Ich hoffe, wir werden unsere Bekanntschaft vertiefen können.“

Sie schenkt ihm ein warmes Lächeln. „Es ist schön, einen Weggefährten meines Vaters kennenzulernen.“

Weggefährte ist nun wirklich übertrieben.

Der alte Herr strahlt. „Wissen Sie, am kommenden Samstagnachmittag veranstalten wir ab fünfzehn Uhr ein kleines Gartenfest, Sie drei sind herzlich eingeladen. Heinrich und Johannes werden auch da sein. “

„Das ist wirklich nett.“, reagiert Mutti überrascht.

„Vielen Dank für die Einladung, wir freuen uns.“, ergänzt Hans. Er schüttelt Calewski kräftig die Hand.

Dieser reicht ihm seine Karte, verabschiedet sich und wieselt seiner Schwester hinterher.

Die Einladung wird Calewskis Schwester nicht gefallen. Auf dem Gartenfest könnte ich mehr über diese Stiftung herausfinden.

15. Kapitel

Mittwoch, 12. Oktober

Wer klingelt um acht Uhr morgens? Zeitungsausträger? Oder jemand, der so tut als ob, wie ich bei Steve ... der Einbruch, ob die Polizei ihn aufgeklärt hat? Hat jemand die Chance genutzt, nach Geld gesucht oder war es ein gezielter Einbruch ...

Sollen andere öffnen, ich muss in zehn Minuten zur Arbeit und vorher in Ruhe meinen Tee trinken. Das Klingeln nervt, da ist jemand verdammt hartnäckig. Schon gut.

Lautes Klopfen an der Wohnungstür. Was soll das jetzt? Durch den Spion starrt mir ein riesiges dunkelblaues Auge entgegen, entfernt sich, entzerrt sich, Frau Becker steht vor der Tür. Herrjemine, was will die denn? Wenn man an den Teufel denkt, dann kommt er oder sie.

„Guten Morgen Frau Keller. Entschuldigen Sie die Störung, wir haben einige Fragen." Ihr Kollege steht halb verdeckt hinter ihr. Warum kommen sie zu mir nach Hause?

„Guten Morgen."

„Dürfen wir reinkommen?", die Becker macht einen auffordernden Schritt auf mich zu.

Die Frage war wohl rhetorisch.

„Ich muss gleich zur Arbeit."

Forsch geht sie an mir vorbei, ihr Kollege folgt, hält kurz inne. „Sie sollten die Haustür nicht öffnen, ohne nachzufragen. Sie haben doch eine Gegensprechanlage?"

„Ja, habe ich."

Kopfschüttelnd geht er weiter. Die Kommissarin ist bereits ins Wohnzimmer gegangen, sieht sich ungeniert um. Unverschämtheit! Hätte ich sie doch abgewiesen. Sie hat mich überrumpelt und jetzt seziert sie mit ihrem Blick meine Wohnung. Unangemeldeter Besuch am Morgen nervt immer, aber von Fremden, der Polizei ... meine Unordnung, Anziehsachen liegen rum, Schlafzimmertür weit offen, das ungemachte Bett. Sie sind in meine Privatsphäre eingedrungen wie nichts.

Mein Hals ist belegt. „Frau Becker, ich muss gleich zur Arbeit. Was haben Sie denn für Fragen? Ich kann nach der Arbeit ins Präsidium kommen."

„Rufen Sie bei der Arbeit an und sagen Sie Bescheid, dass Sie sich wegen einer polizeilichen Befragung verspäten.", erwidert sie ungerührt.

Hat sie herausgefunden, dass ich beim Auktionshaus war, ihnen Steves Verdacht gegen Borken verschwiegen habe? Soll ich Hans anrufen? Oder wirkt das verdächtig?

Ich wende mich zum Telefonieren ab, spreche leise. Herr Breitenbrunner ist nicht da. Es ist unangenehm, ihm die Nachricht auf AB zu sprechen, aber es hilft ja nichts.

„Erledigt."

Die Kommissarin starrt mich an. Die Frau bringt mich zum Schwitzen.

„Wo haben Sie sich am Montagabend dem 19. September aufgehalten?“ Sie fixiert mich gnadenlos. Ihr Kollege zückt sein Notizbuch.

„Wieso fragen Sie mich nach dem Montag?“ Ein dicker Kloß bildet sich in meinem Hals.

„Können Sie bitte die Frage beantworten?“

Ihr Kollege weicht meinem Blick aus. Çelik, so hieß er.

„Nun?“ Frau Becker ist ungeduldig.

Tief durchatmen, sammle dich Marthe. Mein Kopf ist blank. „An dem Montag, bevor wir den Einbruch entdeckt haben?“

Sie nickt.

„An dem Tag war nichts Besonderes. Nach der Arbeit war ich zu Hause.“

„Gibt es Zeugen?“, hakt sie nach.

„Nein.“ Meine Stimme zittert. „Wieso?“

„Besitzen Sie eine Waffe? Einen Waffenschein?“, setzt sie die Befragung ungerührt fort.

„Natürlich nicht. Verdächtigen Sie mich etwa Steve umgebracht zu haben?“

„Für den Montag haben Sie kein Alibi.“, stellt sie trocken fest.

„Nein. Ja ... was wollen Sie damit sagen? Sie glauben doch nicht, dass ich etwas mit dem Mord an Steve zu tun habe?“ Das darf nicht wahr sein!

Çeliks Mimik ist mitfühlend, nicht so ein Eisblock wie die Becker.

„Sie haben ein Motiv."

„Ein Motiv?" Ist die jetzt verrückt geworden?

„Herr Lewinsky wollte Ihre Großmutter davon überzeugen, den Renoir an eine jüdische Familie zu restituieren. Einen Renoir ... um wie viel Geld geht es?"

„Fünf Millionen."

Çeliks Augen weiten sich überrascht. Verdammt, ich hätte weniger sagen sollen. Ich könnte mir die Zunge abbeißen.

Die Berger behält ihr Pokerface bei. „Habgier und Eifersucht sind die häufigsten Mordmotive, so abgedroschen das klingt."

„Sie verdrehen alles!" Könnte ich diese idiotische Idee doch aus ihr herausschütteln. „Oma will das Bild nicht restituieren, ich bin für die Restitution, nicht Oma. Wir wollten Steve unterstützen!"

„Wir?" Die Frau stürzt sich auf jedes Wort.

Mist. Ich werde ihr nichts von Tom sagen. „Meine Mutter und ich, wir wollten Steve dabei unterstützen, Oma von der Restitution zu überzeugen."

Frau Becker holt tief Luft. „Ich werde das Gefühl nicht los, dass Sie uns Informationen vorenthalten. Sie sind sich hoffentlich darüber im Klaren, dass es strafbar ist, Ermittlungen zu behindern und wichtige Hinweise zurückzuhalten?"

Habe ich mich bereits strafbar gemacht? Wenn ich ihr jetzt von der Auktionsankündigung erzähle, Steves Reaktion darauf, und dass ich auf einer Auktion von Borken war ... Die Becker wird das gegen mich verwenden, weil ich ihr die Information nicht sofort gegeben habe. Könnte mich verdächtigen, mit Borken unter einer Decke zu stecken. Zuzutrauen wäre es ihr. Ich muss Hans anrufen.

„Sie könnten sich selbst in Gefahr bringen, wenn Sie uns nicht alles erzählen.“, ergänzt Çelik sanft.

„Ich will doch, dass Sie den Mörder finden.“ Meine Beteuerung klingt schwach.

Die Kommissarin sieht missmutig aus.

„Hier ist meine Karte. Rufen Sie an, wenn Ihnen etwas einfällt. Es ist wichtig und zu ihrem Besten.“

Die Wohnungstür fällt ins Schloss.

Sie verdächtigen mich. Das ist ein Alptraum. Ich melde mich krank, verkrieche mich unter der Bettdecke.

Perla leckt hingebungsvoll meine Hand, die Pizzastückchen haben ihr geschmeckt. Ich habe keinen Hunger. Tom hat die zwei riesigen Pizzen fast im Alleingang verputzt. Perlas Wärme ist tröstlich, vertreibt die innere Kälte.

Frances rutscht näher. „Du musst der Kommissarin alles erzählen, dann lassen sie dich in Ruhe.“

„Dein angebliches Motiv ist doch lächerlich ... an den Haaren herbeigezogen. Die Becker spinnt.“, regt Tom sich auf.

„Geh morgen hin und berichte ihr von Borken, der Auktion, Steves Verdacht ...“

„Meint ihr, sie verdächtigen mich ernsthaft?“

Frances schüttelt vage den Kopf. „Wahrscheinlich nicht.“

„Keine Sorge Marthe, selbst wenn, werden sie bald herausfinden, dass das Quatsch ist.“, beruhigt Tom.

„Ich habe kein Alibi.“

Er klopft mir auf die Schulter. „Das wird schon, keine Sorge.“

„Steve wurde am Montag ermordet. Ich war zu Hause und er ... wo war er?“

„Die Kommissarin wird das herausfinden. Du gehst morgen zu ihr, versprochen?“

„Frances, vielleicht habe ich mich strafbar gemacht, weil ich nicht sofort alles gesagt habe. Die Becker hat mir damit gedroht. Ich werde erst Hans fragen, bevor ich zu ihr gehe.“

Tom nickt eifrig. „Das ist auf jeden Fall besser. Außerdem würde deine Aussage die Becker nicht weiterbringen. Ihr geht am Freitag zu Calewskis Party und du versuchst herauszufinden, was es mit der Stiftung Heimat und Kultur auf sich hat, an die das Auktionshaus spendet. Quetsch Johannes aus. Wenn Steve diesen Borken oder jemand anderen von dem Auktionshaus unter Druck gesetzt hat, muss da ein Hund begraben liegen. Offiziell unterstützt die Stiftung 'deutsche Kunst- und Kulturbildung'. Das kann nicht alles sein. Die Ankündigung der Auktion in der Gruppe dieser nationalistischen Plattform ist ein Hinweis, beweist aber nichts."

„Was für eine Schnapsidee", entgegnet Frances aufgebracht. „Soll Marthe sich in Gefahr bringen?"

Perla lässt ein leises Knurren hören.

„Alles gut Perla." Sie legt ihren Kopf auf meinen Schoß zurück. Ihr Herrchen springt auf, tigert durch den Raum.

Frances fängt an, das Geschirr abzuräumen.

Tom bleibt abrupt stehen. „Wir müssen einen Weg finden, um uns in ihr System zu hacken."

Frances sieht ihn missmutig an. „Du spinnst doch!"

„*Hacken*? Wie denn? Nein. Ich gehe mit Mutti und Hellbricht zu der Party. Es wäre seltsam, da nicht zu erscheinen. Und eine Party ist harmlos. Nach der Feier bitte ich Hans um Rat wegen meiner Aussage."

„Mir wäre lieber, du würdest gleich zur Becker gehen.", seufzt Frances, „Aber wenn du meinst. Ich bin müde."

„Wir sehen uns morgen im Büro. Hör auf, dir Sorgen zu machen. Du stehst ja nicht unter Verdacht."

Sie drückt mich fest zum Abschied, Tom winkt sie nur kurz zu.

Ein Zeichen, dass sie sauer auf ihn ist.

Er bemerkt das nicht. „Ich geh dann auch."

„Okay." Ein Stein legt sich auf meine Brust. Alleinsein.

Tom hält inne. „Willst du uns auf der Abendrunde begleiten?"

„Unbedingt! Ich bin grad nicht gern allein."

„Soll Perla heute Abend bei dir bleiben? Ich hab morgen früh in eurem Büro zu tun, da sammle ich sie wieder ein."

„Echt? Ach, du bist ein Schatz!"

„Kein Ding. Auf zum Spaziergang, Perla ist zappelig, Druck auf der Blase."

16. Kapitel

Samstag, 15. Oktober

Kleines Gartenfest? Was für eine schamlose Untertreibung. In Calewskis großem Garten, Terrasse und Wohnzimmer tummeln sich mindestens fünfzig oder sechzig Gäste. Ich fühle mich elend. Steve sollte leben, den Calewskis die Hölle heiß machen, damit sie sich ihrer Verantwortung stellen, ihre Raubkunst rausrücken. Ob sie die Reste am Sonntag versteigert haben? Ist Steves Mörder unter den Gästen? Ein unerträglicher Gedanke.

„Marthe, alles in Ordnung?“ Mutti sieht mich besorgt an.

„Alles Gut. Ich bin etwas überfordert von den vielen Fremden. Die kennen sich alle, oder?“

Mutti sieht sich um. „Scheint so, jeder begrüßt jeden, außer uns.“

„Eine nette Gartenparty.“, kommentiert Hans mit zynischem Unterton. „Stellen wir uns an den Grill, beim Essen kommt man am besten ins Gespräch.“ Wir folgen ihm, froh ein Ziel zu haben.

„Hans, kennst du hier jemanden?“ Mutti mustert die plaudernden Grüppchen.

Er lächelt. „Nein, warum sollte ich? Obwohl doch, auf der Terrasse, rechts, da steht Richter Knaup, Ex-Richter.“

„Du siehst nicht erfreut aus. Was ist mit ihm?“

„Besser wir sehen nicht mehr hin. Zu spät, er hat mich bemerkt. Es bleibt einem nichts erspart.“ Hans seufzt. „Knaup wurde vorzeitig in Pension geschickt. Er stand in dem Ruf, dass seine Urteile tendenziell rassistisch und diskriminierend waren. Ausländer, Homosexuelle und sofort, bekamen harte Strafen, wogegen er Verbrechen mit nationalistischem, antisemitischem Hintergrund milde bestrafte. Wenn die anderen Gäste auch von der Sorte sind, sollten wir hier schnell wieder verschwinden. Sonst setze ich meinen Ruf aufs Spiel.“ Trotzdem folgt Hans dem Winken von Knaup und steuert auf die Terrasse zu.

„Richter Hellbricht, was für eine Überraschung. Sie hätte ich hier nicht erwartet.“, begrüßt er Hans. Seine Stimme ist scharf, mit einem spöttischen Unterton. Ich hätte ihn für einen General gehalten. Groß, hager, sein Gesicht erinnert an einen Falken, schmal, stechende Augen, dominiert von einer hakenförmigen, dünnen Nase.

Hans bleibt bei seinem freundlichen Lächeln. „Ich freue mich auch, Sie zu sehen. Es ist lange her.“ Trotz des netten Tons klingt die Antwort sarkastisch.

Der Gesichtsausdruck von Knaup gefriert, dann fängt er an, künstlich zu lachen. „Das ist es. Meine Urteile fielen in Ungnade. Die heutigen Politiker haben etwas gegen richtige Männer, die unserer Nation aufrichtig dienen, Nichtsnutzen die harte Kante zeigen.“

Knaup macht eine bedeutungsschwangere Pause.

Hans schnaubt.

„In einem Rechtsstaat muss das Recht für alle gleich angewandt werden, es darf nicht nach politischen Sympathien ausgelegt werden. “

Herrjemine, Knaup scheint echt ein rotes Tuch für ihn zu sein. Mutti hat instinktiv ihre Hand auf seinen Rücken gelegt. Hoffentlich bringt das Hans dazu, sich zurückzuhalten.

Der Ex-Richter lacht höhnisch auf. „Ah, als ob es Objektivität gäbe. Das ist lächerlich. Wir urteilen alle nach unseren Überzeugungen. Im Moment ist es politisch korrekt, Ausländer und Abschaum mit Samthandschuhen anzupacken. Das wird sich hoffentlich bald wieder ändern!“ Knaup sieht sich auffordernd in der Runde um und erntet Beifall.

Hans brodelt, seine Halsschlagader tritt hervor. Er darf nicht weiter auf Knaups Provokationen einsteigen, sonst können wir uns gleich verabschieden.

Die Gespräche um uns herum sind verstummt, Spannung liegt in der Luft. Hans und Knaup mustern sich wie Hähne vor einem Kampf. Calewskis Schwester beobachtet das Ganze von der Terrassentür aus mit schadenfroher Miene. Sie war bei unserer Begrüßung geradezu unhöflich unterkühlt. Erhofft sie einen Eklat, um uns schnell loszuwerden?

Der Gastgeber kommt auf uns zu.

„Ah meine beiden Richterfreunde. Führen Sie Streitgespräche zur Rechtsprechung?“

„Mein Kollege hat die interessante Frage nach der Objektivität in der Rechtsprechung aufgebracht.“, antwortet Hans. Er hat sich beruhigt und hebt sein Glas. „Diese philosophische Frage wäre es wert in der Tiefe erörtert zu werden.“ Hans wendet sich Knaup zu und hebt sein Glas. „Auf die gute deutsche Tradition der Philosophie und des Freidenkertums!“ Hans prostet in die Runde.

„Auf unsere Denker!“, nimmt Calewski den Toast erfreut auf.

Die anderen Gäste in der Runde stimmen ein, die Spannung löst sich. Nur Knaups Miene bleibt finster. Calewski bemerkt es. „Prost Gernot.“

Der zwingt sich zu einem „Prost Roland“, fixiert dann wieder Hans. So leicht will er ihn nicht davonkommen lassen. „Und Hellbricht, was ist mit Ihrer Frau? Immer noch eine aktive Linke?“, stichelt Knaup.

„Meine Frau ist und war keine aktive Linke. Und ihr geht es gut danke.“, erwidert Hans.

Das Falkengesicht grinst boshaft. „Eine tolerante Ehefrau?“ Er zwinkert Mutti vieldeutig zu.

Mutti wird rot, Hans kneift seine Augen zusammen, ich würde dem Typ am liebsten in die Eier treten für seine anzügliche Grimasse. Hans macht einen bedrohlichen Schritt auf ihn zu.

„Na, na meine Freunde, ich muss doch bitten“, beeilt sich Calewski, zu intervenieren, „Gernot, Herr Hellbricht hat die Damen bei der Versteigerung ihres Spitzwegs letzte Woche unterstützt. Ich habe ihn auf der Auktion kennengelernt und auf unsere kleine Feier eingeladen. Frau Kellers Vater war ein Freund meiner Kindheit, ein Schützling meines Vaters. Ich bin froh, wieder Kontakt mit seiner Familie zu haben.“ Während Calewski redet, blickt er in die Runde. Ich fange ein paar musternde Blicke auf, ein beifälliges Nicken hier, Getuschel da.

Knaup gibt ein, „So, so“, von sich. Er scheint zu überlegen, wie er uns einordnen soll. „Angenehm, Sie kennenzulernen.“ Er streckt Mutti die Hand entgegen. Sie schlägt zögerlich ein.

„Ich bin ein alter Haudegen, nehmen Sie meinen Kommentar nicht zu ernst.“, entschuldigt er sich, ein schmieriges Grinsen im Gesicht.

Hans zieht Mutti zur Seite. „Nichts für ungut Knaup, ich weiß, dass Sie sich mit meiner Frau in den Haaren gelegen haben. Ihre Ansichten waren, sagen wir, entgegengesetzt.“

„Das kann man so sagen!“, bestätigt Knaup. „Sie ...“

„Verzeih‘ Gernot, ich muss dir meine Gäste entführen. Wir haben etwas zu besprechen.“ Calewski bugsiert uns Richtung Haus.

Knaup verschluckt den Rest seines Satzes. Was wollte er sagen, wieder eine Unverschämtheit?

„Bis später.“ Der Ex-Richter wendet sich dem Kreis seiner Bewunderer zu. Er scheint einflussreich zu sein, sonst hätte Calewskis sich nicht vor ihm gerechtfertigt.

„Verzeihen Sie die unangenehme Situation. Gernot hat seinen eigenen Humor.“

Mutti sieht Calewski freundlich an. „Kein Problem, danke, dass Sie uns zur Seite gesprungen sind.“

„Das war doch selbstverständlich. Ich bin schließlich für das Wohl meiner Gäste verantwortlich.“ Er winkt einem Kellner. „Bringen Sie uns bitte Aperol Spritz. Oder möchten Sie etwas anderes?“

„Ein Aperol wäre jetzt genau das Richtige.“, lächelt Mutti. Calewski ist angetan von ihr. Er sieht von Hans zu Mutti, fragt er sich, ob an Knaups Andeutungen etwas dran ist?

„Haben wir tatsächlich Geschäftliches zu besprechen oder war das nur ein Rettungsanker?“, hakt Hans nach.

„Oh doch, das haben wir. Sie suchen nach einem Künstler, der eine Kopie von dem Renoir Ihrer Mutter anfertigen könnte, richtig?“, wendet er sich Mutti zu, „Ich habe eine Koryphäe für Sie. Der Künstler fertigt Kopien und restauriert Gemälde. Möchten Sie ihn kennenlernen?“

„Natürlich. Wie wunderbar.“, antwortet Mutti erfreut.

„Er empfängt seine Kunden freitagabends im Atelier. Dort könnten Sie gleich einen Eindruck von seiner Arbeit gewinnen.“

„Freitagabend kann ich gut einrichten. Wo ist seine Werkstatt?“, fragt Mutti.

„In Bornstedt. Ich werde einen Termin vereinbaren und Sie begleiten.“ Calewski sieht zufrieden aus.

„Einen schönen guten Abend.“ Heinrich Borken taucht hinter einem Gast auf. Im Gefolge sein Patensohn. Johannes drängt sich an meine Seite. Sein Händedruck ist unangenehm feucht.

Es gibt selten Menschen, deren Nähe körperlich so abstoßend auf mich wirkt, wie die von Johannes. Dabei ist er freundlich, bemüht charmant zu sein, zu bemüht. Seine Bewegungen, seine Sprache wirken gestelzt, wie aus alten Zeiten.

Johannes beugt sich zu mir herunter. Reflexartig mache ich einen Schritt zurück. Die Bedeutung meiner Reaktion entgeht ihm. Er verringert sofort wieder die Distanz. „Mein Patenonkel hat erzählt, dass Ihr Großvater mit Calewskis eng befreundet war?“

„Der Vater von Herrn Calewski und mein Großvater standen sich nahe.“ Warum interessiert sich Johannes dafür? Oder ist das schlichter Small Talk. „Woher kennen Sie die Familie?“

„Wie hat Ihr Großvater Calewskis kennengelernt?“, ignoriert Johannes meine Frage.

„Mein Großvater hat unter Ernst Calewski im Statistischen Reichsamt gearbeitet.“

Es fühlt sich komisch an, offen darüber zu sprechen. Mir ist es unangenehm, doch Johannes sieht beeindruckt aus.

„Er hat meinen Großvater gefördert und ihm dazu geraten, Geld in Kunst zu investieren.“

„Mein Onkel bewunderte Herrn Calewski Senior. Er spricht nur in höchsten Tönen von ihm. Als Jugendlicher war er häufig bei der Familie. Von Ihrem Großvater hat er aber nie erzählt.“, stellt Johannes verwundert fest.

„Nachdem mein Großvater und seine erste Frau sich getrennt hatten, hat der Kontakt zu den Calewskis gelitten. Ich glaube, seine erste Frau blieb der Familie verbunden. Manchmal werden auch Freundschaften zu Scheidungsopfern, nicht wahr?“ Reicht ihm die Erklärung? Ich kann Johannes schlecht auf die Nase binden, dass Opa sich von den Nazis distanzierte, so weit ging, dem Westen den Rücken zuzukehren, nach Potsdam zu Oma zu ziehen. Wer weiß, wie stark Johannes mit rechtem Gedankengut sympathisiert.

Sein Gesicht drückt Missbilligung aus. „Deswegen sollten Trennungen nur in Ausnahmefällen erlaubt werden.“

Was für ein reaktionärer Trottel!

„Es war Kriegsende, eine schwierige Zeit. Und ohne die zweite Ehe stünde ich jetzt nicht hier.“

Johannes wird schlagartig rot, er deutet einen Diener an.

„Das wäre allerdings ein großer Verlust. Darf ich Sie zum Grill führen?“ Er hält mir seinen gebeugten Arm zum Unterhaken hin.

Was ist nur mit Johannes los, wie kann man so verklemmt sein.

Er begrüßt auf jedem Meter Gäste, blüht geradezu auf. Ich würde ihm am liebsten verbieten, mich als die Enkelin von Ernst Calewskis Protegé vorzustellen. Er kehrt die Familiengeschichte als Referenz heraus, für die ich mich schäme.

Ich habe mir keinen einzigen Namen der Leute gemerkt. Fühle mich wie eine Marionette an seinem Arm, lächle höflich, reklamiere Begrüßungsfloskeln, das Gegenüber ist selten interessiert. Ich bin ein Fremdkörper in dieser Gemeinschaft. Was verbindet sie? Die Kunst, der Stolz auf die deutsche Nation, traditionelle Werte oder gar eine Verschwörung? Traue ich diesen Leuten nicht zu, sie wirken hochnäsig, arrogant, aber sonst? Schrappen sie mit ihren Auktionen nur hart an der Grenze zur Illegalität oder übertreten sie die Grenze?

Der Spießrutenlauf zum Grill hat sich nicht gelohnt, ich befinde mich unter passionierten Fleischessern. Eine einsame, schrumpelige Backkartoffel mit einem Klecks Remoulade ... besser als nichts. Borken drängt sich durch ein Grüppchen ... steuert er auf uns zu?

„Johannes, Fräulein Keller, ich habe eine Überraschung!“

Borken klopft Johannes freudestrahlend auf die Schulter. Schiebt uns abseits vom Grill.

„Onkel Heinrich?“ Johannes sieht ihn erstaunt an.

„Herr Hellbricht und Frau Keller werden zur großen Sonderauktion auf unserem Landsitz kommen und Fräulein Keller ist selbstverständlich auch eingeladen.“, Herr Borken sieht uns stolz an, „Das Wochenende wird für Sie unvergesslich werden Fräulein Keller. Kunst und Landluft unter Gleichgesinnten.“ Seine Begeisterung ist fast ansteckend.

Johannes und ich sind sprachlos. Spricht er von der Auktion, die Tom im Darknet aufgestöbert hat? Ein Wochenende auf dem Land, mit diesen Menschen? Steve ... sein Tod. Meine Hände werden schwitzig ...

„Vielen Dank für die Einladung Herr Borken. Das klingt toll.“ Ich werde mir eine Ausrede einfallen lassen.

Johannes sieht seinen Patenonkel irritiert an. „Eine gelungene Überraschung.“ Erfreut klingt er nicht. Was geht ihm durch den Kopf?

Borkens Begeisterung verpufft, er mustert seinen Patensohn, wirkt ratlos oder genervt? Johannes beugt sich an sein Ohr. „Hast du die Einladung mit ... hast du sie abgesprochen?“

Er spricht gedämpft, ist kaum zu verstehen. Den Namen, von wem auch immer, hat er mit einem Seitenblick auf mich heruntergeschluckt.

Sein Patenonkel winkt ab.

„Da mach dir mal keine Sorgen. Noch bin ich Vorstandsvorsitzender und habe meine Privilegien." Bevor er weiterspricht, vergewissert er sich mit einem Blick, dass niemand mithört. „Frau Keller zieht in Erwägung bei der nächsten Sonderauktion einen wahren Schatz zu versteigern.", er blinzelt mir zu, „einen Renoir."

Herrje! Hat Mutti ihm tatsächlich die Versteigerung des Renoirs in Aussicht gestellt? Johannes scheint beeindruckt, aber nicht begeistert. Sein langer dünner Körper ist angespannt, die Schultern hochgezogen. Was hat es mit der Auktion auf sich, dass Johannes so ablehnend auf unsere Einladung reagiert? Macht er sich Sorgen um uns, um seinen Patenonkel ... Borken hat das ‚noch' Vorstandsvorsitzender betont. Vorsitzender von was, der Stiftung?

Gibt es Querelen, geht Borken in Rente?

17. Kapitel

Samstagabend, 15. Oktober

Eine Einladung zu der Auktion. Vor zwei Wochen hätte sie mich begeistert. Hans möchte unbedingt dorthin, ist überzeugt, dass Borken nichts mit dem Tod von Steve zu tun hat. Mutti hat ein mulmiges Gefühl.

Hans behauptet, er will auf die Auktion, um herauszufinden, ob dort Raubkunst versteigert wird, wie es um die Provenienzen bestellt ist. Klingt nach Ausrede. Das wissen wir seit der Versteigerung unseres Spitzwegs. Hat sein Kunstsammlerherz die Oberhand gewonnen, das sich eine so interessante Versteigerung nicht entgehen lassen will?

Er hat Mutti überzeugt mitzufahren. Sie kann ihm anscheinend nichts abschlagen.

Und ich?

Ich habe Angst. Das mag irrational sein. Was sollte mir auf dem Landsitz passieren? Ein Wochenende mit Johannes am Hacken. Er ist bei Calewskis schon nicht von meiner Seite gewichen.

Ich könnte die Zeit dort nutzen, um mehr über die Stiftung zu erfahren, über die Verbindung zu der nationalistischen Internetplattform, die Auktionen.

Frances wäre sicher dagegen, wenn ich hinfahre. Und Tom? Bin gespannt, was er von der Einladung hält.

„Marthe, wie war's?" Tom hat den Anruf blitzschnell angenommen. Der Empfang ist allerdings schlecht, es rauscht.

„Hallo, bist du unterwegs?"

„Jupp, mit Perla draußen. Ziemlicher Wind heute Abend. Soll ich zurückrufen, wenn wir zu Hause sind?"

„Weißt du was? Borken hat uns, also Mutti, Hellbricht und mich auf eine Sonderauktion auf seinem Landsitz eingeladen. Was sagst du dazu?" Erwartungsvoll lausche ich in die Stille, halte in meinem aufgeregten Dauerlauf durch die Wohnung inne, vom anderen Ende kommt keine Reaktion. Nur das Hintergrundrauschen des Windes.

„Im Ernst?", fragt Tom endlich.

„Ganz im Ernst. Das wird die Auktion von der Ankündigung sein, die du gesehen hast, oder?"

„Wahrscheinlich. Wir sollten uns treffen." Er klingt ungewohnt ernst.

„Was ist los?" Irgendwie hatte ich Begeisterung von ihm erwartet. Mir gewünscht, dass er meine Sorgen zerstreuen würde.

„Alles in Ordnung. Wir sollten reden, nur nicht am Telefon. Kommst du morgen vorbei?"

Bis morgen über die Frage grübeln, warum Toms Reaktion so unterkühlt ausfällt?

„Können wir uns nicht jetzt treffen?"

„Eigentlich wollte ich mit Perla fernsehen."

„Mit Perla? Keine neue Mission der Tafelrunde?“

„Höre ich da Zynismus?“, schnauft Tom ins Handy.

„Kommt doch vorbei. Wir können bei mir einen Film gucken. Der Abend ist ja noch jung.“

„Okay. Wir sind in einer halben Stunde da. Ich hole Pizza, hast du Hunger?“

„Und wie, auf dieser Gartenparty wurden Vegetarier ausgehungert. Bis ...“ Die Verabschiedung geht ins Leere, auf der anderen Seite herrscht Stille. Ich bin so froh, dass die beiden vorbeikommen.

Tom und Perla liefern sich ein Wettrennen die Treppe hinauf. Perla überholt ihn elegant und leise, obwohl er zwei Stufen auf einmal nimmt. Sein Schnaufen wird immer lauter. Ich hocke mich auf den Treppenabsatz, um die Siegerin zu empfangen. Mit Schwung rennt sie in meine Arme, wirft mich fast um.

„Perla!“. Sie wedelt begeistert. Schwupp, Perlas nasse Zunge fährt mir über das ganze Gesicht. „Bäh.“ Bei aller Liebe, das geht zu weit. Ich stehe auf. Tom lacht schadenfroh.

„Sehr witzig. Hm, die Pizza duftet herrlich, dein Hauptnahrungsmittel, oder?“

„Dicht gefolgt von Döner.“

„Sag mal, wie viel Pizza hast du gekauft, hast du noch jemanden eingeladen?“

Er grinst: „Keine Sorge. Acht Stücke nur für uns.“

„Wow, ich schaffe höchstens zwei. Gib her.“

Tom lehnt sich an den Türrahmen zur Küche.

„Kannst mir gleich vier auf den Teller packen.“

„Bitte sehr du Vielfraß.“

Er schnappt sich den vollgestapelten Teller und marschiert zufrieden ins Wohnzimmer. Perla hat sich bereits auf dem mittleren Kissen niedergelassen. Sie beäugt unsere Pizza, als wir die Teller auf dem kleinen Glastisch abstellen.

„Denk nicht mal dran.“, ermahnt Tom sie halb scherzend und lässt sich neben ihr auf dem Kissen nieder.

Toms Pizzaberg ist deutlich geschrumpft, sein Esstempo verlangsamt sich.

Ich will endlich wissen, was er von der Einladung hält.

„Rück mal raus mit der Sprache. Was denkst du über die Auktion auf dem Lande. Würdest du hinfahren?“

„Gute Frage.“, erwidert Tom mit vollem Pizzamund. Zum Glück schluckt er sie runter, bevor er weiterspricht. Ich hasse den Anblick von Essmatsche im Mund.

„Ich bringe dich mal auf den neuesten Stand unserer Recherchen über die Internetplattform ‚Deutschtum‘. Wir sind leider nicht mehr in die Gruppe gekommen, die den Zugang zu der Ankündigung der Auktion gepostet hat. Auf der Seite gibt es die unterschiedlichsten Gruppen, für Jugendliche, Selbstverteidigung, Lesekreis, Rentner, Hausfrauen ... und, und, und“, zur Verdeutlichung der Endlosigkeit wedelt Tom durch die Luft.

„Hausfrauen? Das passt zu den Gästen heute, die wirkten ziemlich altbacken in ihren Ansichten. Erinnert mich an den alten Werbespot von Dr. Oetker: ‚Eine Frau beschäftigen zwei wichtige Fragen in ihrem Leben. Was ziehe ich an und was koche ich?‘."

„Häh?" Toms verdutzter Gesichtsausdruck ist zu komisch. „Warum lachst du?"

„Solltest mal deine Miene sehen. Das ist ein Werbespot aus den 50er oder 60er Jahren. Eine Freundin hat ihn mir gepostet. Ich wollte damit sagen, die Partygäste von Calewski wirkten total rückwärtsgewandt."

„Ach so, ja genau, das passt. Der Grundkonsens der Plattform liegt eindeutig rechts von erzkonservativ. Wie weit kann ich nicht sagen. Wenn man in die Tiefe gehen will, wird man abgeblockt. Kommt nur mit einer Einladung des Administrators oder der Empfehlung eines Mitglieds weiter."

„Was meinst du mit, ‚in die Tiefe gehen‘?"

„An einer Diskussion teilnehmen, in Kontakt treten mit anderen Mitgliedern. Bei Selbstverteidigung zum Beispiel. Da gibt es allgemeine Statements, warum Selbstverteidigung wichtig ist, Empfehlungen von Kampfkunstrichtungen, das Ideal vom starken Mann, der sein Land verteidigt, wird hochgehalten. Aber um in die Landesgruppen zu kommen, in den Erfahrungsaustausch, da brauchst du die Genehmigung vom Administrator. Du musst dich mit einer Empfehlung bewerben. Wir haben es versucht, mit Fake-Empfehlungen. Hat nicht geklappt. Der Nationalismus ist präsent, aber die Oberfläche ist glatt, da findet man nichts Verdächtiges."

„Und das findest du wiederum verdächtig?"

„Genau. Es ist zu glatt. Und es werden so viele Interessensgruppen bedient. Da schrillen bei uns die Alarmglocken."

„Bei eurer Tafelrunde?"

Tom nickt. „Extremisten werden zu einer echten Gefahr für ein politisches System, wenn sie ihre Kräfte bündeln und verschiedene Gesellschaftsschichten durchdringen. Bisher gingen Anschläge von Rechtsextremen meist von Einzeltätern aus. Aber wenn die sich vernetzen, dann haben wir ein echtes Problem. Mit der NSU sind wir schon nicht fertig geworden."

„Beschäftigst du dich seit längerem damit?"

„Na klar. Ist ein spannendes Thema. Immer wieder werden rechte Netzwerke aufgedeckt, ob bei der Polizei, dem KSK, der Extremismus durchdringt unsere Gesellschaft immer stärker. Wenn du mich fragst, die Politik hat sich zu lange darauf verlassen, dass es bei Einzeltätern bleibt!" Tom knetet aufgeregt die restlichen Pizzastücke auf seinem Teller zusammen.

„Klingt beängstigend. Aber hat diese Plattform überhaupt so viele Nutzer, dass eine Gefahr von ihr ausgeht? Und was hat Borken mit ihr zu tun? Ich meine, nur weil er sie als Werbefläche nutzt, heißt das doch nicht, dass er Teil einer ..., ja einer was ist ... einer Verschwörung?“

Er atmet tief durch. „Das ist die Frage. Allerdings scheint der Alias des Gruppenadministrators für Selbstverteidigung und Jugend, nach unserer Recherche, identisch mit einem Mitglied der Identitären zu sein. Beweist natürlich noch nichts. Ich vermute, die Plattform wird von Borkens Stiftung zumindest unterstützt. Die Stiftung ist in den Fünfzigern von Borkens Vater und einem Bernd van Tretten gegründet worden.“

Mir wird heiß und kalt. An was für Leute sind wir da geraten? „Du meinst, Borken und Co könnten Teil eines großangelegten rechten Netzwerks sein? Dann ..., wenn Steve da jemandem auf die Füße getreten ist, könnte es gut sein, dass ...“

„Hätte Steve uns doch gesagt, was er herausgefunden hat.“ Er nimmt die Brille ab, putzt die Gläser mit seinem Shirt. „Vielleicht hat er auch unwissend in ein Wespennest gestochen, weil er nicht kapiert hat, was da läuft.“

„Was machen wir jetzt? Zur Polizei gehen? Das Wochenende absagen?“

Vor uns hin grübelnd streicheln wir Perla.

„Weißt du, vielleicht steigern wir uns da in eine Theorie hinein. Borken, Johannes, Calewski, die sind schrecklich elitär, glauben an die deutsche Leitkultur und so. Aber Mörder, Unterstützer von Terroristen ... nein.“

„Ich hoffe, du hast recht.“, erwidert Tom nachdenklich, „Wenn du zu der Auktion fährst, könntest du Johannes auf den Zahn fühlen. Er müsste doch über die Plattform und die Stiftung Bescheid wissen. Das könnte uns weiterhelfen.“

„Uns? Willst du mit dem Feuer spielen? Wenn ich etwas erfahre, werde ich es der Polizei mitteilen. Falls ich hinfahre.“

„Na klar.“ Er grinst schelmisch. „Aber mir gibst du die Infos jawohl auch. Die Tafelrunde wird im Hintergrund wirken, falls die Polizei nicht weiterkommt. Keine Sorge. Niemand wird von unseren Nachforschungen erfahren.“, reagiert Tom auf meinen besorgten Gesichtsausdruck. „Schade Marthe, dass du kein Mitglied der Tafelrunde bist.“

„Danke für die Blumen. Stundenlanges Programmieren und suchen nach Sicherheitslücken in kryptischen Befehlszeilen, ne, das ist nichts für mich.“

„Ganz so langweilig geht es bei uns nicht zu. Aber hab schon verstanden. Bist du gar nicht Technik affin?“

„Nee, bin ich nicht.“

„Hm.“ Tom trommelt mit seinen Fingern auf dem Tisch. Mich beschleicht das dumpfe Gefühl, dass er etwas ausheckt.

Er tastet sich vor, „dieser Landsitz könnte das Hauptquartier von Borkens Stiftung sein, vielleicht verwahren sie da ihre Unterlagen und Datenbackups.“

„Vergiss es, ich werde nicht durch die Gebäude streifen und nach Dokumenten suchen."

Er lacht auf. „Dokumente ... du bist witzig Marthe, du sollst doch nicht nach Dokumenten suchen. Ein Hack, damit wir ihre Daten abfassen können, würde reichen."

„Hä, bist du jetzt von allen guten Geistern verlassen? Das könnte gefährlich werden. Und hast du nicht zugehört, ich habe keine Ahnung von Hacks."

„Das ist kein Problem. Ich überlege mir was ... Hat Borken erwähnt, wo dieser Landsitz liegt?"

„Nein."

„Brandenburg ist teilweise Entwicklungsland in der Netzabdeckung, gespickt mit Funklöchern. Falls dieser Landsitz mitten in der Pampa liegt, müsste das Internet über Satellit laufen."

Spricht Tom mit sich selbst oder mit mir?

„Die meisten Menschen sind dem Irrglauben verfallen, Internet über Satellit sei abhörsicher. Vielleicht weil sie das Bild im Kopf haben, die Daten flögen unerreichbar durch den Weltraum oder so einen Quatsch, keine Ahnung ..."

„Was redest du da? Worauf willst du hinaus?"

„Man kann diese Daten leicht abfangen. Wenn man seine Satellitenschüssel richtig ausrichtet, fängt sie die Daten auf und entschlüsselt sie mit einer von Oxfordstudenten entwickelten Software, der *Generic Stream Encapsulation*, die Datenströme rekonstruiert ..."

„Ich kapiere gar nichts. Du willst Daten abfangen?“

„Sorry, ich denke laut. Das Abfangen funktioniert nur, wenn die Satelliten die Daten streuen ... Wir haben jetzt einen Landsitz, einen alten Hof, das neue Hauptquartier der Tafelrunde, der ist frisch ausgestattet mit Satellitenschüsseln. Ich kann es kaum erwarten, Daten aufzufangen, um die Software auszuprobieren. Das wird ein Spaß.“ Tom sieht verträumt ins Nichts.

„Was hat das mit dem Wochenende bei Borken zu tun oder meinst du, euer Bauernhof sei zufällig in der Nähe von Borkens Landsitz?“ Keine Reaktion. „Tom?“ Langsam richtet er seine Aufmerksamkeit wieder auf mich. „Tom!“

„Okay, okay. Schnapsidee, zu kompliziert. Aber es gibt bestimmt eine Lösung, um in das System zu kommen, wenn man vor Ort ist.“ Er lässt seine Finger knacken. Plötzlich schlägt er sich an die Stirn.

„Natürlich!“, ruft er begeistert, „Hör zu. Wie gesagt, der Internetempfang wird wahrscheinlich über Satellit laufen. Du findest heraus, wo die Satellitenschüssel angebracht ist. Die findest du schon. Die Schüssel wird mit einem Modem verbunden sein, der Schnittstelle für die gesamte LAN-Verkabelung. Ich gebe dir einen modifizierten Evil Twin mit, den ...“ Tom ist wieder in seinem Element, sein ganzer Körper bebt vor Begeisterung.

„Ich habe keine Ahnung, was ein Evil Twin ist.“

Ich bin überfordert.

Er sieht mich verdattert an. „Ach so, na ja, ist egal. Du brauchst nicht zu wissen, wie es funktioniert, nur wie man es anschließt.“

„Da bin ich ja beruhigt. Deine Idee würde aber bedeuten, dass ich mich auf dem Anwesen herumschleichen muss. Das fällt bestimmt auf.“ Meine Nackenhärchen stellen sich auf. Wenn Calewskis Schwester mich erwischen würde oder dieser Richter ...

Toms Redeschwall will nicht enden: „Dann schließt du.“

„Ich bin müde und kann dir nicht folgen. Außerdem klingt es riskant.“

Er lässt sich neben mich aufs Kissen plumpsen. „Kein Problem ... War nur so eine Idee, die Chance zu nutzen. Ich könnte dir das Tool mitgeben und du entscheidest vor Ort, ob du es wegwirfst oder anschließt.“ Er tätschelt meine Hand.

„Keine Sorge. Ich will nicht, dass du dich in Gefahr bringst. Mein Bauchgefühl sagt, dass hinter dieser Plattform und der Stiftung mehr steckt. Wir müssen die knacken. In Netzwerken, die auf den ersten Blick relativ harmlos wirken, werden Menschen radikalisiert. Sie leben irgendwann nur in ihrer Blase ...“

„Ach Tom, du setzt mich unter Druck. Ich will helfen, dass diesen Leuten das Handwerk gelegt wird, falls sie etwas mit Steves Tod oder einem gefährlichen Netzwerk zu tun haben. Aber der Gedanke, herumzuspionieren und zu versuchen, irgendeinen Hack, durchzuführen ... da kriege ich Herzrasen."

„Ich verspreche, wenn ich dir ein Tool mitgebe, wird das harmlos aussehen und du kannst es bei der richtigen Gelegenheit anbringen. Sonst lässt du es. Einverstanden? Verlass dich auf dein Bauchgefühl."

„Du und dein Bauchgefühl. Einverstanden. Erzähl Frances nichts davon. Sie bringt es fertig, aus Sorge um mich, zur Kommissarin zu gehen, ihr von Borken zu erzählen ..."

Tom grinst. „Stimmt. Verplappere du dich lieber nicht bei ihr."

Ich muss herzhaft gähnen. „Ich bin müde. Verschieben wir den Film auf ein andermal. Ist das Okay?"

„Kein Problem. Komm am Mittwoch vorbei. Dann zeige ich dir das Tool und erkläre, wie man es anschließt. Mach dir keinen Kopf! Keiner zwingt dich. Komm Perla.".

„Gute Nacht. Und danke für die Pizza."

„Kein Thema."

Perla streckt sich, ihr weiches Fell streift an meinem Arm entlang. Am liebsten würde ich sie wieder hierbehalten.

‚Keinen Kopf machen', Tom ist schon ein Witzbold. Mein Hirn lässt sich nicht einfach abschalten.

Hätte ich doch ein Double, das für mich zur Auktion aufs Land fährt. Bin ich es Steve schuldig, Toms Plan umzusetzen? Könnte ich ein Stückchen der Schuld abtragen, die Opa in der Nazizeit auf sich geladen hat?

Vielleicht sind Borken und seine Leute im Grunde harmlos.

Was passierte, wenn ich erwischt würde, wir aber mit unserem Verdacht total falschlägen. Bekäme ich eine Anklage wegen Datenklaus an den Hals? Würde die Polizei unsere guten Absichten gelten lassen? Wohl kaum, drohte uns eine Geldstrafe oder kämen wir für den Hack sogar ins Gefängnis? Oh Gott, mein Hirnkarussell macht mich wahnsinnig! Ich gieße mir einen Tee auf, lasse die Badewanne ein und versuche, mich zu entspannen. Wäre es doch schon zwei Wochen später, die Auktion läge hinter mir, ich hätte einen gemütlichen Abend ...

18. Kapitel

Montag, 17. Oktober

Frances schiebt mit grimmigem Gesicht ihr Fahrrad neben mir her. Ich hätte ihr nichts von dem Wochenende und erst recht nichts von Toms Plan erzählen dürfen. Der lange Bürotag heute war zermürbend. Ich konnte den Schnabel nicht halten. Sie hat mich aber auch gelöchert, warum ich am Freitag meine Überstunden abfeiern will ...

Feiern, nach Feiern fühlt sich die Reise nicht an.

„Marthe?“ Frances packt meine Schultern, dreht mich zu sich. „Es ist doch wohl klar, dass du auf keinen Fall Toms verrückten Plan umsetzt, auf diesem Landsitz eine Wanze, oder was das sein soll, zu installieren. Der spinnt. Das ist strafbar und du bringst dich in Gefahr.“ Sie ist empört, spuckt die Worte geradezu aus. „Ich sollte die Kommissarin informieren, zu deinem eigenen Schutz.“

Ich kann mir das Lächeln nicht verkneifen.

„Das ist kein Spaß.“, ihre Hände rutschen von meiner Schulter.

„Ich habe geahnt, dass du den Joker mit der Kommissarin bringen würdest. Mutti und Hellbricht allein zur Auktion fahren zu lassen ist aber keine Option. Du lässt das also mit der Becker.“

Frances runzelt die Stirn.

„Wenn du mich so gut kennst, weißt du, dass ich dich nicht verpfeifen werde."

„Klar weiß ich das. Der Punkt mit Toms Plan ist ..., wenn er recht haben sollte und Borken in ein rechtsradikales Netzwerk verstrickt ist ... Stell dir vor, ich wäre am Ende schuld, wenn ein Typ einen Anschlag verübt, der durch das Daten Leak hätte verhindert werden können."

Sie schüttelt heftig den Kopf. „Das ist Quatsch. Dann könnte man sich ja ständig irgendetwas vorwerfen. Das endlose: ‚Hätte, hätte, Fahrradkette'. Hätte ich dem Mann zugelächelt, hätte er sich nicht vor die U-Bahn geworfen. Hätte ich dem Mann nicht zugelächelt, würde er mich nicht stalken ..."

„Jetzt redest du aber Quatsch. Das ist doch was anderes. Hier geht es um eine konkrete Möglichkeit, an Daten einer rechten Plattform zu kommen, nicht um irrationale Gedankenspiele."

„Du willst es machen?" Um ihre Augen bilden sich Fältchen.

„Das habe ich nicht gesagt. Es ist nur keine einfache Entscheidung." Sie vermutet richtig. Meine innere Waage pendelt in Richtung Umsetzung von Toms Plan.

„Marthe, das klingt toll und abenteuerlich, sich in deren System zu hacken, der Polizei ein rechtes Netzwerk auszuliefern, heldenhaft. Aber wenn du erwischt wirst, was ist mit deiner Mutter und Hellbricht ... Falls du dort findest, was du erhoffst, sind das gefährliche Leute und ihr drei wärt ihnen ausgeliefert.“ Frances schüttelt sich. „Das darfst du nicht riskieren. Und wenn Tom sich täuscht? Dir könnte eine Strafanzeige drohen.“

„Die Gedanken habe ich mir auch schon gemacht!“

„Tom ist anfällig für Retterphantasien, spielt gerne den Helden, zumindest in seiner digitalen Welt. Allein der Name seiner Hacking-Gruppe, Tafelrunde, ich meine, wie albern ist das denn!“

Ihre Ansprache hat es geschafft, meine innere Waage wieder in die andere Richtung pendeln zu lassen, lieber Finger weg von Toms *Spiclzcug*?

Allerdings waren Toms Argumente genauso überzeugend wie die von Frances. Na prima, jetzt hänge ich wieder dazwischen. Dann läuft es auf Toms Rat mit dem Bauchgefühl raus. Durch Abwägen komme ich nicht weiter.

Frances bleibt abrupt stehen. „Marthe, der Tom, startet seine Heldentaten vom Rechner aus. Du bist vor Ort. Könntest Kopf und Kragen riskieren, das ist etwas ganz anderes. Soll er sich doch der Gefahr aussetzen.“ Ein siegesbewusstes Lächeln umspielt ihren Mund.

„Ein gutes Argument, um kein schlechtes Gewissen zu haben. Wahrscheinlich hast du recht. Ich fühle mich nur wegen Opa schuldig.“

Sie sieht mich mitfühlend an. „Ich verstehe dich. Aber das Beste, was du tun kannst, ist, deine Oma von der Restitution des Renoirs zu überzeugen.“

„Ich arbeite dran. Sobald wir von der Auktion zurück sind, werde ich Hellbricht erinnern, Kontakt mit der New Yorker Kanzlei aufzunehmen. Wenn Goldbergs Briefe, die Steve mir gezeigt hat, echt sind, werden sie Oma anrühren und sie hoffentlich überzeugen."

„Versprich mir, auf dich aufzupassen, dich nicht auf Toms leichtsinnige Pläne einzulassen!"

„Ich passe auf mich auf."

„Gut, ich könnte sonst das ganze Wochenende nicht ruhig schlafen. Bis morgen."

„Schönen Abend." Soll Frances denken, dass sie ‚gewonnen' hat. Auf jeden Fall schenken mir ihre Argumente ein Stück Entscheidungsfreiheit. Es fühlt sich nicht mehr total feige an, wenn ich diesen *Hack* nicht umsetze. Trotzdem gehe ich übermorgen zu Tom und sehe mir das Tool an. Mitnehmen kann nicht schaden. Alle Optionen offen halten, wie Politiker das so gerne tun.

19. Kapitel

Mittwoch, 19. Oktober

Es ist spät geworden. In die Arbeit stürzen ist schlicht die beste Methode, um die Nervosität zu verdrängen. Hoffentlich ist Tom noch in seinem Laden.

Ob er mit meinem Besuch rechnet?

Ich war am Telefon ziemlich schroff. Fühlte mich von ihm unter Druck gesetzt, seinen Hack durchzuziehen. Dabei war er nur begeistert von seiner Idee.

Wäre ich doch mutiger. Woher haben Widerstandskämpferinnen im Dritten Reich den Mut genommen, sich gegen das Regime zu stellen, andere zu retten, ihr Leben zu riskieren? Dagegen ist Toms Plan ein Sandkastenspiel. Auf dieses Landgut fahren, irgendein Tool anschließen. Fertig.

Stopp. Da bin ich schon. Ein Glück, braune Haarsträhnen blitzen über dem Bildschirm hervor. Ich bin nicht zu spät dran.

Das Glockenspiel ertönt. Perla erhebt sich, wedelt freundlich.

„Hallo Tom." Ist er eingeschnappt? Perla genießt die Streicheleinheit.

„Hey Marthe. Schön, dass du gekommen bist."

Er sieht mich über seine Brille hinweg an, wirkt reserviert.

„Was dachtest du denn? Breitenbrunner hat mich mit Arbeit zugeschüttet, deswegen ist es spät geworden. War mir ganz recht, keine Zeit zu haben, um über das Wochenende nachzudenken oder die Kommissarin. Erst recht nicht über deinen Plan."

Tom hebt seine Hände. „Ich hab's kapiert. Du bist diejenige, die an die Front muss. Du sollst dir das kleine Wunderding nur ansehen. Und wenn es keine Möglichkeit gibt, es zu installieren, dann ist das halt so. Deine Sicherheit steht an erster Stelle."

„Ich will das Teil ja mitnehmen. Du warst nur so wahnsinnig vehement, von wegen, das wäre DIE Chance, das Richtige zu tun ... Der Druck hat mich wütend gemacht."

Er springt auf, streckt mir die Hand entgegen. „Frieden, Okay? Tut mir leid, wollte dich nicht so stressen. Aber ..." Er zwinkert verschwörerisch. „Das Teil ist echt cool. Morgane hat ein bisschen einen an der Waffel mit ihrem James Bond Fimmel, aber technisch hat sie echt was drauf."

„Wer ist Morgane? Wer heißt denn so? Veräppelst du mich?" Manchmal tickt Tom nicht richtig.

Sein Gesicht färbt sich rosa. Er räuspert sich. „Na ja, das ist ihr Alias."

Das ist witzig! „Sie ist eine von eurer Tafelrunde? Ich wusste nicht, dass ihr Decknamen benutzt. Und du, bist du Artus oder Lancelot?"

Was für eine Vorstellung, Tom - der stolze Ritter.

Ich kann mir mein breites Grinsen einfach nicht verkneifen. Das Rosa von Toms Wangen verdunkelt sich zu Feuerrot.

„Mach dich nur lustig. Denkst du, wir agieren unter unseren echten Namen im Darknet?!“ Er versucht Spott in seine Stimme zu legen, um die Peinlichkeit zu überspielen. Gelingt ihm nicht wirklich.

„Entschuldige, war nicht böse gemeint. Wir sind jetzt nicht im Web, sag mir doch bitte ihren richtigen Namen.“

Er zögert tatsächlich. So viel Vertrauen muss er mir schon entgegenbringen.

„Sie heißt Dana.“, überwindet er sich endlich. „Dana ist total euphorisch, dass eins ihrer Spielzeuge zum Einsatz kommt. Wir sind ja sonst nur digital unterwegs und haben keine Verwendung für ihre Kunstwerke. Ich zeig‘s dir.“ Er lässt die Jalousien runter und schaltet das Licht ein.

„Setz dich“. Tom klopft neben sich aufs Sofa.

„Hier ist es.“

Er hebt eine Pappschachtel hoch, platziert ihren Inhalt auf der Holzkiste. Es sind drei Teile.

„Sieht aus wie ein Lippenstift. Ist es auch. Nicht gerade spektakulär, bis auf die Farbe. Knallrot.“

Tom grinst triumphierend.

„Täuschend echt, wa? Du kannst nicht einfach mit einem Minirouter über das Anwesen spazieren.“

„Deine Dana scheint tatsächlich zu viele James Bond Filme gesehen zu haben.“

„Auf der Auktion werden wertvolle Gemälde versteigert. Die werden ihre Gäste scannen, Taschen durchsuchen ... Wir wissen nicht, wann du die Gelegenheit bekommst, das Tool zu installieren. Du musst es immer dabei haben. Deswegen ist unser kleiner Spion gut getarnt.“

Er schüttelt den Kopf über meinen Unverstand.

„Schau, das eckige Ding hier, ist das Kernstück. Sieht aus wie ein Schminkkästchen, oder?“ Er präsentiert mir das glänzende Kästchen von allen Seiten. Es lässt sich öffnen, Lidschatten, Puder und Pinselchen, im Deckel ein Spiegel, etwas dick für ein Schminkkästchen aber auf den ersten Blick eine perfekte Täuschung.

„In dem Lippenstift ist eine kleine Antenne versteckt, damit unser Minimodem als Router fungieren kann. Du kannst ihn unten aufschrauben.“ Das Unterteil des Lippenstifts öffnet sich. Tom zieht eine Miniantenne heraus.

„Die Lippenstiftschicht ist ganz dünn, benutze ihn lieber nicht.“

„Sieht echt professionell aus. Wie lange hat Dana daran herumgebastelt?“

„Keine Ahnung, sie bastelt seit Jahren an dem Zeug. Das ist ihre Leidenschaft. Darin ist das Kabel versteckt.“ Tom hält grinsend ein Döschen Zahnseide hoch.

„Im Ernst? Zeig mal.“

„Stopp! Nicht rausziehen! Wenn du das Kabel abrollst, kriegen wir das nicht mehr richtig hin. Dana hat um das Kabel herum Zahnseide gewickelt. Sie meinte, das sei eine Heidenarbeit gewesen. Hier siehst du? Funktioniert ganz normal. Unsere Perfektionistin hat einen wiederverwendbaren Zahnseidenspender genommen, ein ultradünnes und kurzes Kabel eingewickelt und die Zahnseide drüber.“

Er lässt die ‚Zahnseide‘ in meine Hand fallen. Sieht überzeugend echt aus. „Klingt wie die einfachste Übung, verglichen mit den beiden anderen Teilen, findest du nicht?“

„Eigentlich.“, stimmt Tom zu, „aber Dana ist eben Perfektionistin, es war schwierig hinzubekommen, dass man an der Zahnseide ziehen kann, ohne dass sie blockiert. Außerdem hat sie die ‚Kabelrolle‘ erst gestern fertiggestellt, extra für deinen Einsatz.“

Seine Begeisterung ist fast ansteckend.

„Na, was sagst du?“

„Beeindruckend. Ist gut, ich werde die drei Spielzeuge mitnehmen, so habe ich immer Schminke dabei.“

„Das sagen wir Dana lieber nicht, sonst erscheint sie dir im Traum als böse Fee.“, schmunzelt er, „also, die Montage ist einfach. Du schraubst die Antenne hier rein.“ Tom tippt auf die kurze Seite des Schminkkästchens, schiebt eine kleine Blende zur Seite.

„Darunter liegen die Buchse für die Antenne und ein kleiner Kippschalter. Die Kabelverbindung erkläre ich dir gleich, an dem Schalter stellst du das Gerät an. Der Akku hält ein paar Tage. Fertig! Easy, oder?“

„So weit schon. Aber wie funktioniert das mit den Kabeln? Und vor allem, woher weiß ich, wo man den ‚Spion‘ anschließen kann?“

„Moment.“ Tom steht auf und geht zu seinem Schreibtisch. Mit einem Blatt und Stift in der Hand kehrt er zurück.

„Guck hier.“ Er kritzelt ein unförmiges Rund auf das Papier. „Die Sat-Schüssel wird möglichst weit oben installiert sein, wo sie freien Empfang hat.“

„Etwa auf dem Dach? Wie soll ich da dran kommen? Ich bin doch nicht Superwoman!“

„Jetzt warte mal ab. Die Satellitenschüssel ist mit einem Modem verbunden.“ Er skizziert ein Modem, dazu eine Kabelverbindung zwischen Satellit und Modem. „An dem Modem wird das LAN-Netzwerk angeschlossen sein. Ideal wäre es, du würdest unseren kleinen Spion direkt ans Modem anschließen. Wenn du da ran kämst, wäre das super. Du nimmst das LAN-Kabel aus dem Modem raus und steckst es in die Buchse mit dem grünen Strich, siehst du, hier?“ Tom hält mir das Gerät hin. Über der rechten Buchse ist ein grüner Balken. „Unser Kabel steckst du in die rote Buchse und an dem Modem in die Buchse, in der vorher das LAN-Kabel war. Dann schaltest du das Gerät an und fertig.“ Tom klatscht begeistert in die Hände. „Das Anschalten nicht vergessen, sonst war alles für die Katz.“

„Ich weiß nicht.“ Der Gedanke, in dem Gebäude nach einem Modem suchen zu müssen, ist abschreckend. „Was passiert, wenn ich die Stecker verwechsle, oder gar nicht erst an die Satellitenschüssel oder dieses Modem herankomme?“ Das ist gar nicht so easy, wie Tom gestern behauptet hat.

„Keine Sorge. Dana hat den Stecker von unserem Kabel rot gefärbt, idiotensicher. Falls du das Modem nicht findest, verbindest du unser Gerät mit irgendeiner Lan-Steckdose. Die haben bestimmt Netzwerkdosen im Gebäude verteilt. Wenn du unseren kleinen Spion an eine Buchse anschließt, brauchst du nur ein Kabel. Es bleibt dabei – Rot in Rot stecken.“

„Okay, das klingt besser. Vielleicht gibt es sogar eine Buchse in meinem Zimmer?“ Das wäre wirklich simpel.

„Das lass mal lieber. Es darf niemand erfahren, dass du mit dem Hack zu tun hast. Außerdem kann es sein, dass wir vom Gästenetzwerk aus keinen Zugriff bekommen. Unser Plan funktioniert nur, wenn das System nicht von einer Firewall geschützt wird. Viele Sat Benutzer verzichten darauf. In der Pampa fühlt man sich sicher vor physischen Netzwerkangriffen. Den meisten Menschen fehlt die Fantasie, das Unwahrscheinliche vorherzusehen, sich dafür zu wappnen. Genau das ist unsere Chance.

Wenn du den Spion anschließt, schleust unser kleiner Freund hier, eine Spähsoftware in das System und wir kommen an ihre Daten. Der kleine Router ist für dich. Damit du mir bei Bedarf eine Nachricht schicken kannst, falls ihr im Funkloch sitzt. Ich richte dir die Verbindung zu dem Router auf deinem Handy ein, er hat allerdings nur eine geringe Reichweite. Für eine Nachricht an mich benutzt du Telegram und aktivierst die Selbstzerstörung. Zur Sicherheit, falls die Handys gefilzt werden."

„Tom, stopp. Mein Kopf brummt. Und was, wenn die Aktion nach hinten losgeht? Wie rede ich mich heraus, falls ich erwischt werde? Wir wissen nicht, ob die Leute gefährlich sind. Wenn sie Steve auf dem Gewissen haben, was machen sie dann mit mir?" Ich lehne mich erschöpft zurück. „Dieser Plan, Danas Geräte, das fühlt sich surreal an."

„Eben, deswegen rechnet keiner damit. Das ist der Punkt!" Tom klopft aufgeregt auf die Kiste.

„Es wird sich eine Möglichkeit finden, das Gerät zu verbinden." Sein Tonfall wird wieder drängelnd.

Der Gedanke an Steve nimmt mir das bisschen Mut, den ich gestern gespürt habe.

„Marthe, mach dir keine Sorgen. Wenn du vor Ort bist, wirst du wissen, ob du es wagen kannst oder nicht. Gib mir dein Handy, ich richte die Verbindung zu unserem Router ein. Und dann zeige ich dir, wie du eine selbstzerstörende Nachricht schickst."

„Hier hast du es.“ Ich bin zu erschöpft, um die Bedenken und Sorgen zu wiederholen. Perla drängt sich an mein Bein. Ihr warmes, weiches Fell ist tröstlich.

„Tom, meinst du, die Kommissarin hat inzwischen etwas über den Täter rausgefunden? Verdächtigt sie mich weiterhin?“

Er zuckt mit den Achseln, ist mit dem Handy beschäftigt. „Keine Ahnung, eher nicht. Ich lade dir Telegram runter.“

Ich bekomme Steve nicht aus meinem Kopf. Hier haben wir vier zusammengesessen. Er war so leidenschaftlich, so anziehend. Ich kann nicht begreifen, dass ich ihn nie wieder sehen werde. Sein Körper leblos ...

„Hey Marthe, was ist los?“

Tränen. Einsamkeit. ...

„Mach dir keine Sorgen wegen der Polizei.“ Er stupst mich aufmunternd an. „Mit etwas Glück präsentieren wir ihnen nächste Woche die Daten dieser Stiftung. Damit könnten wir zwei Fliegen mit einer Klappe schlagen. Steve rächen und ein rechtes Netzwerk zerschlagen.“

„Ach Tom, du bist unverbesserlich.“

„Ich bin eben Optimist ... im Gegensatz zu dir. Sieh den Trip als cooles Abenteuer. Wird schon Marthe. Ich glaub an dich.“

Ich muss mich zusammenreißen und die Gedanken an Steve zurückdrängen. Vielleicht wirkt das Risiko, den Spion anzuschließen, größer als es ist.

„Falls du irgendetwas Interessantes findest, informiere mich sofort. Ich werde das ganze Wochenende erreichbar sein. Wo liegt dieser Landsitz eigentlich?“

„Keine Ahnung.“

Tom runzelt die Stirn. „Wie kommt ihr dahin?“

„Wir werden abgeholt. Nobel, was?“

„Mir wäre lieber, ich wüsste, wo ihr seid.“

„Wieso ... machst du dir doch Sorgen? Ich schicke eine Nachricht, sobald wir angekommen sind.“

„Moment.“ Schon verschwindet er hinter dem Vorhang.

Kehrt triumphierend mit einem kleinen schwarzen Etwas zurück. „Ein GPS-Tracker. Den befestigst du am Auto. Dann weiß ich, wo ihr ungefähr seid, selbst wenn ihr im Funkloch verschwindet.“

„Was du alles hast! Warum am Auto anbringen? Ich packe ihn in die Handtasche.“

„Wenn die Limousine abgeschirmt ist, bringt der Tracker im Innenraum gar nichts. Pass auf, den Schutzstreifen auf der Unterseite abziehen und das Ding am Unterboden des Wagens ankleben. Fertig.“

„Abgeschirmte Limousine? Wie abgefahren klingt das denn? Hältst du die Mission doch für gefährlich?“

Er legt seinen Arm um mich. „Ach Quatsch. Aber wir sollten wissen, wo dieses Anwesen liegt. Meine Recherchen haben nichts gebracht. Weder auf der Website der Stiftung noch auf der Plattform ist ein

Hinweis darauf zu finden. Keine Sorge. Wird allet jut!“ Tom setzt sein schelmisches Grinsen auf und klopft mir aufmunternd auf die Schulter.

Hoffentlich habe ich mir alles von dem Crashkurs in Telegram und der Installation des Modems gemerkt. Jetzt soll ich auch noch den Tracker unauffällig anbringen. Tom ist witzig, er vertraut auf mein Improvisationstalent. Der hat gut reden.

Abwechselnd gewinnen Toms Euphorie über die Chance eines Super-Hacks und mein flaues Gefühl im Magen die Oberhand. Ich bin so froh, wenn das Wochenende überstanden ist.

20. Kapitel

Freitag, 21. Oktober

Ich warte eine gefühlte Ewigkeit. Werde ich beobachtet? Tatsächlich, im zweiten Stock schwingt der Spitzenvorhang zurück. Die Knesebeck, alles im Blick, wie immer. Dieser blöde Tracker, seine Kanten bohren sich in meine verkrampfte linke Hand, die ist schon ganz schwitzig. Hoffentlich ruiniert der Schweiß nicht das Klebeband. War etwas voreilig, den Schutzstreifen zu entfernen, andererseits, das Anbringen muss schnell gehen. Zum tausendsten Mal ... Stolpern, Tasche fallenlassen, beim Aufheben den Tracker unters Auto kleben, fertig.

Eine schwarze Limousine, das müssen sie sein. Das Auto hält, die abgedunkelten Scheiben blocken den Blick nach innen ab. Ein kleiner, untersetzter Mann in schwarzem Anzug steigt aus, kommt eilfertig auf mich zu.

„Guten Tag Fräulein Keller, mein Name ist Klötzner. Ich bin heute Ihr Chauffeur."

„Guten Tag."

„Ist das Ihr Gepäck?"

Er blickt zu meiner etwas ramponierten Tasche. Geschwind verstaut er sie im Kofferraum.

„Danke."

Mit einer kleinen Verbeugung öffnet er die Tür im Fond. „Bitte steigen Sie ein.“

Was passiert, wenn er mich dabei erwischt, wie ich den Tracker anbringe? Konzentration Marthe! Klötzner steht hinter der Autotür, wirft den Blick auf eine dicke goldene Armbanduhr. Jetzt! Stolpern. Die Handtasche fällt, Handy, Danas Schminkkästchen, Lippenstift verteilen sich auf dem Boden. Mist, ich habe vergessen, die Handtasche zu schließen. In die Hocke, Tracker anbringen. Meine Hand zittert, wo kann ich das Mistding festkleben?

„Haben Sie sich weh getan?“, der Chauffeur sieht besorgt über den Türrand.

Die Autotür versperrt ihm die Sicht, die parkenden Autos am Straßenrand hindern ihn, mir schnell zu Hilfe zu eilen.

Muttis Kopf erscheint in der Tür. „Marthe? Alles in Ordnung?“

„Keine Sorge, ist alles gut, bin nur gestolpert. Ein kleines Missgeschick.“ Der Tracker ...

Klötzner drückt gegen die Tür, will sich zwischen ihr und dem parkenden Auto zu mir vordrängen.

„Vorsicht, mein Handy.“

Er weicht zurück, nimmt den Umweg über den Bürgersteig.

Der Unterboden fühlt sich staubig an, da, eine Rille. Den Dreck abwischen.

Jetzt der Tracker, kleb du dummes Ding. Klötzner kommt. Schnell den Tascheninhalt zusammenschieben. Bitte Tracker bleib dran.

„Alles in Ordnung?“ Die Stimme in meinem Rücken klingt leicht genervt.

„Ich denke ja, das Display ist zum Glück heile.“ Ich strecke ihm mein Handy entgegen.

„Moment!“

Hat er Verdacht geschöpft?

Klötzner bückt sich schwerfällig, hält Danas Zahnseidenattrappe zwischen den Fingern. Oh Gott, wie konnte ich die übersehen. Ohne Kabel hätte ich den Router vergessen können. Ist alles andere in der Tasche?

„Ihre Hand ist schwarz. Warten Sie.“ Eifrig wieselt er ums Auto herum zur Fahrertür, kommt mit einem Feuchttuchspender zurück.

„Vielen Dank.“ Er beobachtet, wie ich meine Hand reinige. Für das dreckige Tuch streckt er mir eine Plastiktüte entgegen. Der Mann nimmt es genau mit der Reinlichkeit. Hoffentlich kommt er nicht auf die Idee, die Unterseite vom Auto zu säubern.

„Achtung, ich schließe die Tür.“ Mit einem satten Ton fällt sie ins Schloss. Im Innenraum geht die Beleuchtung an.

„Hallo Marthe.“ Hans lächelt mich freundlich an.

„Hallo ihr beiden. Nanu, die Scheiben sind auch von innen verdunkelt, man kann nicht raussehen ...“

Mutti tätschelt meine Hand. Sie wirkt nervös.

„Man gewöhnt sich dran.“, Hans spricht betont ruhig, „Heinrich Borken hat mich vorgewarnt. Eine Vorsichtsmaßnahme bei Neulingen, weil auf dem Anwesen so wertvolle Kunstwerke versteigert werden. Die Geheimhaltung des Ortes ist Teil ihres Sicherheitskonzeptes. Einfache, aber effektive Methode.“

Meint er das im Ernst oder will Hans uns nur beruhigen. Ich finde die Geheimniskrämerei verdächtig.

Die Fahrt zieht sich ins Endlose. Mein Zeitgefühl ist dahin, wir könnten seit einer oder fünf Stunden im Auto sitzen. Das Handy behauptet, es seien erst vierzig Minuten vergangen. Es hat keinen Empfang, wie Tom vermutet hat. Mir ist schlecht. Ich brauche den Blick in die Ferne, lange halte ich es nicht mehr aus, in dieser Box transportiert zu werden.

Auf den Atem konzentrieren, Frances bewährte Anti-Stress-Formel, langsam ausatmen und ein ...

Das Auto steht still. Die Trennscheibe zum Chauffeur senkt sich. Herr Klötzer dreht sich zu uns um. „Willkommen auf ...“, er verschluckt den Namen, „Wir sind jetzt da.“

Die Verdunkelung der Scheiben löst sich langsam auf, Tageslicht, endlich.

Vor uns öffnet sich ein riesiges schmiedeeisernes Tor.

Zwei dicke Steinsäulen, durch einen Steinbogen verbunden, umrahmen es. In der Mitte des Bogens prangt ein verwittertes Wappen. Zu beiden Seiten des Tors schließt sich eine hohe Steinmauer an. Herr Klötzner grüßt einen Wachposten, der vor einem Steinhäuschen steht. Mein Gott, von hier ist kein Entkommen. Alles abgeriegelt.

Ruhig Marthe. Wir sind Gäste, keine Gefangenen. Wir fahren durch ein Kiefernwäldchen, typisch Brandenburg. Wie groß ist das Gelände? Zwischen die Kiefern mischen sich zunehmend Laubbäume. Ihre Blätter leuchten von strahlend gelb über orange bis dunkelrot. Wunderschön.

Der Wald entlässt uns auf eine große Freifläche. Geradeaus reflektiert ein See die Strahlen der untergehenden Sonne. Schräg links erhebt sich ein großer Gebäudekomplex. Herr Klötzner steuert auf ein dem Wald zugewandtes, langgestrecktes Gebäude zu. Auf der Wiese davor grasen Rehe.

„Herr Klötzner, welcher See ist das bitte?"

„Der gehört zum Anwesen."

Mein erster Versuch, irgendeinen Anhaltspunkt über unseren Aufenthaltsort zu bekommen, ist gescheitert.

Hans quittiert ihn schmunzelnd.

Auf dem Vorplatz des Haupteingangs stehen bereits einige Limousinen, Angestellte in schicker Uniform sind damit beschäftigt Koffer ins Haus zu tragen, Gäste unterhalten sich angeregt. Unsere Limousine hält direkt vor dem Eingang. Zwei dienstfertige junge Männer eilen herbei und öffnen uns die Autotüren. Ein paar Gäste sehen neugierig herüber. Die Blicke sind mir unangenehm. Sie sehen alle so schick aus, dagegen ich in meiner Jeans ... Meine Güte, wir sind aufs Land gefahren.

Das Haus ist auch rustikal mit seinem Reetdach und den rot-weiß gestreiften Fensterläden.

Ein eleganter Herr kommt auf uns zu. „Willkommen. Darf ich mich vorstellen, Campani ist mein Name, ich bin für das Wohlbefinden unserer Gäste zuständig. Frau Keller, nehme ich an?"

Er wendet sich Mutti mit einer kleinen Verbeugung zu. Dann begrüßt er mich, ebenso mit einer kurzen Verbeugung. Meine Mundwinkel zucken, dieses marinierte Gehabe, fast hätte ich aus Jux einen Knicks gemacht.

„Darf ich Sie hier entlang bitten?" Mit einer vornehmen Geste lädt er uns ein, vorauszugehen. Das Vordach des Hauseingangs steht auf massiven Holzbalken, die Konstruktion ist klobig.

Im Haus empfängt uns ein großer, in dunklem Holz getäfelter Raum, links eine Rezeption, an der sich ein paar Gäste scharen, dahinter eine breite geschwungene Treppe. Die Lobby ist weitläufig und dennoch erdrückend, zu viel dunkles Holz, selbst die Decke ist mit Holzkassetten verkleidet. Auf der rechten Seite trennen Glasschiebetüren den Speiseraum ab.

Den hinteren Bereich der Lobby beherrscht ein überdimensionierter Kamin, ein junger Mann schürt das flackernde Feuer. Vor dem Kamin stehen Grüppchen von Ledersesseln. Die gesamte Rückwand ist mit Hirschgeweihen und ausgestopften Tieren gepflastert. Widerlich.

Campani tritt neben mich. „Beeindruckend, nicht wahr?“, fragt er stolz.

Er missinterpretiert mein Erstarren, umso besser.

„Herr Borken ist offensichtlich ein passionierter Jäger?“

„Die ganze Familie Borken, ebenso wie Herr van Tretten.“, bestätigt er, „ich zeige Ihnen jetzt Ihre Zimmer. Abendessen und Frühstück werden dort serviert.“, er weist zu den Schiebetüren, „Das Bankett morgen findet gegenüber im Herrenhaus statt. Bitte hier entlang.“

Der Aufzug ist unscheinbar im Schatten der Treppe.

„Da Sie zum ersten Mal unsere Gäste sind, möchte ich Sie darauf aufmerksam machen, dass im Herrenhaus erhöhte Sicherheitsvorkehrungen gelten. Handys und Kameras sind dort nicht erlaubt. Bei Fragen oder Wünschen während Ihres Aufenthaltes, wenden Sie sich bitte an mich oder meine Mitarbeiter am Empfang.“ Galant lässt er uns den Vortritt in den Aufzug.

„Herr Campani, wissen Sie, ob morgen Zeit für einen ausgedehnten Spaziergang bleibt? Jetzt ist es ja schon etwas spät, es wird bereits dunkel.“

Mutti steht die Anspannung ins Gesicht geschrieben.

„Sie können gerne im Innenhof spazieren gehen, der ist sehr schön angelegt oder den Hauptweg zum See nehmen und bis zum alten Jägerhaus laufen. Es ist aus Sicherheitsgründen untersagt, alleine durch das Areal zu streifen. Zu DDR-Zeiten befand sich hier ein Truppenübungsplatz, es könnten sich Restbestände der Kampfmittel im Boden befinden."

Muttis Augen weiten sich erschrocken.

„Morgen Vormittag findet eine Führung über das Anwesen statt. Möchten Sie daran teilnehmen? "

„Sehr gerne. Was ist mit euch?" Mutti sieht zu Hans und mir.

„Ich bin mit Heinrich Borken verabredet.", lehnt er ab.

„Ich komme mit."

„Ich werde die Damen anmelden, die Führung beginnt um zehn Uhr dreißig. Bitte." Die Aufzugstür öffnet sich.

Die Atmosphäre hier oben ist angenehmer, die Wände sind weiß, von massiven Balken durchbrochen. Eine kleine Sitzecke vor einem großen Fenster mit Blick zum Wald. Rechts und links erstreckt sich ein erstaunlich langer Gang. Als Kind hätte ich es geliebt, hier Fangen zu spielen.

Das Zimmer von Mutti und Hans, die Möbel aus dunklem Holz, wie könnte es anders sein, die Vorhänge in dunklem Rot, die Tagesdecke mit Gold durchwirkt.

Es fühlt sich eigenartig an, dass Mutti und Hans gemeinsam in dem riesigen Himmelbett schlafen sollen. Warum haben sie Borken in dem Glauben gelassen, dass sie ein Paar wären? Ich gönne Mutti eine Affäre. Ob sie sich auf einen verheirateten Mann einlässt? Bisher war das ein No-Go für sie. Und Hans? Einerseits wirkt er so überkorrekt, andererseits ...

„Ist alles zu Ihrer Zufriedenheit?“ Campani wirft einen kurzen prüfenden Blick in den Raum. Die Koffer der beiden stehen bereits auf der Kofferablage.

„Vielen Dank.“, antwortet Hans.

„Das Abendessen wird um neunzehn Uhr serviert. Wenn Sie einen Wunsch haben, erreichen Sie die Rezeption über das Telefon, Sie brauchen nur den Hörer abzunehmen.“ Er weist auf das Telefon auf dem Nachttisch. „Sie werden automatisch verbunden. Ich wünsche Ihnen einen angenehmen Aufenthalt.“

Campani deutet eine kleine Verbeugung gegenüber Mutti und Hans an.

„Zu Ihrem Zimmer geht es hier entlang, wenn ich bitten darf.“

Er führt mich fast bis zum anderen Ende des Ganges.

Mein Zimmer ist kleiner. Im Gegensatz zu Muttis habe ich den freien Blick zum Wald. Im Dämmerlicht zeichnen sich die Silhouetten der Rehe vor den Bäumen ab, Nebel steigt von der Wiese auf.

„Ist alles zu Ihrer Zufriedenheit?“

„Danke. Eine Frage, könnte ich den W-LAN Zugang haben?“

„Es tut mir sehr leid.“ Sein gönnerhaftes Lächeln macht das Bedauern unglaubwürdig. „Internet steht unseren Gästen nicht zur Verfügung, Mobilfunk ebenso wenig. Sie können hier Urlaub von den sozialen Medien machen. Ich wünsche Ihnen einen schönen Aufenthalt.“ Kaum ist er aus der Tür, erscheint Mutti.

„Marthe, kommst du in einer halben Stunde bei uns vorbei? Dann gehen wir gemeinsam zum Essen runter.“

Sie wirkt überspannt.

„Mache ich. Alles in Ordnung mit dir?“

„Vielleicht sollten wir die Zimmer ...“, Mutti verschluckt den restlichen Satz. „Das ist lächerlich.“, murmelt sie vor sich hin, schließt rasch die Tür hinter sich.

Das Bett ist himmlisch weich. Jetzt bin ich in der Höhle des oder der Löwen. In einer sehr luxuriösen Höhle.

Kein Internet für Gäste. Gibt es überhaupt Internet? Falls doch, dann etwa nur im Herrenhaus? Einfach wird es nicht, Toms Spion anzuschließen. Ob ich es schaffen werde?

Mit den Sicherheitsvorkehrungen auf der Auktion hatte er recht. Kein Handy im Haupthaus bedeutet, dass ich den kleinen Router nicht nutzen kann, selbst wenn ich es schaffe, ihn anzuschließen.

Ich bin abgeschnitten von der Außenwelt, es ist unmöglich, Tom anzurufen oder eine Nachricht zu schicken. Urlaub vom Internet, darauf könnte ich gut verzichten.

Sollte ich Hans in den Plan einweihen, ihm von dem Hack erzählen? Vielleicht kann er helfen? Nein, lieber nicht. Wenn etwas schief geht, soll er nicht mit hineingezogen werden.

Es wird Zeit. Was ziehe ich zum Abendessen an? Die dunkle Jeans und mein rotes Lieblingsshirt müssen reichen. Mit dem schwarzen Seidenschal sehe ich doch ganz schick aus.

Etwas Mascara und los, mein Schlüssel.

Welche Zimmernummer haben die beiden nochmal? Unwichtig, auf dem geraden Gang werde ich sie nicht verfehlen.

Mann sind die schick. Mutti beäugt mich kritisch. Hans verzieht keine Miene.

„Nehmen wir die Treppe?“

„Gerne, dann bewegen wir uns wenigstens etwas vor dem Essen.“ Hans hält Mutti galant den Arm hin. Sie hakt sich unter, ihre Augen glänzen.

„Ich bin gespannt, was uns erwartet. Ob wir Calewskis treffen? Ich würde gern mehr über seine Beziehung zu meinem Vater erfahren.“ Mutti hat sich von der Fahrt erholt, sie wirkt entspannt.

„Calewski können wir gerne treffen. Aber seine Schwester ... der will ich nicht begegnen. Sie ist ein Biest.“

„Marthe, das ist doch übertrieben.“

Hans tätschelt Muttis Hand. „Ich fürchte, Marthe hat recht. Frau Calewski ist sehr feindselig uns gegenüber. Doch jetzt, gute Miene ...“ Er sieht mich auffordernd an. Ich setze mein breitestes Lächeln auf. Hans lacht.

Schweigend laufen wir den letzten Treppenabsatz herunter. Der dicke rote Läufer dämpft unsere Schritte. Mein ganzes Befinden ist gedämpft, die Atmosphäre des Hauses ist beengend. Alles wirkt zu groß, zu dunkel, zu schwer, die dicken Balken, die dunkle Holzverkleidung, die großen düsteren Jagdgemälde und Trophäen, der riesige Kronleuchter, der eher in eine Burg passen würde. War der Ring ursprünglich der Beschlag eines Kutschenrades?

In der Lobby tummeln sich Gäste, einige beäugen uns. Hätten wir lieber den Aufzug genommen, dann wäre ich den Blicken nicht so ausgesetzt. Mein Outfit entspricht dem Dresscode ganz und gar nicht. Einige Frauen tragen Abendkleider, andere schicke Kostüme. Ich bin heute Abend das hässliche Entlein.

„So meine Damen, gehen wir direkt ins Restaurant oder möchtet ihr einen Aperitif?“, fragt Hans galant.

„Ich brauche keinen Drink. Danke.“

Hauptsache ich entkomme den abschätzigen Blicken.

Mutti nickt zustimmend, „Lass uns gleich ins Restaurant gehen.“

„Gut, dann auf zum Maître.“ Er navigiert uns zielstrebig auf ein Stehpult zu, an dem uns ein eleganter Kellner erwartet. Campani steht lächelnd im Hintergrund und hält alles im Blick. Vor dem Kamin unterhält sich Borken angeregt mit einer Familie.

„Bitte meine Herrschaften, hier entlang.“ Der Maître führt uns durch den Saal zu einem runden Tisch am Fenster, ein schöner Platz mit Blick zum Innenhof, der ringsum von Fackeln beleuchtet wird. Archaisch, diese Beleuchtung. Es ist für sechs Personen eingedeckt. Wer wird bei uns sitzen? Langsam füllen sich die Tische um uns herum. Die dicken Teppiche und die Holzverkleidung des Saales schlucken die Geräusche. Zum Glück, in dem großen Raum würde sonst jedes Gespräch und Stühlerücken um ein Vielfaches verstärkt.

Borken betritt den Raum, Johannes und ein Ehepaar im Schlepptau. Er marschiert zielstrebig auf unseren Tisch zu. „Hellbricht, schön, dass Sie hier sind! Herzlich willkommen meine Damen. Frau Keller, es ist mir eine Freude.“ Er nimmt Muttis Hand und deutet einen Handkuss an. Meine Güte, er übertreibt etwas mit der *Alten Schule*. „Fräulein Keller.“ Ein freundliches Nicken.

Der Handkuss bleibt mir erspart.

„Darf ich vorstellen, Familie Brömer. Ihren Sohn

Johannes kennen Sie bereits. Sie werden an diesem Wochenende Tischgenossen sein. Herr Brömer ist Syndikus, seine liebe Frau ist Kunstsachverständige und wunderbare Mutter, natürlich. Johannes hat gerade seine erste Stelle in der Staatsanwaltschaft Berlin angetreten. Ich habe mir erlaubt, Brömers von Ihnen zu erzählen." Er wendet sich Hans zu.

„Ich hoffe nur Gutes."

„Heinrich hat in den höchsten Tönen von Ihrem Sachverstand geschwärmt.", versichert Brömer. Er ist ein ganzes Stück kleiner als sein Sohn, etwas korpulent, das Gesicht ebenmäßig. Wäre sein Blick nicht so abschätzig, wäre er attraktiv.

Seine Frau wirkt steif und streng in ihrem schmalen, dunkelbraunen Kleid. Sie schenkt Hans ein vornehm verhaltenes Lächeln, dabei hält sie ihm ihre Hand hin. Er folgt der Aufforderung, deutet den obligatorischen Handkuss an.

Johannes begrüßt mich in seiner ungelenken Art. Die Mutter mustert mich, ihrer Mimik nach, hätte sie sich eine andere Tischdame für ihren Sohn gewünscht.

Kaum haben wir alle Platz genommen, erscheint ein Kellner.

„Guten Abend, heute bin ich für Ihr Wohl zuständig. Mein Name ist Giuseppe. Darf ich Ihnen unser Menü vorstellen?"

„Bitte." Herr Brömer lehnt sich abwartend zurück.

„Als Vorspeise gibt es eine Tomaten-Consommé, danach einen kleinen Insalata Mista und ein Carpaccio vom Lachs, zum Hauptgang eine Entenbrust an Polenta-Gratin mit Gartengemüse und zur Nachspeise Profiterol. Wir empfehlen zur Vorspeise unseren Pinot Grigio und zur Hauptspeise den Soave unseres italienischen Weingutes. Findet das Ihre Zustimmung?“ Er wirft einen kurzen Blick in die Runde.

Meine findet es sicher nicht. „Entschuldigung, ich bin Vegetarierin.“

Giuseppe deutet einen Diener an. „Das ist kein Problem Signorina. Ich richte es unserem Küchenchef aus.“

Brömers kritischer Blick trifft mich. Extrawürste scheinen ihm nicht zu gefallen. „Leben Sie schon lange vegetarisch? Fürchten Sie keine Mangelerscheinungen?“

Meine Güte auf welchem Planeten lebt der denn? „Nein, Studien haben erwiesen, dass es nicht ungesund ist, auf Fleisch zu verzichten, im Gegenteil.“

Er lacht spöttisch. „Ein Irrglaube! Menschen werden als Alles-Esser geboren und entsprechend sollten wir uns ernähren, wie es unsere Väter und Ahnen getan haben.“

„Es gibt Völker, die von jeher vegetarisch leben.“

Brömer schnauft: „Völker, die nicht so viel denken und leisten müssen wie unser Volk. Ich verstehe, dass junge Menschen Opfer von Modeerscheinungen werden. Sie sollten sich von diesem Fehlglauben befreien und wieder

Fleisch essen, spätestens wenn Sie Mutter werden, damit Sie gesunde Kinder bekommen."

Mir bleibt die Spucke weg. Doch mit solchen Sprüchen muss man hier wohl rechnen, wer mit Nazi-Raubkunst dealt, dem wird Rassismus und Sexismus nicht fremd sein.

Hans wirft mir einen warnenden Blick zu.

„Herr Brömer, darf ich fragen, in welcher Stadt Sie als Syndikus tätig sind?"

Mit dem Themawechsel hat er mich gerettet.

Am liebsten würde ich Brömer an die Gurgel gehen, behandelt mich, wie ein minderbemitteltes Ding.

Johannes beugt sich zu mir. „Mein Vater wollte Sie nicht beleidigen."

„Ist schon gut. Fleisch schmeckt mir einfach nicht."

Johannes nestelt umständlich an seiner Serviette herum. Ist er nervös?

„Wäre es Ihnen recht, wenn wir uns duzten? Ich weiß, das ist etwas schnell, aber ..."

Ach herrje, hat ihn diese Frage so viel Überwindung gekostet? Ist der verklemmt.

„Gerne, die Kombi von Vornamen und Sie ist sowieso eigenartig, fühlt sich nach Schule an, findest du nicht?"

Johannes nimmt meine Hand - uh, seine sind feuchtkalt – sein Gesicht hat eine leichte Rotfärbung angenommen. „Ich freue mich, dass du hier bist.", sagt er leise.

„Geht mir genauso. Ich wusste gar nicht, dass du Jurist

bist.“ Hoffentlich verbindet er mit dem Du keine Erwartungen ... er ist etwas näher herangerückt. Seine Mutter beobachtet uns.

„Einer unter vielen“, gibt er sich bescheiden. „Bist du berufstätig?“ Er gibt meine Hand nicht frei. Bevor ich antworten kann, erhebt Hans sein Glas.

„Stoßen wir auf die Freude unserer Bekanntschaft an.“ Er schwenkt es in Richtung von Brömers. Eine gute Gelegenheit, Johannes meine Hand zu entziehen.

Wir nicken uns alle zu, „Zum Wohl.“ Der Wein schmeckt teuer. Das wird ein richtiges Luxuswochenende. Schade, dass ich einen klaren Kopf behalten muss. Mehr als ein Glas Wein ist nicht drin für mich. Apropos, ich sollte Johannes ausfragen.

„Warst du hier schon früher zu Gast?“

Ein selbstgefälliger Ausdruck schleicht sich in sein Gesicht. „Ja, wir sind häufig hier.“

Das hätte ich nicht erwartet. „Finden hier so oft Auktionen statt? Oder kommt ihr einfach so zu Besuch?“

Johannes zögert mit der Antwort. „Die Auktionen sind nur zweimal jährlich. Wir treffen uns regelmäßig mit Onkel Heinrich ... mein Vater ist im Vorstand der Stiftung, die Sitzungen finden hier statt.“

„Ich habe über eure Stiftung gelesen, es ist vorbildlich, wie ihr euch für die Kunst engagiert, Ausstellungen für benachteiligte Jugendliche organisiert und so.“

Er sieht mich amüsiert von der Seite an.

„Wo hast du über unsere Stiftung gelesen? Die Ausstellungen sind nur ein kleiner Teil ihres Portfolios. Ihr Ziel ist es, Menschen dabei zu unterstützen, sich zu vernetzen, sich gegenseitig beizustehen. Sie hat Netzwerke aufgebaut, um bedürftigen Gruppen zu helfen. Und natürlich, um unsere Kultur vor Überfremdung zu schützen."

Mir kommt gleich das Kotzen. Vorsicht Marthe: Lächeln und interessiert weiterfragen. „Was für Gruppen werden denn unterstützt?"

„Zum Beispiel Hinterbliebene, von im Dienst verunglückten Polizisten oder Soldaten, außerdem traumatisierte Soldaten, damit sie wieder einen Lebenssinn finden und so weiter. Eben Menschen, die unserem Land gedient haben und dann durchs soziale Netz fallen. Es werden auch Kinder- und Jugendcamps veranstaltet. Auf den Camps werden alle gleichbehandelt, egal, ob jemand reiche Eltern hat oder aus armen Verhältnissen kommt. Für ärmere Familien sind die Camps kostenfrei." Johannes identifiziert sich anscheinend absolut mit der Stiftung.

„Kann jeder an diesen Camps teilnehmen? Egal, wo er wohnt, wo er herkommt, ich meine ... gibt es da Auswahlkriterien?" Hm, ich druckse ein bisschen herum. Aber direkt zu fragen, ob die Camps für ausländische Kinder offen sind, könnte schlecht ankommen.

Johannes lächelt. „Verstehe schon, was du meinst. Die

Camps sind für alle deutschen Kinder, die aus Familien stammen, die sich für unser Land einsetzen, überzeugte Deutsche sind."

„Aber ..."

Er redet weiter.

„Das heißt nicht, dass Familien ausgeschlossen werden, die nicht die Möglichkeit haben, sich zu engagieren. Es werden auch Kinder von Familien aufgenommen, die am Rande der Gesellschaft stehen. Das hat mein Vater initiiert. Er sagt, es tut beiden Seiten gut, zusammenzukommen. Den privilegierten Kindern und den unterprivilegierten. Auf den Camps zählt, was man für seine Gruppe tut, wie mutig man ist. Das eigene Durchhaltevermögen."

Johannes klingt wie ein braver Soldat, der gelernte Phrasen herunterbetet. Warum hinterfragt er diese Camps nicht?

„Alle zwei Jahre gibt es einen Austausch mit unserer italienischen Partnerorganisation. Der ist sehr begehrt, die Teilnahme muss man sich verdienen." Johannes sieht mich nach Bestätigung heischend an.

Ich lege Bewunderung in meinen Blick, obwohl ich ihn am liebsten durchschütteln würde. „Warst du selbst früher auf einem dieser Camps oder einem Austausch?"

Johannes lacht auf. „Ich habe alle Oster- und Sommerferien dort verbracht, seit ich, seit ich sechs war."

„Wow, keine Ferien mit deinen Eltern?" Die Frage ist

mir rausgerutscht, die Vorstellung so viel Zeit in Camps zu verbringen, finde ich grausig.

Er schüttelt den Kopf.

„Selten. Es war meinen Eltern wichtig, dass ich lerne, mich in eine Gruppe zu integrieren. Ich bin Einzelkind, weißt du. Die Camps waren toll. Wir haben gezeltet, geschnitzt, Lieder gesungen, Sport getrieben und mussten Herausforderungen meistern. Wir haben Kameradschaft gelernt und Durchhaltevermögen."

Mir ist flau im Magen. Bilder von Zucht und Ordnung, weinenden Kindern, hämischen Kindern gegenüber den Schwachen, steigen in mir hoch. Johannes behauptet, die Camps seien toll gewesen. Waren sie das?

„Dann ähneln die Camps von euch denen von Pfadfindern?"

„Etwas.", stimmt Johannes halbherzig zu, „aber die Pfadfinder sind inzwischen aufgeweicht, die würden nicht durch Matsch robben, im Eis baden, der Kälte trotzen, Grenzen überwinden, außerdem machen die auf multikulti."

Er verzieht sein Gesicht.

Ich bin sprachlos, wie abfällig er gerade geklungen hat. Mein Altersgenosse ist ein handfester Rassist. So eine harte Meinung passt gar nicht zu ihm. Genauso wenig, wie durch den Matsch zu robben. Kann das Äußere eines Menschen so täuschen?

Johannes wirkt, wie wenn er Hindernissen ausweichen würde, sich klein machte, um nicht aufzufallen. Ständig windet er sich, versteckt seine Größe. Er wurde zu einem Rassisten erzogen, zu einem ‚guten Deutschen'. Wie viele Kinder werden so infiltriert?

„Wann warst du das letzte Mal auf einem Camp?"

„Gar nicht so lange her. Während des Studiums waren wir mit unserer Studentenverbindung auf Camps. Das war lustig." Johannes Stimme bricht, sein Lächeln sieht gezwungen aus. Hatte er da wirklich Spaß? Könnte mir vorstellen, dass er das perfekte Opfer für blöde Späße war.

Ich sollte der Befragung langsam eine andere Richtung geben. Was wäre interessant?

„Marthe, was machen Sie beruflich?" Frau Brömer reißt mich aus meinen Gedanken. Habe ich etwas verpasst oder kommt ihre Frage aus dem Nichts?

„Ich arbeite in einem Schreibbüro, verfasse Texte.", antworte ich stotternd.

„Oh, Sie sind Sekretärin?", fragt Herr Brömer sofort. Ich hasse diese Frage. Entsprechend finster blicke ich drein. Wie oft musste ich diese Frage schon beantworten? Ich habe eine Allergie gegen die Bezeichnung Sekretärin. Sofort sehe ich das stereotype Bild einer unterwürfigen Frau, die für ihren Chef alles regelt, zu Diensten ist ...

„Marthe hat Germanistik studiert.", wirft Mutti schnell ein.

Frau Brömer nickt wohlwollend. „Das ist gut. Mütter sollten ihre Sprache kultivieren, so können sie ihrem Nachwuchs unsere geliebte Muttersprache am besten vermitteln.“

Ich kriege gleich Atemnot. Werden hier Frauen nur als Mütter geschätzt? Die einzig sinnvolle Karriere einer Frau?

Herr Brömer hat sich wieder Hans zugewandt, sein Interesse an mir war kurz. Mutti und Frau Brömer scheint der Gesprächsstoff ausgegangen zu sein.

„Mutti, hast du schon Herrn Calewski gesehen?“

Sie schüttelt den Kopf.

„Calewskis kommen leider erst morgen Vormittag. Das Geschwisterpaar ist entzückend, nicht wahr?“ Frau Brömer wendet sich an Mutti. „Ich habe gehört, ihr Vater kannte Herrn Calewski gut?“

Ihr Gespräch ist damit wieder in Gang gekommen.

Drei Tische weiter sitzt dieser unangenehme Richter, seine Habichtnase ist unverkennbar.

„Johannes, sind alle Gäste von Calewskis Gartenparty hier?“

Er sieht mich verwundert an. „Warum fragst du?“

„An dem Tisch drüben, ist das nicht der Richter, wie hieß er noch?“

„Knaup. Ja das ist er. Es sind nur einige Gäste von dem Gartenfest eingeladen.“ Er betont dabei das ‚Fest‘ überdeutlich. Anglizismen wie Party mag er nicht.

„Nur die Wichtigen.“, fügt er mit einem breiten Grinsen hinzu. Er drückt seinen Oberschenkel gegen meinen. Ich brauche eine Pause von Johannes.

„Ich muss mich entschuldigen, die Natur ruft ...“

„Bitte?“ Kaum hat Johannes verstanden, springt er auf, rückt den Stuhl für mich zurück. „Durch die Glastür, dann rechts.“, raunt er in mein Ohr.

„Danke.“ Nichts wie weg. Bevor er auf die Idee kommt, auch auf Toilette zu müssen.

21. Kapitel

Samstag, 22. Oktober

Das Bett ist so gemütlich, ich würde am liebsten den ganzen Tag liegen bleiben. Raus aus den Federn. Ich habe schließlich einen Auftrag. Wie das klingt – einmal Spionin sein, im Auftrag von .... Tom und seiner Tafelrunde, klingt eher nach einer Komödie als nach James Bond. Als Spionin wäre ich auch eine Fehlbesetzung, zu nervös und ängstlich. Trotzdem werde ich alles daransetzen, Toms Hack durchzuziehen. Die Stiftung muss unschädlich gemacht werden, schon allein, um Kindern diese Camps zu ersparen.

Es ist ein herrlicher Tag, stahlblauer Himmel, die Baumspitzen sind in Orange getaucht, die Rehe halbverborgen im aufsteigenden Bodennebel. Ich bin gespannt auf den Rundgang über das Anwesen. Vielleicht kann ich bei der Tour den Satellitenempfänger entdecken.

Mit frischem Schwung renne ich die Treppen runter.

„Vorsicht!“

Ich mache einen Satz zur Seite. Das war knapp.

Ein großer Mann mit sehr viel Bauch, Doppelkinn und griesgrämigen Gesichtszügen sieht mich erbost an.

„Tut mir leid, ich hatte nicht damit gerechnet ...“

Der Mann schnaubt. „Das habe ich gemerkt. Man rennt doch nicht so rücksichtslos die Treppe herunter.“

„Entschuldigung, ich ... werde ab sofort besser aufpassen.“

„Das will ich hoffen. Unerhört!“, vor sich hin schimpfend stapft er die Treppe weiter hoch.

So ein bornierter Idiot, der sollte lieber mal Sport treiben. Meine Leichtigkeit ist dahin. Ich muss mein Verhalten an diese verklemmte Gesellschaft anpassen, um keine Aufmerksamkeit auf mich zu ziehen.

Mutti und Hellbricht sitzen allein an unserem Tisch, prosten sich mit Kaffeetassen zu. Von Brömers keine Spur.

„Guten Morgen.“

„Marthe, gut geschlafen?“ Mutti sieht mich lächelnd an. Hans nickt freundlich.

„Danke. Und ihr?“

Muttis Blick flackert, ein leichtes Rot überzieht ihr Gesicht. Ist aus der vorgetäuschten Affäre doch eine Echte geworden?

Mutti sieht zur Seite: „Danke.“

„Dein Freund Brömer Junior frühstückt mit seinen Eltern bei Borken. Hoffentlich bist du nicht allzu enttäuscht.“ Hans zwinkert mir zu.

„Ganz schrecklich. Kommt ihr beide mit auf den Rundgang?“

Hans schüttelt den Kopf. „Meine Verabredung mit Borken, er will mit mir etwas Juristisches besprechen."

„Wegen unseres Spitzwegs, der Auktion oder etwa des Renoirs ...?", fragt Mutti heiter.

„Nein Astrid.", er schmunzelt über ihre Neugier, „Klientengeheimnis. Aber unter uns ...", er senkt seine Stimme, „es geht um Borkens Testament und die Stiftung." Hans sieht nachdenklich aus. „Es ist mir ein Rätsel, warum er ausgerechnet mich um Rat fragen will. Er muss doch Anwälte seines Vertrauens an der Hand haben."

„Vielleicht eine Testamentsänderung, von der keiner seiner Vertrauten etwas erfahren soll?", schlage ich vor.

Hans runzelt die Stirn. „Das unterliegt doch dem Anwaltsgeheimnis." Er zuckt mit den Schultern. „Wir werden sehen, was dahinter steckt."

Mutti räuspert sich. „Marthe, heute Abend findet eine Gala statt. Hast du ein Abendkleid dabei?" Sie mustert mich skeptisch, zurecht, wenn ich die Garderobe der anderen Gäste betrachte. Ich trage als Einzige das Gleiche wie gestern Abend.

„Ein Abendkleid besitze ich nicht. Ich gehe eher selten zu einer Filmverleihung, einem Ball oder ... Im Ernst, mein schwarzer Rock muss reichen oder ich melde mich krank."

„Rede nicht so einen Unsinn!", erwidert Mutti ärgerlich. Sie kann flapsige Antworten nicht leiden.

Hans dagegen scheint sich zu amüsieren.

Er räuspert sich: „Das ist kein Problem. Borken hat damit geprahlt, dass den Gästen hier im Haus eine exquisite Boutique zur Verfügung stünde."

„Soll das heißen, man kann sich da bei Bedarf bedienen?"

„So altruistisch ist das wohl nicht gedacht Marthe. Aber wenn ein Malheur passiert, das Abendkleid zum Beispiel zu Hause geblieben ist oder in Wein getränkt wurde, kann man sich dort neu einkleiden.", führt Hans aus.

„Das übersteigt sicher mein Budget. Wenn ich mich hier umsehe, kostet ein Kleid so viel, wie mein halbes Monatsgehalt."

Muttis Stirnfalte wird tiefer: „Das hilft nichts."

Herrje, meinen nächsten Urlaub kann ich vergessen, ... und nur wegen dieser bescheuerten Gala? Wahrscheinlich werde ich hier arm und kehre unverrichteter Dinge wieder heim, weil ich Toms Spion nicht installiert kriege. Überhaupt könnte es sein, dass Borken und Co nur heiße Luft um nichts machen, sich in ihren elitären Fantasien baden, aber im Grunde zahnlos sind, sich an Gesetz und Ordnung halten.

Hans kommt in mein Sichtfeld. „Kein Grund, sich die Laune verderben zu lassen. Ihr beide sucht euch in der Boutique ein Abendkleid aus und Marthe, vielleicht brauchst du noch etwas Elegantes für die Auktion. Die

Gäste hier legen Wert auf das Äußere. Brömer hat mir gegenüber betont, was für eine Ehre es sei, auf die Auktion eingeladen zu werden. Die Gäste fühlen sich besonders und wenn sich jemand gewöhnlich kleidet, verletzt das ihre Gefühle."

„Nicht dein Ernst, meine Garderobe verletzt ihre Gefühle? Das ist lachhaft."

„So ist es. Brömers waren gestern Abend irritiert von dir. Nicht Johannes, der ist völlig geblendet.", feixt Hans.

„Ist gut, ich werde in den sauren Apfel beißen." Meine Laune ist gänzlich im Keller.

„Marthe", Mutti legt ihre warme Hand auf meine kalte. „Wir haben den Spitzweg verkauft. Von dem Erlös können wir doch etwas für eine neue Garderobe abzwacken. Ich bin gespannt auf die Boutique."

„Mutti, du bist ein Schatz. Aber du wolltest den Erlös spenden ..." Ich habe ein schlechtes Gewissen, das Geld anzurühren. Dabei nutzen wir es in diesem Fall, um mehr über die Stiftung und deren Machenschaften herauszubekommen. Dem Verschachern von Raubkunst einen Riegel vorzuschieben. Insofern wäre es gut investiert. Falls ich Toms Spion anschließen kann.

„Ich werde Geld spenden.", versichert Mutti.

Hans sieht mich vorwurfsvoll an. „Nun sei mal nicht päpstlicher als der Papst Marthe. Bisher gibt es niemanden, der den Spitzweg als vermisst gemeldet hat. Es ist nobel, dass deine Mutter einen Teil des Geldes spenden möchte, aber doch bitte nicht alles. Da kommt Borken. Ich lasse euch jetzt alleine. Viel Spaß auf dem Rundgang."

Er nickt uns zu und verlässt den Tisch.

Hans und Borken begrüßen sich herzlich, fast wie alte Freunde.

An der Rezeption steht ein Grüppchen von Gästen. Mutti wird schneller, sie mag es nicht, die Letzte zu sein. Die Rezeptionistin begrüßt uns, „Frau Keller und Frau Keller. Herr Hansen wird gleich kommen und mit der Führung beginnen."

Die anderen erwidern unseren Gruß mit einem kurzen Nicken oder Murmeln. Fünf Frauen und zwei Männer, keiner unter sechzig. Na Prima. Eine alte Dame, einen hellen Pelzüberwurf über dem dunklen Mantel, ignoriert meinen Gruß. Hans hat anscheinend recht mit meiner Garderobe, sie wird missbilligt.

Ein kleiner untersetzter Mann kommt zackigen Schrittes auf unser Grüppchen zu. Er baut sich vor der Rezeption auf und räuspert sich vernehmlich.

„Guten Morgen meine Damen und Herren. Mein Name ist Hansen. Ich bin der Verwalter dieses prächtigen Anwesens." Er lässt seinen selbstgefälligen Blick über die Runde schweifen, plustert sich dabei auf. Er geht mir gerade mal bis zur Nase.

„Wie Sie sehen," Hansen macht eine ausladende Geste,

„wurden bei der Restaurierung des Anwesens keine Mühen und Kosten gescheut. Das Gästehaus wurde Ende des 19. Jahrhunderts als Jagdsitz erbaut. Die Jagdhütte war zu klein geworden für die großen Jagdgesellschaften. In den zwanziger Jahren des letzten Jahrhunderts wurde das Herrenhaus erbaut, in den 30ern der Zwischenbau für die Wachmannschaft der SS und das Personal errichtet, ebenso die Bogengänge, die Herrenhaus und Gästehaus verbinden. 1944 floh der damalige Eigentümer aus Deutschland.“, Hansen macht eine bedeutungsschwangere Pause, „Fahnenflucht. Verrat. Hartmut Borken erwarb kurz darauf das Anwesen, er hatte die Vision einen Ort der Kunst zu schaffen, ein Museum aufzubauen und Arbeitsstipendien für Künstler zu stiften. Dank seiner Weitsicht hat er seine Kunstsammlung rechtzeitig hierher evakuiert und sie vor der Zerstörung durch die Bombenangriffe der Alliierten bewahrt.“ Unter Hansens aufforderndem Blick bekunden wir unsere Anerkennung. „Nach dem Krieg konnte Hartmut Borken zwar seine Kunstwerke vor dem Zugriff des DDR-Regimes in Sicherheit bringen, doch das Anwesen wurde beschlagnahmt und diente anfangs als Erholungsort und geheimer Besprechungsort von SED-Größen. Nach der Wende wurde es an die Familie Borken zurückgegeben. Die Gebäude waren inzwischen Jahrzehnte nicht genutzt worden und verfallen. Das Anwesen wurde in die Stiftung überführt und aufwändig restauriert.

Soweit zur Historie. Wir beginnen mit unserem Rundgang. Das Fotografieren ist untersagt, bitte deponieren Sie Ihre Mobiltelefone an der Rezeption.“

Zwei Damen verziehen enttäuscht ihre Gesichter, aber niemand erhebt Einspruch. Wir geben brav die Telefone ab. Ein mulmiges Gefühl, es aus der Hand zu geben.

„Bitte folgen Sie mir.“ Hansen schreitet voran.

Mutti hakt sich bei mir unter, drückt meine Hand. Ihre freundliche Miene wirkt angestrengt. Hansens kurzer Abriss der Geschichte des Anwesens passt ins Bild der rechtsnationalistischen Färbung von Borken, Brömer und Co. Es ist beklemmend, am liebsten würde ich abfahren.

Hat Steve tatsächlich in ein Wespennest gestochen? Die Stiftung, Borken, das Netzwerk – verfolgen sie einen Plan oder hängen sie nur an der Vergangenheit?

Unser Grüppchen dackelt hinter Hansen her, an Treppe und Aufzügen vorbei, auf den Innenhof.

Ein Innenhof sollte zum Plauschen einladen, mit wilden Blumen, Büschen, einer Bank, in der kultivierten Variante mit Springbrunnen, hübschen Beeten und lauschigen Plätzen. Dieser hier ist das Gegenteil meiner romantischen Vorstellung. Völlig überdimensioniert, vermittelt er das Gefühl, selbst klein und belanglos zu sein. Zum Eingang des Herrenhauses führt eine Freitreppe, von ihr blicken zwei majestätische bronzene Hirsche auf uns hinab. Diese wirken seltsam vor dem klassizistischen Bau.

„Meine Damen und Herren, bleiben Sie bitte zusammen. Um zu der Auktion und der Gala heute Abend zu gelangen, nehmen Sie den direkten Weg vom Gästehaus über den Hof.“ Hansen zeigt Richtung Freitreppe. „Oder den Bogengang entlang zu unserer Rechten. In diesem Bogengang finden Sie ein Café mit Terrasse zum See, eine Boutique und einen kleinen Laden mit Sanitäts- und Schreibbedarf.

Der Hof wurde so angelegt, wie er original war, Gartenkunst auf dieser Hälfte, die andere Hälfte war Exerzierplatz und ist dementsprechend geschottert. Das Tor im Bogengang gegenüber führt zum Personalgebäude, der Zugang dort ist für Gäste untersagt. Bitte streifen Sie nicht alleine durch das Gelände, zu ihrem eigenen Schutz, denn, wie Sie sehen, sind unsere Gastgeber passionierte Jäger.“ Er lacht gackernd. Mit ausladender Geste weist er auf die zahlreichen Geweihe an der Mauer des Gästehauses.

„So ähnlich muss es in Carinhall ausgesehen haben.“, bemerkt die Dame neben mir entzückt.

„Carinhall?“ Was soll das sein?

„Finden Sie nicht?“, die Frau strahlt mich mit ihren hellblauen Augen an.

„Ja, Sie haben völlig recht.“ Anscheinend muss man das kennen.

„Görings Anwesen muss prächtig gewesen sein,“ die Dame seufzt sehnsüchtig, „ein einziger Kunsttempel. Ich wünschte, er wäre nicht zerstört worden."

Hansen wippt ungeduldig auf und ab. „In der Tat diente Górings Landsitz als Vorbild für die Restaurierung des Gästehauses. Zum Glück blieb diesem Anwesen das Schicksal von Carinhall erspart. Folgen Sie mir bitte weiter."

Carinhall ... Schon der Name verursacht Gänsehaut.

Im Gänsemarsch verlassen wir den Hof durch das Tor im rechten Bogengang. Vor uns liegt der kleine See. Die Luft ist schwer vom herb-süßlichen Herbstgeruch.

„Ein Spaziergang um den See wäre schön.", flüstert Mutti.

„Allerdings." Der See mit dem breiten Schilfgürtel und einigen prächtigen Buchen am Ufer ist malerisch.

„Hier entlang." Hansens scharfe Stimme zerstört meine kurze Träumerei. Er führt uns die Zufahrt zum Herrenhaus entlang.

Das Gebäude ist zu groß und wuchtig, wie alles hier, ein Fremdkörper in der zauberhaften Umgebung.

Hoffentlich ist die Führung bald vorbei. Konzentrier dich Marthe, du musst nach der Satellitenschüssel Ausschau halten.

„Die alte Jagdhütte." Hansen versammelt uns vor einem großen Blockhaus. „Nach den Plänen von Herrn Borken Senior sollte sie als Atelier und Wohnung für Kunststipendiaten dienen. Die Renovierung der Jagdhütte wurde erst vor kurzem abgeschlossen. Sie kann leider noch nicht besichtigt werden. Und nun der Höhepunkt des Rundgangs, die Turmbesichtigung.“ Hansen zählt uns ab, nickt zufrieden und marschiert los.

Turm? Mir ist kein Turm aufgefallen. Ich sehe Mutti fragend an.

„Da drüben, an der Seite des Herrenhauses.“, antwortet sie.

Tatsächlich. Auf dem Hinweg war ich so auf den See fixiert, dass er mir nicht aufgefallen ist. Die groben Steine des Turms sehen uralt aus, er wirkt wie ein Relikt, Überbleibsel einer Burg. Ob auf dem Dach eine Satellitenschüssel montiert ist? Zu sehen ist nichts.

Hansen sperrt die dicke Holztür auf. „Bitte treten Sie ein und warten Sie auf dem Treppenabsatz auf mich. Ich muss hinter uns absperren, bevor wir nach oben gehen.“

Wir warten zusammengepfercht im engen Rund des Turms. Die Dame mit der Pelzstola drängt mich an die Mauer. Ein kalter eiserner Türgriff drückt mir ins Kreuz. Wohin führt diese Tür? Ins Herrenhaus oder nach draußen?

Unser Führer schließt die Eingangstür. Wir stehen im Dunkel. Das Türschloss klackt laut. Die Luft ist modrig feucht.

Hansen quetscht sich durch. Wandleuchten flammen auf. Ein Glück, ich hatte mich schon wie in einer Geisterbahn gefühlt. Der kleine Mann spurtet nach oben.

Mit seinem Tempo kann ich nicht mithalten, die anderen noch weniger. Außer Puste komme ich oben an. Herr Hansen hat die Tür zum Rundgang geöffnet und versperrt den weiteren Treppenaufgang. Ich würde zu gerne ganz nach oben gehen. Soll ich fragen?

„Sie blockieren den Weg."

Hansen sieht mich unfreundlich an.

Also lieber nicht und brav einmal den Rundgang ablaufen. Der Blick über den See und den Wald ist nett, aber nicht berauschend. Trotzdem ertönen rund um mich Begeisterungsbekundungen.

„Herr Hansen, wie alt ist der Turm?", fragt ein gediegener älterer Herr mit schlohweißen Haaren.

„Er stammt aus dem 14. Jahrhundert."

„Der Turm wird hier nicht alleine gestanden haben ..." Auffordernd sieht der Frager Hansen an.

Dieser zuckt mit den Achseln. „Leider wissen wir nichts Näheres. Falls es Überreste anderer Gebäude aus der Zeit gab, müssten die beim Bau des Herrenhauses gefunden worden sein. Es gibt keine Aufzeichnungen darüber."

„Bedauerlich."

Kopfschüttelnd wendet sich der Mann ab, murmelt missbilligend vor sich hin.

Ich habe meine Runde absolviert.

„Herr Hansen, die Felder dahinten, gehören die zu dem Anwesen?"

„Selbstverständlich. Bitte kommen Sie, wir beenden unseren Rundgang.“ Ein Mann mit glänzend zurück gegeltem Haar und markantem Gesicht tritt an Hansen heran: „Wissen Sie, ob Borken oder Tretten in Ihrem Büro sind? Ich muss sie sprechen.“ Er blickt auf die Fenster oberhalb des Rundgangs.

„Nur mit Voranmeldung. Tut mir leid.“, wehrt der Verwalter ab.

Der Mann mustert Hansen. Überlegt er, ob er sich über die Abfuhr hinwegsetzen sollte? Hansen drückt seine Brust raus, steht straff, bereit zum Angriff.

„Kein Problem.“ Spöttisch lächelnd wendet der Typ sich ab und marschiert die Treppe runter. Hansen hat es plötzlich eilig, uns hinunterzuscheuchen. Von dem Typ ist nichts mehr zu sehen. Wie ist er aus dem Turm gekommen?

„Meine Damen und Herren unsere Führung ist beendet. Ich begleite Sie zurück zum Gästehaus. Bitte.“ Hektisch um sich sehend, begleitet er uns zurück. Der Mann hat ihn aus dem Konzept gebracht. Wie ist er aus dem Turm gekommen? War die zweite Tür offen oder hatte der Wichtigtuer einen Schlüssel?

Das Büro ist im Turm, wenn es Internet gibt, dann dort. Das heißt, wenn es eine Satellitenschüssel gibt, wird sie dort oben sein. Wie komme ich unbemerkt in den Turm?

„Marthe?“, unterbricht Mutti meine Grübelei.

„Ja?“

„Wollen wir zu der Boutique gehen?“

„Weißt du, wo die ist?“

Sie runzelt ihre Stirn. „Na, in dem Bogengang ...“

„Stimmt ... Da sind wir ja vorbeigegangen.“

Sie zieht mich weg von Hansen und den anderen. „Was hältst du von den Leuten hier?“, flüstert sie.

Ich werfe einen kurzen Blick über meine Schulter, es ist niemand in unmittelbarer Nähe.

„Ein nationalistischer Haufen.“

Sie nickt. „Herr Brömer hat gestern von Überfremdung gesprochen. Wie ist der Sohn?“

„Ähnlich. Schwimmt voll im Fahrwasser der Eltern.“

Mutti zieht ihre Stirn kraus. „Da sind wir ja in einer netten Gesellschaft gelandet.“, haucht sie besorgt, „Stell dir vor, Frau Brömer hat damit angegeben, dass ihr Großvater Kunstwerke vor den Bolschewiken und den Juden gerettet habe. Die Amerikaner hätten ihn nach Kriegsende bei einem der Collecting-Points als Sachverständigen eingesetzt. Er habe Soldaten beraten, was sich lohnen würde, nach Hause zu schmuggeln und sich als Gegenleistung selbst Stücke aussuchen dürfen.“

„Was? Das wurde geduldet?“

„Nicht so laut.“ Mutti sieht sich erschrocken um.

„Entschuldige. Warum hat sie dir das erzählt?“ Ich bemühe mich, leise zu sprechen.

Mutti zuckt mit den Schultern. „Weiß ich nicht. Oder doch, sie weiß von Opas Bildern. Vielleicht wollte sie nett sein, ein Gefühl von Verbundenheit erzeugen? Schwer zu sagen.“

„Unheimliche Leute.“

In der Boutique duftet es nach Veilchen. Eine zierliche Frau rauscht auf uns zu.

„Herzlich willkommen. Kann ich Ihnen helfen?“ Ihr breites Lächeln zeigt blitzend weiße, etwas schiefe Zähne. Die Frau ist eine erfrischende Abwechslung. Sie strahlt.

„Suchen die Damen etwas Bestimmtes?“ Sie sieht uns erwartungsvoll an.

„Meine Tochter braucht ein Kleid für heute Abend und für die Auktion am Nachmittag, Frau ...“

„Brentoni.“ Sie mustert mich. „Ja, ich denke ...“ Ihr Blick scannt mich von oben nach unten. „Ich durfte bereits viele junge Damen ausstatten. Un istante.“

Voller Elan wieselt sie zwischen den Regalen herum, zieht hier und da etwas heraus, sieht zu mir, wägt ab, voll in ihrem Element. Warum arbeitet diese sympathische Frau hier? Sie kommt mit einem Stapel Kleidungsstücke über dem Arm zurück.

„Ich schlage vor, etwas Leger-Schickes für den Nachmittag, da hätten wir eine schmal geschnittene Hose aus einem wunderbar schmeichelnden Stoff.“

Während sie die Hose anpreist, hängt sie diese über eine Stange.

„Zu dem Schwarz ein fröhlich grünes Oberteil, elegant und doch lässig. Passt wunderbar zu Ihren grünen Augen. Gegen den kühlen Wind ein breiter Schal, feinste Wolle, leicht und angenehm. Für die Gala ein elegantes, durch den raffinierten Schnitt junges Kleid in Dunkelrot. Und hier haben wir einen schlichten Rock in leicht dunklerem Grün, passend zu dem Oberteil. Sie sehen, die Einzelteile lassen sich wunderbar miteinander kombinieren. Kommen Sie bitte."

Sie lässt erst gar keinen Einwand zu.

Ich fühle mich wie eine Modepuppe. Rot und Grün ... ich wäre bei Schwarz geblieben. Mal sehen …

Kaum zu glauben. Hose und Oberteil passen perfekt. Diese Frau ist begabt.

„Zeigen Sie sich." Die zierliche Italienerin begutachtet mich konzentriert. „Einmal drehen bitte." Sie lächelt breit. „Bellissima!"

„Die Bluse steht dir einmalig." Mutter klatscht entzückt in die Hände. Sie ist richtig glücklich, mich neu einzukleiden. Süß.

„Das Grün ist perfekt." Mutti wendet sich der Verkäuferin zu. „Sie sind eine wahre Künstlerin."

„Danke, danke.", mit einer angedeuteten Verbeugung nimmt Frau Brentoni das Lob entgegen.

Kleid, Tunika, wunderbar. Preise stehen keine drauf.

Für Mutti sucht sie zielsicher ein elegant fließendes lichtbraunes Kleid aus, passend zu ihren Augen.

„Kann ich Ihnen alles aufs Zimmer schicken?"

Ich bin unsicher. Das wird teuer. Mutti sieht kurz zu mir, dann nickt sie entschlossen. „Ja bitte."

Unsere Modeberaterin strahlt. „Wie ist Ihre Zimmernummer?"

„Meine Zimmernummer ist die 202 und Marthe hat die 212."

„Es war mir ein Vergnügen." Sie faltet unsere Einkäufe sorgfältig.

„Vielen Dank für Ihre tolle Beratung. Leben Sie hier?"

Frau Brentoni sieht irritiert auf. Ist ihr die Frage zu privat?

„Oh nein." Sie lacht gekünstelt. „Ich pendle, Milano, Paris ... Brandenburg." Mit großer Geste veranschaulicht sie ihr bewegtes Leben.

„Wie ..."

„Scusa, Entschuldigung, meine nächste Kundin wartet." Sie tänzelt einer älteren Dame entgegen, die die Boutique betritt. Es ist die mit der Pelzstola.

„Signora Herrschberg, welche Ehre."

„Komm, wir gehen." Mutti eilt Richtung Ausgang. Frau Brentoni holt uns ein, hält die Tür auf. „Auf Wiedersehen. Beehren Sie mich bald wieder. Ich schicke Ihnen die Sachen hoch. Die Rechnung können Sie an der Rezeption begleichen." Sie schenkt uns ein flüchtiges Lächeln, bevor sie zu ihrer neuen Kundin eilt.

„Marthe, alles in Ordnung?"

„Ja, ja, ich war nur überrascht.“

„Über die Wandlung der netten Frau Brentoni? Ihre Unterwürfigkeit? Ging mir nicht anders.“

„Gehen wir noch ein wenig spazieren? Das Anwesen ist riesig. Ich würde mich gern umsehen.“

Mutti hält mich fest. „Lass das besser. Hansens Warnung war nicht umsonst.“

Zu Schade. Mit Mutti an der Seite hätte meine Schnüffelei unschuldig gewirkt.

Zimmertür zu, allein sein, die unangenehme Gesellschaft ausblenden. Ich hätte gerne einen Tee. Tee hilft beim Nachdenken. Wenigstens gibt es einen Sessel mit Blick auf den Wald.

Wer klopft da? Hoffentlich nicht Johannes.

Ein junger Kerl, in Weste mit weißem Hemd, rotem Halstuch, dunkler Hose und Paketen auf dem Arm.

„Ihre Einkäufe. Wo darf ich sie ablegen?“

„Das ging ja schnell. Bitte auf den Tisch. Herzlichen Dank.“ Er bewegt sich unaufdringlich. Oh, er erwartet sicher Trinkgeld. Habe ich ein paar Euro? In meiner Hosentasche. Ein Zehner, bisschen viel, egal. Ich drücke ihm den Schein in die Hand.

„Herzlichen Dank.“ Mit einer kleinen Verbeugung verabschiedet er sich und schließt lautlos die Tür.

Ich brauche einen Plan. Das Büro ist im Turm. Wenn es eine Satellitenschüssel gibt, dann auf seinem Dach.

Unmöglich, in den Turm zu kommen!

Andererseits, die zweite Tür ... Wenn die Gelfrisur keinen Schlüssel hatte, muss der Mann durch die Seitentür verschwunden sein. Die Tür war links, in Richtung Herrenhaus. Deswegen war Hansen so nervös. Die Gelfrisur hat sich unerlaubt im Herrenhaus umgesehen.

Meine einzige Chance in den Turm zu kommen ist, mich während der Auktion zu genau dieser Tür zu schleichen. Hat Hansen sie abgeschlossen? Das wäre Pech.

Eine verrückte Idee, einfach loszuschleichen.

Was tun, falls ich erwischt werde? Einfach behaupten, mich verlaufen zu haben? Mit etwas Glück finde ich schon auf dem Weg zum Turm eine Netzwerkdose, das wäre am besten.

Von wegen Tom, es sei ganz einfach, Danas Spion anzuschließen! In der Theorie, ja ...

In einem hatte er recht, wir müssen mehr über das Netzwerk und die Stiftung herausbekommen. Notfalls hänge ich mich an Johannes, mein Plan B. Er scheint sich Hoffnungen bei mir zu machen, so lange er nicht zudringlich wird, ist alles gut.

Könnte ich mich doch mit Tom beraten! Mein verdammtes Handy ist nutzlos in diesem vermaledeiten Funkloch.

Zeit zum Umziehen.

In dem oberen Karton ist das Kleid. Oh - eine passende kleine Handtasche und Strumpfhose. Wow, die Frau denkt wirklich an alles. Die „James-Bond“ Ausstattung passt perfekt in die dunkelrote Handtasche.

Jetzt aber schnell, Hose und grüne Tunika. Es klopft. Aha, meine pünktliche Mutter. Los geht’s.

22. Kapitel

Samstag, 22. Oktober - Nachmittag

Mutti und ich reihen uns ohne Hans in die Prozession zum Herrenhaus ein. Borken belegt ihn ziemlich lange mit Beschlag. Vor dem Eingang, die Freitreppe herunter, hat sich eine Warteschlange gebildet. Es geht langsam vorwärts. Werden wir am Eingang durchsucht? Die Warterei ist nervtötend.

Was, wenn sie das Schminkkästchen verdächtig finden? Entdecken, dass es ein Router ist.

Ruhig Marthe, tief durchatmen, mein ewiges Mantra.

Tom hatte recht mit dem Sicherheitscheck, mal wieder. Gleich bin ich dran, die Frau vor mir legt ihre Handtasche in einen Korb und läuft durch eine Schleuse. Wie am Flughafen.

Zwei strammstehende Wachleute starren unbeteiligt geradeaus. Ich muss zwischen ihnen durch. Ein dunkelhaariger Wachmann streckt mir einen Korb entgegen.

„Ihren Schmuck in den Korb, Ihre Tasche auf das Band. Haben Sie ein Mobiltelefon dabei?“, leiert er gelangweilt. Wie oft hat er die Sätze heute schon wiederholt?

„Mein Handy habe ich im Zimmer gelassen.“ Jetzt wird es spannend, die Tasche wird durchleuchtet, hält die Tarnung des Routers dem stand?

Ich darf nicht so auffällig starren.

„Gehen Sie langsam durch die Schleuse.“ Der Blick des Wachmanns folgt mir.

Ich bin durch. Meine Tasche einsammeln, dann habe ich Hindernis Nummer eins überwunden.

„Bitte leeren Sie den Inhalt Ihrer Handtasche auf das Tablett.“ Der große Mann hinter dem Band sieht finster drein. Meine Hände zittern. Cool bleiben Marthe. Langsam ausleeren.

Der Wachmann nimmt das Schminkkästchen in die Hand, beäugt und öffnet es.

Ausgerechnet das Kästchen. Pokerface Marthe. Sein Finger fährt den Rahmen entlang.

„Ziemlich dick.“

Wenn er jetzt an den Schieber kommt, die Anschlüsse sieht, dann ...

„Es ist ein Erbstück, gehörte meiner Oma, nicht so praktisch, aber ... Nostalgie ...“ Das Gestotter ist bestimmt verdächtig, überzeugt ihn wenigstens mein Unschuldsblick? Bitte ...

Der Wachmann wiegt es in der Hand. Herrgott, das Ding ist zu schwer für ein Schminkkästchen.

„He, Bruno, hast an Narren an dem Kastl g'fressen oder stimmt woas ned? Hier is scho a Stau.“, fragt der dickbäuchige Wachmann hinter dem Scan genervt.

Brunos Gesicht verfinstert sich, wortlos gibt er mir das Kästchen zurück. Glück gehabt!

Schnell in die Tasche mit Danas Geheimwaffen.

Mutti ist längst durch den Sicherheitscheck.

„Warum hat das bei dir so lange gedauert? Ich habe mir schon Sorgen gemacht.“ Sie greift nach meiner Hand.

„Keine Ahnung. Der eine Wachmann hat meine Tasche untersucht, wollte sich wichtig machen.“

Sie fragt zum Glück nicht nach, ist zu beeindruckt von der Empfangshalle.

„Sieh dir das an, was für ein Raum.“

Die vielen Absätze klackern und quietschen auf dem hellen Marmorboden. Zwei griechische oder römische Skulpturen von schönen Männern ziehen die Aufmerksamkeit der Besucher auf sich.

Die Neulinge unter den Gästen verraten sich durch Staunen und Bewundern, die anderen brüsten sich mit Selbstverständlichkeit, ignorieren die Imposanz des Raums. Fensterstreifen laufen vom Boden bis zur Decke, Marmorsäulen tragen eine halbrunde Empore, zu der eine breite Marmortreppe hinaufführt.

Durch den hellen Stein und die vielen Fenster scheint die Halle aus sich heraus zu strahlen, kalt und eindrucksvoll. An der Wand gegenüber der Treppe hängt ein mächtiger Wandteppich, seine Farben werden von der Farblosigkeit der Halle verstärkt. Er ist wunderschön. Die Farben so kräftig und lebendig. Ein Mann mit leidendem Gesichtsausdruck reckt seine Hand einem Strahl entgegen, der ein düsteres Wolkenmeer durchbricht.

Der Strahl färbt sich von blassgelb zu strahlendem Orange, scheint sich ins Endlose zu verlängern, bis zu mir, durch mich hindurch. Ein leuchtender Hoffnungsstrahl.

„Der Teppich ist ein Meisterwerk."

Die Stimme holt mich ins Jetzt zurück. Neben mir steht eine Frau, dunkelblonde Hochsteckfrisur, ernster Blick, um die dreißig?

„Mir gefällt er."

Sie hält ihren Blick auf dem Teppich.

„Der Mann stellt den Heiligen Bonifatius dar, er lebte um 700 n. C. Bonifatius hat den ‚deutschen Völkern' den Glauben gebracht, sie vom Heidentum bekehrt. Auf dem Teppich wird der Glaube durch den Strahl symbolisiert, der Licht ins Dunkel bringt."

„Sie kennen sich ja gut aus." Wer ist diese Frau?

„Danke." Sie lächelt unterkühlt.

„Mein Metier, ich bin Kunsthistorikerin."

„Beraten Sie Kaufinteressierte bei der Auktion?"

Ihr rechter Mundwinkel zieht sich leicht nach oben. „Möchten Sie ein Gemälde ersteigern?"

„Nein, nein. Ich habe keine Ahnung von Kunst. Aber ich bewundere das Wissen bei anderen."

Die Frau lacht auf. „Sie schmeicheln mir ..." Es klingt halb wie eine Frage, halb wie eine Feststellung. Sie reicht mir ihre Hand.

„Clementine von Wels."

Was für ein altertümlicher Name. „Marthe Keller."

Ihr Händedruck ist kräftig, trotz der zarten Hand. Sie scannt mich mit ihren grauen Augen. Versucht sie, mich einer Gruppe zuzuordnen?

Ihr Blick schwenkt zur Empore hoch.

„Ach, unsere Gastgeber sind da."

Clementine hat das Interesse an mir verloren.

Die Gespräche verstummen. Borken und ein weiterer gediegen aussehender Herr, sind an die Brüstung der Empore getreten. Hinter ihnen stehen fünf Männer in strengen Anzügen, unter ihnen Brömer. Etwas abseits eine Frau.

Die Calewski, Lippen zusammengepresst, grimmiger Blick. Scheint ihr Grund-Gemütszustand zu sein, an der Gesellschaft liegt es wohl kaum, sie müsste sich hier ganz in ihrem Element fühlen. Außer die Männer mobben sie. In ihrem Fall hätte ich fast Verständnis für die Kerle. Andererseits, ein Brömer ist keinen Deut sympathischer als sie.

Borken stützt sich auf die Brüstung.

„Meine lieben Gäste, wir begrüßen Sie herzlich zu unserer großen Herbstauktion. Es ist eine Ehre, dass Sie die Reise in unser abgelegenes Domizil auf sich genommen haben. Leider konnten wir nicht alle Freunde zu der Auktion einladen, die Kapazitäten unseres bescheidenen Anwesens sind begrenzt."

Beifällige Lacher um mich herum.

„Umso mehr sind wir in der Pflicht, die Auktion zu einem Erfolg zu machen. Wie gewohnt wird ein Teil des Erlöses an unsere Stiftung gespendet. Im letzten Jahr konnten wir mit den Erlösen unsere erfolgreiche Internetplattform ausbauen, Familien unterstützen, die sich um unser Heimatland verdient gemacht haben und unverdient in Not geraten sind, Kinder und Jugendliche fördern, sowie den Grundstein zu einer Hochschule legen. Das verdanken wir der Großzügigkeit und dem Patriotismus, von Ihnen und unseren vielen Freunden, die heute nicht anwesend sein können."

Begeisterter Applaus. Nach dem Motto, sich selbst applaudiert man am liebsten.

„Sie werden sehen, diese Auktion wartet wieder mit wahren Meisterwerken auf. Gemeinsam sorgen wir dafür, dass diese Schätze nicht in alle Welt verscherbelt werden, sondern einen würdigen Platz bekommen. Kein Ausverkauf an gierige Feilscher. Sie wissen, was ich meine."

Den unterstützenden Zurufen nach wissen es alle. Die Kunsthistorikerin neben mir klatscht lautstark. Sie bemerkt meinen Blick, erwidert ihn fragend.

Marthe spiel deine Rolle, egal wie schwer es fällt, laut klatschen und lächeln. Was für eine idiotische Rede. Wen meint Borken mit den Feilschern? Kunsthändler, allgemein Ausländer oder war das ein antisemitischer Hieb?

„Wir verhindern die Auslieferung von Kunstwerken an Familien, deren Recht an den Bildern schon lange verwirkt ist. Raubkunst ... das meist missbrauchte Wort in der Kunstwelt. Die Kunstwerke des Abendlandes gehören in unseren Kulturkreis. Sie international zu verscherbeln, ... ist Raub an unserer Kultur! Wir müssen verhindern, dass unsere Museen ausgeblutet werden, gezwungen werden, angebliche Raubkunst zurückzugeben. Dafür kämpfen wir!“, ruft Borken seinem Publikum leidenschaftlich zu.

„Bravo!“ So eine laute Stimme hätte ich der zierlichen Clementine von Wels nicht zugetraut.

„Wir haben es in der Hand, unsere kulturellen Errungenschaften für unsere Nachkommen zu hüten, sie für ihre Bildung zu nutzen. Deswegen organisieren wir Ausstellungen für die deutsche Jugend. Sie können diese unterstützen, ... dazu später mehr. Auf der heutigen Auktion dürfen erstmalig ausgesuchte Bieter online mitbieten. Ich bin mir sicher, sie wird für alle Seiten ein großer Erfolg!“

Herr Borken winkt uns, dem Fußvolk zu, genießt den Applaus.

„Ich übergebe das Wort an unseren zweiten Vorsitzenden, Jan van Tretten.“

Ein älterer Herr tritt vor, ehrfürchtige Stille, kein Räuspern, kein Husten.

„Meine lieben Freunde!“

Die Blicke aller hängen an seinen Lippen und seiner Eleganz. „Unser Freund Heinrich hat zur Kunst gesagt, was zu sagen war, wir danken dir für dein leidenschaftliches Engagement seit ... nun, seit sehr langer Zeit ...“ Die Andeutung eines Lächelns.

Applaus.

„Aber liebe Freunde ... es geht um mehr. Die Spenden aus den Auktionen kommen nicht allein der Kunst und Bildung zugute. Im letzten Jahr haben wir unser Netzwerk exponentiell vergrößert! Wir haben es geschafft, eine online Plattform aufzubauen, die alle Bereiche unseres Wirkens vernetzt. Wir konnten eine stattliche Anzahl von Aktivisten und kleinen Gruppen in unser Netzwerk einbinden. Menschen, die bereit sind, sich für DIE Sache mit Leib und Seele zu engagieren, bereit sind ihr Leben dafür einzusetzen! Einen Applaus für diese Menschen!“

Was hält Borken von dieser Ansage? Der Applaus ist verhalten. Einige kompensieren die Zurückhaltung der Mehrheit, sie applaudieren umso leidenschaftlicher, steigern sich in Hochrufe hinein. Spricht Tretten von der Plattform ‚Deutschtum‘, auf die Tom gestoßen ist?

„Wenn unsere Bewegung weiter so wächst, werden wir in naher Zukunft bereit sein, die Verantwortung in unserem Land zu übernehmen. Deutschland von Überfremdung zu befreien, unsere Nation zu schützen, ein Zentrum der Stärke zu erschaffen!“

Trettens Fraktion jubelt. Heinrich Borkens Miene ist versteinert. Worauf will der Mann hinaus? Eine Revolution? Clementine von Wels klatscht halbherzig, ihr Blick wandert unstet zwischen den Männern auf der Empore zum Publikum. Um uns herum steigern sich Applaus und Bravorufe.

„Dank unserer fundierten Kinder- und Jugendarbeit, unserer Unterstützung in Ausbildung und Studium, haben wir viele junge Menschen auf diesen Tag vorbereitet. Sie stehen bereit! Gemeinsam sind wir stark!"

Mit jedem Ausruf schnellt Trettens Faust in die Höhe. Traut er sich nicht die ausgestreckte Hand zu recken? Wäre das zu offensichtlich? Hätte ich die Rede doch aufnehmen können!

Der Mann betreibt Volksverhetzung! Tretten ist angsteinflößend charismatisch. Borken wirkt wie ein liebenswerter Opa neben ihm.

Dieser tritt wieder vor, wartet, bis Ruhe einkehrt, räuspert sich.

„Danke Jan für deine leidenschaftliche Rede. Meine lieben Gäste, in einer Stunde beginnt die Auktion. Bis dahin haben Sie Zeit, die Meisterwerke zu begutachten. In den Nebenräumen stehen Kaffee, Tee und ein kleiner Imbiss für Sie bereit." Borken wendet sich ab, entschwindet aus meinem Sichtfeld. Was geht zwischen den beiden Männern vor sich? Der Konflikt war doch greifbar, oder?

Alle setzen sich in Bewegung, die Treppe hinauf. Meine Beine sind zittrig. Wo ist Mutti? Sie wird auch schockiert sein. Wir sind umgeben von einer Schlangenbrut. Der Strom treibt mich die Treppe hinauf. Ist das sich treiben lassen, dass Verführerische daran, Teil einer autokratischen Gesellschaft zu sein? Ein paar starke Männer definieren, wo es lang geht, und der Rest folgt. Das Gute, die Schätze der eigenen Kultur, unser Land müssen gegen das Fremde, das Böse verteidigt werden. Eine simple Maxime. Idiotisch! Warum wiederholen wir Menschen uns immer wieder? Ich muss vorsichtig sein. Dieser Tretten ist krass drauf. Wer solche Reden schwingt, ist gefährlich. Ist der Raubkunsthandel nur eine Geldquelle für weitreichendere Pläne, etwa einen Umsturz? Tretten müsste größenwahnsinnig sein.

An der Brüstung stand Borken. Die Halle wirkt aus dieser Perspektive nicht mehr einschüchternd. Von hier oben kann man sich wie ein Herrscher fühlen, der zu seinem Volk spricht.

Der Strom lenkt mich die Galerie entlang. Vor den Gemälden scharen sich die Gäste. Der Blick auf den See und den Wald dagegen ist frei, der Himmel färbt sich langsam orange.

Nach dieser Rede ... Soll ich mich wirklich trauen, durch das Gebäude zu schleichen, auf den Turm zu gehen?

„Marthe?“ Hans löst sich aus einer Gruppe von Gästen.

„Geht es dir nicht gut?“

Oh je, meine Mimik. Sieht man mir wieder auf zehn Meter Entfernung an, wie ich mich fühle? Konzentration Marthe.

Borken im Anmarsch.

„Wie geht es meinem neuen Berater?“ Er klopft Hans jovial auf die Schulter. „Alles in Ordnung Fräulein Keller?“ Borken sieht mich prüfend an.

„Danke der Nachfrage. Mir war etwas schwindelig. Jetzt geht es wieder.“ Lächeln, Marthe, lächeln. „Diese imposante Halle und die Kunstwerke, da kann einem ja nur schwindelig werden.“ War das zu dick aufgetragen?

Herr Borken sieht sich gefällig um. „Die Architektur ist imposant, nicht wahr? Ein Meisterwerk. Es freut mich, dass Sie die Kunst zu schätzen wissen.“ Sein Brustkorb hat sich merklich angehoben. Wie lächerlich seine Eitelkeit ist.

„Und dieser Wandteppich unten, er ist wunderschön. Frau von Wels erklärte mir, dass er den Heiligen Bonifatius darstellt?“ Ich komme langsam in Schwung. Hans schmunzelt verdeckt.

„Wie schön, dass Sie mit Clementine ins Gespräch gekommen sind. Sie ist eine kompetente Kunstsachverständige.“ Er sieht mich wohlmeinend an. „Der Heilige Bonifatius ist unser Schutzpatron. Er hat den Heiden, den christlichen Glauben gebracht. So, jetzt muss ich meinen Gastgeberpflichten weiter nachkommen.“

Geschäftig steuert er auf ein Paar zu, das ein Gemälde unter die Lupe nimmt.

Hans grinst. „Gut eingeschmeichelt.“, raunt er. „Wo ist Astrid abgeblieben?“

Gemeinsam betreten wir den Auktionssaal. Der Honigton seines Parketts strahlt Wärme aus. Der Raum ist erfüllt von Gemurmel und dem leisen Knarzen des Holzes.

Wir schlängeln uns durch einen Irrgarten von Stellwänden, an denen Gemälde präsentiert werden.

„Dort drüben.“ Hans bugsiert mich sachte zur letzten Stellwand. Mutti ist versunken in die Betrachtung eines Pferdebildes.

„Da bist du ja, Astrid.“

Mutti schreckt auf. „Ah, Hans. Marthe. Habt ihr mich gesucht? Seht euch das Bild an, ist es nicht wunderschön?“, schwärmt sie.

Hans lächelt zustimmend. „Ich wusste nicht, dass du eine Pferdeliebhaberin bist. Das Bild ist von Johann Gottlieb Prestel, nicht schlecht, was hier geboten wird.“, kommentiert er sich umsehend.

Mutti überhört seinen Kommentar. „Jedes Pferd der Herde ist einzigartig, hat seinen eigenen Charakter. Wenn ich ein Bild ersteigern wollte, dann das hier.“

„Wisst ihr, wo Brömers sind?“

Hans sieht mich verschmitzt an, eine Augenbraue hochgezogen.

„Vermisst du deinen Verehrer? Auf den wirst du heute Nachmittag verzichten müssen. Johannes soll einen Schriftsatz für seinen Patenonkel aufsetzen. Seine Eltern schwirren hier sicher irgendwo herum.“

„Vermissen, von wegen, er ist nicht ganz mein Typ. Ich will nur mehr über die Stiftung herausfinden. Und du Hans? Hast du von Borken etwas Interessantes erfahren können?“

Er schüttelt den Kopf. „Leider nichts Nennenswertes, nur eine heikle Testamentsänderung. Die Rede von Tretten war Volksverhetzung.“

Mutti sieht erschrocken auf. „Seid leise.“

„Schon gut Astrid“, beruhigt Hans sie, „hat keiner gehört.“

„Hältst du den Mann für gefährlich? Er hat Charisma. Findest du nicht?“

„Allerdings.“

„Seid doch still.“, zischt Mutti nervös.

„Beruhige dich. Ich sehe mich ein bisschen um.“

„Tu das, aber nur hier im Saal.“ Hans sieht mich eindringlich an. „Das Wachpersonal versteht bestimmt keinen Spaß bei eigenmächtigem Herumschnüffeln.“

„Schon klar.“

Spürt Hans, dass ich mehr vorhabe?

Wo finde ich einen Internetanschluss? Hier im Saal? Mit etwas Glück. Obwohl, das ist Quatsch. Ich brauche eine Netzwerkdose an einem unauffälligen Ort.

Ein dickes Tau grenzt das hintere Viertel des Saals ab. Davor steht alles für die Auktion bereit, Stuhlreihen, ein Podest, darauf ein Pult mit Mikrophon, daneben eine Staffelei. Auf der anderen Seite des Taus sind zwei Tische mit je einem Notebook. Da muss ich hin! Wo ist der Internetanschluss oder gibt es hier W-LAN?

In der Ecke steht ein Wachmann, er sieht zu mir. Mein Starren ist zu auffällig! Meine Schuhe haben zwar keine Schnürsenkel, trotzdem müssen sie als Alibi dienen. Von hier unten habe ich auch einen besseren Blickwinkel. Gelbe LAN-Kabel verbinden die Notebooks mit einem Kästchen, ein Modem oder Repeater?

Das Kabel von dem Kästchen läuft an der Fußleiste entlang, zur Tür, dahinter verschwindet es. Wohin führt die Tür? Wie komme ich unauffällig dorthin?

„Meine Dame ...“

Ich schnelle hoch. Der Mann weicht nach hinten aus. Fast hätte ich ihm einen Kinnhaken verpasst.

Herr Walther, er sieht mich verdattert an. „Frau Keller .... Verzeihung, ich wollte Sie nicht erschrecken.“

„Guten Tag Herr Walther. Ich hatte einen Stein im Schuh ...“

Ein professionell joviales Lächeln steht ihm im Gesicht. „Wir beginnen gleich. Nehmen Sie doch schon Platz.“ Er weist auf die Stuhlreihen.

„Gerne.“ Findet er mein Verhalten verdächtig? Ruhig bleiben Marthe.

Borkens Chef-Auktionator besteigt das Podest. „Meine Damen und Herren, wir möchten mit der Auktion beginnen. Bitte nehmen Sie Platz.“ Die Anwesenden folgen seiner Aufforderung. Am besten setze ich mich wieder nach hinten.

Der Auktionshammer hallt laut durch den Saal.

„Meine Damen und Herren, die Auktion ist eröffnet. Wir beginnen mit einem besonders schönen Werk von Johann Gottlieb Theophilus Amadeus Prestel. Auf dem Gemälde von siebzehnhundert und achtzig sind seine Lieblingstiere dargestellt – eine Gruppe von Pferden. Das Mindestgebot liegt bei siebentausend Euro. Wer bietet siebentausend? …“

Muttis Lieblingsbild, bei dem Preis könnte sie glatt mitsteigern. Aber man weiß ja nicht, was für eine Vergangenheit das Bild hat. Das wäre, wie wenn wir Opas Fehler wiederholten. Die Bieter geben ihre unauffälligen Zeichen. Es ist nicht auszumachen, wer mitbietet.

„Neuntausendfünfhundert Euro. Zum Ersten, zum Zweiten und zum Dritten.“ Das Bild wird von einem Diener weggetragen. Zwei andere stellen ein neues Gemälde auf die Staffelei. Es ist das Porträt eines Mädchens, ihre großen Augen sehen melancholisch in die weite Welt.

„Meine Damen und Herren, kommen wir zu einem Schmuckstück.“

Walthers Stimme zieht wieder die Aufmerksamkeit auf sich. „Der gesamte Erlös wird gestiftet, um den Aufbau unserer Hochschule zu unterstützen. Ein Gemälde von Adolph Friedrich Erdmann von Menzel. “

Bewunderndes Gemurmel und Applaus.

Der Auktionsleiter wartet, bis Ruhe eingekehrt ist. „Wir beginnen mit 250.000 Euro. Wer bietet 250.000 Euro?“

Shit, ist das viel Geld. Das Bieten verläuft schleppend. Wäre jetzt ein guter Moment, um zu verschwinden? Auf einmal ruft Walther neue Gebote aus. Was ist passiert? Haben Onlinebieter Schwung in die Sache gebracht?

„Eine Million Euro und einhunderttausend zum Ersten … zum Zweiten …“

Er wartet, aber es bietet keiner mehr. „... und zum Dritten.“

Eine stolze Summe. Wird die Auktion lange genug dauern, damit ich mich ein wenig umsehen kann?

Einige Gäste stehen vor den ausgestellten Bildern oder bedienen sich am Buffet. Ich mische mich einfach unter sie.

An allen Türen sind Wachleute, die sich aufmerksam umsehen.

„Kann ich Ihnen helfen?“ Der Wachmann am Saaleingang, ein großer, athletischer Typ, mustert mich. Er muss meine Unschlüssigkeit bemerkt haben.

„Ja bitte. Wo finde ich die Toiletten?“

„Die Treppe runter, dann halten Sie sich links. Wenn Sie den Waschraum nicht finden, fragen Sie unten einen meiner Kollegen.“, antwortet er freundlich.

„Danke schön.“ Die Treppe runter ist schon mal gut, hier oben ist keine unbewachte Tür. An den Netzwerkanschluss hinter dem Saal komme ich nicht ran. Bleibt der Turm. In dem Büro gibt es bestimmt Internet. Im Erdgeschoss müsste es einen Gang zum Turm geben. Aber wo? Ich fühle mich beobachtet. Der Wachmann. Ist mein Schneckentempo verdächtig? Ich muss seinem Blick standhalten, fragend Richtung Toilette zeigen. Er nickt. Auf zu den Damentoiletten. Unterhalb der Galerie bin ich außerhalb seines Sichtfelds. Mist, vor der Toilette steht auch ein Mann des Wachdienstes. Die Typen sind echt eine Seuche!

Der Zugang zur Damentoilette liegt am Ende der Eingangshalle, ein Stück rechts vom Toiletteneingang hängt ein schwerer dunkelroter Vorhang. Was liegt dahinter? Der gesuchte Gang? In dieser Richtung liegt der Turm. Das wäre die Chance!

Nicht stehen bleiben, sonst ziehe ich gleich wieder Aufmerksamkeit auf mich. Wie komme ich an dem Wachmann vorbei? Die Flügeltür zum Waschraum der Damentoilette steht offen. Zwei Frauen kommen mir entgegen, lächeln flüchtig. Der Waschraum ist das reinste Spiegelkabinett. Verwirrend. Kann meine Frisur von allen Seiten betrachten. Moment.

Die Spiegelung des Wachmanns. Eine Frau nähert sich ihm, spricht ihn an. Er entfernt sich. Schnell. Wenn er mich zurückpfeift, spiele ich die Ahnungslose ... Es ist nur ein kleines Stück bis zum Vorhang. Los! Mein Herz trommelt. Unauffällig zum Vorhang laufen, nicht rennen. Noch vier Schritte. Der Vorhang ist samtig schwer, lautlos schwingt er zur Seite.

Wurde ich beobachtet? Verrät mich das Nachschwingen des Stoffes? Kein Ruf, keine Schritte. Wie komme ich nachher unbemerkt zurück? Zu spät, jetzt darüber nachzudenken. Im Dämmerlicht erstreckt sich ein Gang, verliert sich im Dunkel. Meine Absätze klackern zu laut auf dem Steinboden, ich muss sie ausziehen. ‚Brr', der Marmor ist eiskalt.

Schritte! Verdammt! Wo finde ich Deckung? Die Skulptur, ist ihr Sockel breit genug? Hoffentlich schützt mich das Halbdunkel. Mein Atem, er ist so laut. Die Schritte kommen näher, halten inne. Wurde ich entdeckt? Klackern, eine Tür schlägt zu. Stille. Drei Atemzüge abwarten, dann sehe ich nach.

Der Gang ist leer. Mein Herz pocht bis zum Hals. Los jetzt, bevor wieder jemand kommt. Der Gang zieht sich.

Eine grobe Holztür, dahinter müsste der Turm liegen. Die Türklinke gibt nur widerspenstig nach. Lautes Knarzen der Türangeln. Hat es jemand gehört?

Los Marthe, weiter! Das Türschloss rastet lautstark hinter mir ein. Dunkelheit. Unebener Boden, grob behauene Steine, die Treppe. Ich bin im Turm! Meine Füße sind Eisklumpen. Die Schuhe kann ich wieder anziehen. Sollte mir jemand entgegenkommen, wäre ich auf der Treppe ausgeliefert, da hilft auch kein Schleichen.

Ich muss vor Auktionsschluss zurück sein.

Die Tür zum Rundgang, nächster Absatz, hinter dieser Tür müsste das Büro liegen. Weiter. Ich bin oben. Die Tür ist verschlossen. Verdammt! Ruhig Marthe, taste die Tür ab. Da unten ist ein Riegel, na also.

Ein kleiner Raum, von rötlichem Abendlicht durchflutet, Fenster rundum ein alter Wachraum mit Wehrgang. Die Satellitenschüssel ist sicher auf dem Dach, wenn es eine gibt.

Die Tür zum Wehrgang, abgeschlossen. Mist. Wenn die Satellitenschüssel auf dem Dach ist, gibt es eine Verkabelung nach unten.

Da drüben, in der Ecke, ein fettes Kabel, es verläuft schnurstracks runter, durch den Boden. Ich muss ins Büro. Scheiße.

Soll ich es wirklich wagen? Durch die dicke Holztür ist nichts zu hören. Sie gibt nach, ich stolpere vorwärts. Ein Mann stoppt meinen Fall. Er macht einen Schritt zurück. Starrt mich überrascht an.

Tretten. Verdammt. Ein Schauer durchfährt mich, ausgerechnet diesem Hetzer laufe ich in die Arme.

„Was haben Sie hier zu suchen?“, poltert er unvermittelt los.

„Entschuldigung“ Meine Lippen zittern. „Ich war auf dem Turm, wegen des Ausblicks. Der Sonnenuntergang.“ Mein Zeigefinger zeigt automatisch nach oben.

„Wer hat Ihnen das erlaubt?“ Sein Blick durchbohrt mich.

Mein Mund ist trocken. Ich habe keine Antwort. Warum ist er nicht auf der Auktion?

„Wer ist da?“ Borken erscheint hinter Tretten. „Fräulein Keller, was machen Sie denn hier?“

„Herr Borken, ich war auf dem Turm, weil ich mir den Sonnenuntergang ansehen wollte. Ich hoffe, das ist kein Problem?“ Nimmt er mir meine Unschuldsmiene ab?

Tretten schnaubt wütend im Hintergrund.

Borken sieht mich wie ein strenger, aber gutmütiger Lehrer an. „Es ist nicht gestattet, sich auf eigene Faust umzusehen. Aus Sicherheitsgründen. Hat man Ihnen das nicht gesagt?“

„Ich dachte, während der Auktion dürfte man sich im Herrenhaus frei bewegen ... Es tut mir leid ...“ Ein Schritt zur Seite, dann habe ich Tretten nicht mehr im Rücken.

Dieser sieht mich mit blitzenden Augen an.

„Wie sind Sie in den Turm gekommen?“ Er bleibt argwöhnisch.

„Über ...“ Ein hilfesuchender Blick zu Borken. Bewahrt er mich vor der Befragung?

„Wie sind Sie in den Turm gekommen Fräulein Keller?“, wiederholt dieser sanft.

Ich muss ihnen eine Erklärung bieten. „Als ich aus der Damentoilette kam, bin ich links durch den Vorhang gegangen. Der Gang hat mich direkt zum Turm geführt."

„Und der Wachmann hat das zugelassen?", Borken sieht zu seinem Partner - oder sind sie Rivalen?

„Wir müssen mit den Wachleuten reden."

„Sie lügt. Sie hat an der Tür gelauscht! ", entgegnet der ungehalten.

„Ich habe nicht gelauscht! Ich bin gestolpert, habe Halt gesucht, da hat die Tür nachgegeben ..." Die beiden Männer tauschen Blicke aus. Ich muss sie von meiner Unschuld überzeugen. „Bei dem Vorhang stand kein Wachmann." Ich haue gerade einen Unbeteiligten in die Pfanne. Nicht zu ändern.

„Ich werde das überprüfen." Trettens Unterton ist bedrohlich. Er wendet sich Borken zu. „Ein herumschnüffelnder Gast. Das passiert, wenn man Fremde einlädt."

„Jan, Fräulein Keller hatte sicherlich keine bösen Absichten. Sie hat nur unbedacht gehandelt.", beschwichtigt Borken ihn.

Aus der Nähe sieht man Tretten sein Alter an, seine Eleganz schwindet, aber nicht die Autorität. „Das überprüfen wir besser. Leeren Sie ihre Tasche auf dem Schreibtisch aus." Sein Ton fordert Gehorsam.

„Natürlich." Hoffentlich bemerkt er meine zittrigen Hände nicht.

Das Schminkkästchen muss einer weiteren Prüfung standhalten.

Lippenstift, Zahnseide, Kästchen, Bürste liegen ausgebreitet auf der mit grünem Leder bezogenen Fläche. Der Alte beäugt die Dinge kritisch, nimmt sich das Kästchen vor, öffnet es.

„Ungewöhnliches Format für eine Puderdose."

„Es ist für Lidschatten, ich habe das Kästchen von meiner Oma bekommen. Ich hänge daran, obwohl es etwas unhandlich ist."

Tretten schüttelt und betastet es. Ich muss wegsehen, gleichgültig tun. Er legt es wieder auf den Tisch. Unwillkürlich füllt sich meine Lunge, ich hatte den Atem angehalten, ohne es zu merken.

Lippenstift und Zahnseide beachtet er nicht. „Packen Sie das Zeug wieder ein." Nur zu gerne. Tretten weicht nicht zur Seite, unsere Arme berühren sich.

„Moment." Seine Hand fährt in meine Hosentasche, tastet herum. „Nichts. Andere Seite."

Die spinnenartigen Finger an meinem Bein sind abstoßend.

„Ab sofort schleichen Sie nicht mehr eigenmächtig herum!" Seine Fingerspitzen schieben sich zwischen meine Beine. Dieser Widerling! Am liebsten würde ich ihm eine knallen.

„Sonst sperre ich Sie eigenhändig weg!" Er zieht die Hand provozierend langsam aus der Hosentasche.

„Jan! Es gibt keinen Grund, Fräulein Keller zu ängstigen. Sie sieht sicher ein, dass die wertvollen Kunstwerke der Auktion geschützt werden müssen. In einem Museum darf man sich schließlich auch nur in den Ausstellungsräumen aufhalten, nicht wahr Fräulein Keller?!“ Borken sieht mich mahnend an.

„Sie haben vollkommen recht. Ich habe einfach nicht nachgedacht. Es tut mir leid.“ Ich zwinge mich zu einem entschuldigenden Lächeln.

Tretten schnaubt. „Nicht nachgedacht. Sie sollen nicht denken, sondern sich an die Regeln halten!“

„Das werde ich ab sofort.“

„Dann wäre das ja geklärt. Ich werde Sie zum Gästehaus zurückbegleiten lassen.“ Borken beugt sich über den Schreibtisch, drückt auf einen Knopf neben dem Telefon.

Kurz darauf erscheint ein bulliger Wachmann.

„Kanter, bringen Sie bitte Fräulein Keller zum Gästehaus.“, beauftragt Borken ihn. Kanter nickt und bedeutet mir, vorzugehen.

„Auf Wiedersehen.“ Nie war ich erleichterter, einen Raum zu verlassen.

Kanters schwere Schritte verklingen. Ich bin in meinem Zimmer. Kein Grund, jetzt das große Zittern zu kriegen.

Die Hände zittern dennoch wie Espenlaub.

Hinlegen, tief einatmen, sehr langsam ausatmen, Frances schwört darauf. Ihr Wundermittel gegen Stress. Bisher hat es mich durch das Wochenende gerettet. Langsam ausatmen, eine Tortur, ich bin so hibbelig. Ein Spaziergang im Wald wäre effektiver. Verboten. Skurril, ich bin umgeben von Wald, darf ihn aber nur ansehen.

Das Zittern lässt nach, wird von Müdigkeit abgelöst, Schwere.

Den Hack kann ich vergessen! Ich kann mir keinen falschen Schritt mehr erlauben. Tretten traue ich zu, dass er seine Drohung wahrmacht, mich einsperrt, falls er mich nochmal abseits der erlaubten Räume antrifft. Es hat ihm Freude bereitet, mich mit seiner Fummelei zu erniedrigen. Was für ein Ekel! Statt auf den Turm zu gehen, hätte ich besser in dem Gang und angrenzenden Zimmern nach einem Internetanschluss gesucht. ...

Tränen ... sollen sie laufen. Was für eine Enttäuschung, Danas Spion wird nicht zum Einsatz kommen. Was mache ich jetzt? Im Bett bleiben, bis morgen durchschlafen und dann ab nach Hause.

„Blöder Wecker!“ Das Klingeln ist nervtötend. Der Nebel in meinem Kopf löst sich nur widerspenstig auf. Ich bin nicht zu Hause, das Klingeln kommt nicht vom Wecker, sondern vom Telefon.

„Marthe. Ach, du bist doch auf deinem Zimmer. Ich wollte schon auflegen. Kommst du in einer halben Stunde zu uns? Dann gehen wir gemeinsam zur Gala rüber.“

Mutti wartet auf meine Antwort.

„Okay." Meine Stimme krächzt wie die einer Krähe.

„Hast du geschlafen?"

„Ja Mutti, ich habe geschlafen."

„Herrje, gut, dass ich dich geweckt habe. Schlaf bloß nicht wieder ein." Sie klingt wie früher, wenn sie mich vor der Schule geweckt hat.

„Keine Sorge. Ich beeile mich."

Ich stinke nach Schweiß. Ab unter die kalte Dusche, um wieder frisch zu werden. Der kurze Schlaf hat dennoch gutgetan. Ich werde einen Weg finden, das Kästchen anzuschließen. Ich werde Tretten seine Verachtung heimzahlen!

23. Kapitel

Samstag, 22. Oktober, abends

Wir strömen im Pulk zum Herrenhaus, ein weiterer Security-Check ... Wird schon schief gehen ... Das Paar vor mir will ein Handy behalten, für ein Erinnerungsfoto mit Freunden. Der bayrische Wachmann ist genervt, schiebt achtlos meine Handtasche weiter.

In der Halle reichen zahlreiche Kellner Sekt auf Silbertabletts.

Aus dem Auktionssaal ist ein Ballsaal geworden. Die Sitzreihen und Stellwände sind verschwunden, ebenso die versteigerten Gemälde. Stattdessen stehen in der vorderen Hälfte des Saals feierlich gedeckte Tische mit Blumenbouquets. An den Seiten ist ein üppiges Buffet aufgebaut. Die Flügeltüren zum Nebenraum sind weit geöffnet. Dort stehen weitere Tische. Köche und Kellner wuseln geschäftig um das Buffet herum.

Das Podium, jetzt am Ende des Saales, fungiert als Bühne für ein kleines Orchester.

Wir stehen etwas verloren herum. Ist freie Platzwahl?

„Da kommen Brömers." Hans winkt ihnen zu.

Das Ehepaar begrüßt uns freundlich. Johannes strahlt mich an.

„Guten Abend, Marthe. Du siehst wunderschön aus." Johannes trockene Lippen streifen meinen Handrücken.

„Guten Abend Johannes."

Sein Vater nickt mir anerkennend zu. Meine neue Garderobe erfüllt offenbar ihren Zweck. Wäre witzig, hier stattdessen in löchrigen Jeans aufzutauchen. Würde gerne das Entsetzen in den Augen der Brömers sehen. Ach ja, die Rigidität der Umgebung, weckt in mir die rebellische Teenagerin.

„Meine Damen und Herren", hallt Trettens Stimme durch den Raum. Er steht auf dem Podium.

„Nach der äußerst erfolgreichen Auktion begrüße ich Sie feierlich auf unserer Gala. Sie ist ein Dankeschön an Sie, für Ihre tatkräftige Unterstützung in diesem Jahr. Erheben wir die Gläser! Auf unsere deutsche Nation! Auf eine erfolgreiche Zukunft mit starken Führern!"

Führer – aus Trettens Mund klingt das Wort besonders bedrohlich, mein Magen krampft sich zusammen. Um mich herum klingen die Champagnerschalen, die Stimmung ist ausgelassen.

Johannes streckt mir das Glas entgegen. Seine Stirn kräuselt sich.

Lächeln Marthe. „Zum Wohl!"

Die Tische haben sich geleert, Tanzpaare wogen im getragenen Walzer über das Parkett. Johannes kaltfeuchte Hand berührt meinen Arm. „Wollen wir auch tanzen?"

„Ich bin leider eine schlechte Tänzerin.“, das ist nicht übertrieben und ich würde die Nähe gerne vermeiden.

„Keine Sorge, lass dich einfach von mir führen.“ Sein Gesicht kommt viel zu nah.

„Beschwere dich hinterher nicht über platt getretene Füße!“

Johannes lacht und geleitet mich, ganz Gentleman, zur Tanzfläche.

Er tanzt taktsicher, aber seltsam wiegend, hält mich zu eng an sich gedrückt. Jetzt stimmt das Orchester auch noch eine langsame Schnulze an. Johannes zieht mich fester an sich, seine feuchte Hand streicht meinen Rücken entlang. Ich muss das beenden.

„Johannes?“

„Ja Marthe.“ Er lockert seinen Arm, um mich ansehen zu können.

„Gestern hast du gesagt, du würdest mir eine kleine Führung geben. Heute Nachmittag warst du leider nicht auf der Auktion ...“ Hoffentlich weiß er nichts von dem Ausflug auf den Turm.

„Hast du mich vermisst?“ Er streicht eine Haarsträhne aus meinem Gesicht.

Ich nicke. Oh je, hoffentlich wird er mir jetzt kein altes Liebesnest zeigen.

„Willst du den verbotenen Lieblingsort meiner Kindheit sehen?“, flüstert er verschwörerisch.

„Sehr gerne.“

Johannes führt mich tanzend zu unserem Tisch. Der ist verlassen.

„Nimm dein Tuch mit, es wird kalt."

„Da bin ich aber gespannt." Mich fröstelt. Tretten ist nirgends zu sehen.

Draußen stehen einige Gäste in Grüppchen herum. Entlang des Herrenhauses stecken Fackeln in Eisenhalterungen. Ihr zittriger Schein produziert unheimliche Schattenspiele. Bodennebel steigt von der Rasenfläche auf. Johannes packt meine Hand, überquert mit mir den Exerzierplatz, drängt mich unter den Bogengang, in die Dunkelheit. Schon wieder betrete ich eine verbotene Zone.

„Was machst du?"

Johannes zischt ein leises „Pst." Hoffentlich weiß er, was er tut.

Ein schmales Tor. Will er zu den ehemaligen Unterkünften der SS-Wachmannschaft?

Oh nein, er zieht mich Richtung Turm. Keine gute Idee. Soll ich ihn aufhalten? Mir fällt kein Grund ein. Zu spät. Er macht sich schon an der Tür zu schaffen.

„Du hast einen Schlüssel?"

„Onkel Heinrich hat ihn mir gegeben, ein Zeichen seines Vertrauens." Johannes klingt stolz. „Verrate bloß niemandem etwas von unserem kleinen Ausflug."

„Sicher nicht. Versprochen."

Johannes nimmt meine Hand. „Komm, hier entlang."

Unterhalb der Treppe schließt er eine weitere Tür auf. „Pass auf, die Treppe ist uneben und der Stein an manchen Stellen rutschig. Warte auf dem Treppenabsatz."

Es ist stockfinster, die Luft klamm. Die Verriegelung der Tür rastet ein. Mir stockt der Atem. Und wenn Johannes mich in eine Falle gelockt hat?

Ein Lichtstrahl trifft mein Gesicht.

„Du musst keine Angst haben." Johannes steht ein paar Stufen über mir, eine Taschenlampe in der Hand.

„Habe ich nicht! Wo hast du die Taschenlampe her?"

Er lässt den Strahl Richtung Tür hochwandern, eine Nische in der Wand, in ihr die Umrisse weiterer Taschenlampen.

„Bist du bereit?"

„Klar."

„Ich gehe voraus." Er eilt die schmale Treppe runter.

Als Kind habe ich von so einem Abenteuer geträumt, davon, nachts durch einen Geheimgang zu schleichen, wie die fünf Freunde. Etwas Nervenkitzel. In Realität fühlt sich das anders an, vor allem fehlen die Freunde.

„Hoppla!".

„Pass doch auf!", zischt Johannes aufgebracht.

Ich bin ihm in die Hacken gelaufen. Warum bleibt er auch so plötzlich stehen und schaltet die Taschenlampe aus.

„Dachte, ich hätte etwas gehört. Gehen wir weiter."

Der schmale Lichtstrahl erhellt den Gang vor uns nur schemenhaft. Das alte Steingewölbe endet, Betonwände umgeben uns, der muffige Geruch ist durchdringend.

„Autsch." Blute ich?

„Was ist denn?", flüstert Johannes nervös.

„Ich habe mich geratscht. Warum steht hier eine Metallstütze? Ist der Gang einsturzgefährdet?"

„Quatsch. Willst du lieber umkehren?" Er schwenkt den Lichtstrahl auf mich.

„Nein. Wohin führt der Gang?"

„Wirst du schon sehen. Pass besser auf und sei leise." Er setzt den Weg mit geneigtem Kopf fort, um nicht an die Decke zu stoßen.

Eine Abzweigung. Im Licht wird ein roter Pfeil sichtbar, darauf weiße Schrift „15 M Bombensicher".

„Ein Bunker?"

Er bedeutet mir, still zu sein, schaltet die Taschenlampe aus, macht einen Schritt in den linken Gang. Lauscht. Lässt die Lampe wieder aufflammen. Der Weg führt abwärts. Wie tief unter die Erde will er gehen?

Johannes verharrt an einer halboffenen Stahltür.

„Warte." Er schiebt mich zur Seite, hinter die Tür. Ich passe nicht ganz in den Zwischenraum von Tür und Wand, in der Mitte der Tür steht ein Rad hervor.

Eine Bunkertür?

Was für eine idiotische Idee, mich an seinen geheimen Lieblingsort führen zu lassen. Internet gibt es hier sicher nicht, ich hätte ihn bitten sollen, mir das Herrenhaus zu zeigen. Heute Abend ist die letzte Chance, Danas Spion anzuschließen. Außerdem ist mir eiskalt.

„Komm, die Luft ist rein."

Johannes lässt den Lichtstrahl durch den Raum wandern. Etagenbetten. Drei Reihen.

„Sieht aus wie ein Mannschaftsraum oder Lazarett. Sind die Betten von früher?" Es riecht nach feuchten Wolldecken.

„Nein. Früher war hier alles voller Müll und Schutt."

„Wann früher?"

„Als Jugendlicher war ich manchmal hier. Ich hatte zufällig den Eingang entdeckt."

„Hattest du keine Angst, dass der Bunker baufällig ist?"

„Doch." Johannes streckt sich, so weit es geht, den Kopf geneigt, grinst er stolz. „Das war der Reiz. Einmal hätte ich fast nicht mehr herausgefunden."

Er war nicht immer nur der brave Junge. Das macht ihn etwas sympathischer. Hat er mich deswegen hergeführt? Wollte er sein Abenteuer mit mir teilen?

„Sieh an. Der Waschraum ist fertig saniert. Früher haben hier die Ratten gehaust."

Der Raum ist weiß gekachelt, Mannschaftsduschen, eine Reihe von Waschbecken.

„Es gibt fließend Wasser?"

Warum macht man sich die Mühe, einen Bunker derart aufwändig zu sanieren?

„Na klar. Das Anwesen wird von einem eigenen Brunnen versorgt, der Bunker auch. Autarke Wasser- und Energieversorgung für Krisenzeiten." Er geht weiter zum nächsten Raum. In der Mitte ein wuchtiger Holztisch mit Stühlen, in einer Ecke zwei Sessel, daneben Bücherregale. Ich würde mir gern die Bücher ansehen, aber Johannes ist schon unterwegs zum nächsten Raum. Regale mit Vorräten. Bohnen, Linsen, Corned Beef ...

„So viele Dosen, warum hat dein Onkel den Bunker wieder aufgebaut und so viele Vorräte angelegt?"

„Man weiß nie, was kommt. Vorsorge ist alles, falls in einer Krise die Versorgung zusammenbricht, es zum Krieg kommt. Unsere Regierung war so naiv, Schutzräume abzubauen. Onkel Heinrich hat das nie verstanden."

„Wollen wir langsam zurückgehen?"

„Ich zeige dir noch den Eingang, durch den ich damals in den Bunker gekommen bin."

„Es gibt einen Zweiten?"

„Na klar. Meinst du, die Möbel und den ganzen Proviant hätten sie über den Turm nach unten gebracht? Ts,ts,ts ..." Johannes sieht spöttisch auf mich herab.

Zwischen den Regalen ist eine Tür. Abgeschlossen.

„Johannes, komm, vielleicht ist das der Ausgang."

„Nein, hier entlang." Er marschiert durch die gegenüberliegende Tür.

Ein Gang, erheblich breiter und höher als der vom Turm. Johannes kann aufrecht laufen, müsste sogar seine Hand ausstrecken, um die Decke zu erreichen. Gehen wir aufwärts oder bilde ich mir das ein?

„Hier ist es richtig.“ Beschwingt beschleunigt er seinen Schritt. Der Gang weitet sich.

„Stop! Leuchte mal nach links, da ist irgendetwas.“

Der Lichtkegel fällt auf reihenweise Holzkisten. Noch mehr Vorräte? Der Deckel einer Kiste ist halb zurückgeschoben. Der Inhalt reflektiert das Licht. Johannes geht weiter. Die Kisten versinken in der Dunkelheit. Was hat da gefunkelt?

Die Holzkisten fühlen sich rau an. Der Deckel bewegt sich nicht. Festgenagelt? Wo war die offene Kiste?

Holzspäne, hier ist sie. Dazwischen etwas Glattes, Kaltes. Ist das ein Rohr?

„Marthe! Was tust du?“ Johannes kehrt genervt zurück. Im Licht glänzt der Inhalt der Kiste. Das Rohr ist eine Waffe, mehrere Waffen groß, lang ...

„Scheiße.“

„Leise!“ Hektisch zerrt er mich von der Kiste weg. „Verschwinden wir ...“ Panik schwingt in seiner Stimme. „Du hast nichts gesehen.“

Waffen ... warum sind hier Waffen?

„Schnell!“

Was hat er? Stimmen ... Oh Gott. Wir sind geliefert,

ich bin geliefert. Johannes zieht Richtung Gang. Wo will er hin? Gibt es in dieser Richtung Deckung? Die Kisten. „Hinter den Stapel!“

Die Stimmen sind nah, die Schritte deutlich zu hören.

Widerwillig folgt er mir. Wir kauern uns zwischen die letzten beiden Kistenreihen. Ruhig atmen. Vielleicht gehen die Männer vorbei.

Ein großer Lichtkegel erhellt den Raum. Die haben nicht nur eine kleine Taschenlampe, hoffentlich entdecken sie uns nicht. Johannes hockt zusammengefaltet, seine Beine fest umschlungen, neben mir. Wenn sie die Kisten prüfen ... nicht daran denken! Bitte geht weiter!

„Habe ich zu viel versprochen? Das ist doch eine stattliche Lieferung!“

„Gute Arbeit.“

„Und es gibt mehr. Der letzte Laster muss noch entladen werden.“

„Warum ist die Kiste offen?“ Die Stimme knallt scharf durch den Raum. Schritte nähern sich.

„Heinrich hat mich nach dem Inhalt der Kisten gefragt. Da habe ich ihm die Waffen gezeigt. Ich hätte die Kiste wieder verschließen sollen. Aber ...“

„Du hast was? Ich habe dich angewiesen, Heinrich rauszuhalten!“

„Was hätte ich ihm antworten sollen?“

„Verdammt!“ Ein Knall. Was war das?

„Hör zu Wilhelm, du bewahrst Heinrich gegenüber Stillschweigen über die weiteren Waffenlieferungen! Die militärische Führung unserer Bewegung bin ich. Heinrich ist gut darin Geld zu beschaffen, sich um Kunst und Kultur zu kümmern. Von Politik oder Strategie versteht er nichts! Ist das klar?“ Die Stimme vibriert vor Anspannung.

„Hab verstanden Jan. Soll ich mich um Heinrich kümmern?“ Dieser Wilhelm klingt zerknirscht. Jan ... das ist Tretten. Und der steht nur eine Kistenreihe entfernt ... mir wird schlecht.

„Ich werde mit ihm sprechen, damit er uns nicht dazwischenfunkt. Lass uns gehen. Ich will Heinrich erwischen, bevor er sich zurückzieht. Er ist unberechenbar geworden.“

„Meinst du, er könnte uns verraten?“ Wilhelm klingt besorgt.

Schweigen. „Ich kann es nicht ausschließen. Gehen wir.“

Ihre Schritte eilen davon.

Johannes gibt keinen Laut von sich. Es ist still geworden. Vorsichtig aufstehen, meine Beine sind steif, der Schock sitzt nicht nur mir in den Knochen. Johannes verharrt am Boden.

„Lass uns gehen.“

Keine Reaktion.

„Alles in Ordnung?“ Eine blöde Frage. „Welchen Ausgang nehmen wir?“

Endlich löst er die Umklammerung seiner Beine, steht schwerfällig auf. „Wir gehen rechts.“

„Ist der andere Ausgang nicht näher?“

„Den hat Tretten genommen. Und wenn da ein beladener Laster steht, bedeutet das Wachen.“

Wir müssen den langen Weg zurück. Wenn uns jemand entgegenkommt ... Johannes schaltet vor jeder Biegung und Tür die Taschenlampe aus. Wir lauschen auf Schritte und Stimmen. Mein Nacken schmerzt.

Mauersteine statt Zement, wir sind wieder im alten Teil des Ganges angekommen. Die Treppe, endlich. Johannes dreht sich zu mir um, leuchtet mit der Taschenlampe an mir herab.

„Ich bringe dich auf dein Zimmer. Das Kleid ist schmutzig geworden.“

„Ich bin sowieso zu erschöpft für die Gala.“ Ich sehne mich nach einer heißen Dusche. Toms Plan für den Hack ist gescheitert, stattdessen sind wir auf Waffen gestoßen. Ich bräuchte einen Beweis, ein Foto. Hoffentlich hat Toms Tracker funktioniert. Hätte ich mich doch früher bei Johannes nach der Lage des Anwesens erkundigt. Wenn ich ihn jetzt frage, wird er sofort misstrauisch.

Schweigend verlassen wir den Turm. In der Dunkelheit stolpere ich hinter ihm her, an der Mauer entlang bis zum Bogengang.

Johannes wartet ungeduldig an der schmalen Tür zum Innenhof. Im Schatten der Mauer gelangen wir an die Rückseite des Gästehauses. Eine Hintertür. Er sperrt auf. Wir haben es geschafft, wir wurden nicht erwischt! Eine schmale Wendeltreppe führt nach oben, der Dienstbotenweg. Gleich bin ich in meinem Zimmer, in Sicherheit.

Auf der letzten Stufe stoppt Johannes, baut sich vor mir auf.

„Marthe. Es war dumm von mir, dir den Bunker zu zeigen. Unverantwortlich ...“

„Es ist doch nichts passiert.“

Er packt meinen Arm.

„Du hättest die ... die Kisten nicht sehen dürfen. Ich muss mit Onkel Heinrich sprechen, jetzt.“

„Nein!“ Wie kann ich ihn davon abhalten? Borken würde mich nicht mehr für harmlos halten und ... „Nicht jetzt. Tretten wollte doch zu ihm. Wenn der mitbekommt, dass wir sein Gespräch belauscht haben ... Er ist unberechenbar.“

Der Griff um meinen Arm lockert sich.

„Sprich nächste Woche mit deinem Patenonkel, zu Hause, in aller Ruhe.“

„Vielleicht hast du recht. Aber du ...“, die wässrigblauen Augen funkeln, „du vergisst, was du gehört und gesehen hast. Wir regeln das unter uns.“

„In Ordnung.“

„Versprich es!“, seine Spucke sprüht mir ins Gesicht.

„Versprochen! Ehrenwort!“

„Ich verlasse mich auf dich.“ Mit einem Ruck dreht sich er um, öffnet die Etagentür.

Johannes hat mich ungewollt ins dunkle Herz seiner Gemeinschaft blicken lassen. Klar, dass er nervös ist. Ein Wunder, dass er mich nicht zu Borken schleppt.

Tretten und dieser Wilhelm müssen gestoppt werden. Das sind Terroristen. Ich habe keine Beweise. Wer wird mir glauben? Ich weiß nicht einmal, wo wir uns befinden. Es ist zum Verzweifeln! Ich bin gescheitert. Morgen komme ich nicht mehr in das Herrenhaus, erst recht nicht in den Bunker. Wenn ich einen Beweis für die Polizei haben will, muss ich die Waffen fotografieren, mich mit dem Handy in den Bunker schleichen. Aber wie? Johannes Schlüssel. Es wäre riskant, andererseits Tretten muss aufgehalten werden. Nein, Kopf und Kragen riskieren, das ist nicht mein Ding.

Aber wenn ich nichts unternehme, und ein Mensch mit diesen Waffen erschossen wird, ... ich kann nicht einfach nichts tun!

Ich muss an den Schlüssel kommen, ihn Johannes abluchsen.

„Welches Zimmer?“

„Zweihundertundzwölf.“

Ich muss eine Entscheidung treffen.

In dem Film ‚Meisterdieb' hat der Bandenchef erklärt, es käme auf die Ablenkung an. Man müsse die Aufmerksamkeit des Opfers auf ein anderes Körperteil lenken, um etwas aus der Jackentasche stehlen zu können. Dass mir das jetzt einfällt ...

Mein Zimmer, soll ich es versuchen?

„Gute Nacht Marthe." Johannes lehnt am Türrahmen.

Der Schlüssel ist in seiner vorderen linken Hosentasche ... er ist ganz nah. Wenn ich ihm zum Abschied einen Backenkuss gebe, könnte ich es schaffen. Es kostet Überwindung ...

„Gute Nacht." Seine Haut ist rau. Unsere Beine berühren sich.

„Marthe." Er schnaubt in mein Ohr, zieht mich an sich, presst seine Lippen auf meine.

Jetzt. In die linke Hosentasche fassen. Der Schlüssel sitzt zu tief. Johannes löst seine harten Lippen, hebt mein Kinn mit seinem Zeigefinger an.

„Du gehst aber ran."

Seine große Hand landet auf meiner Pobacke, drückt mein Becken an sich. Soweit zu der grandiosen Meisterdieb-Taktik. Sie ist gründlich in die Hose gegangen. Meine Hand sitzt fest, zwischen Erektion und Schlüssel.

„Mach weiter.", seine Stimme ist rau, er drängt mich ins Zimmer, schließt die Tür, stimuliert sein Glied mit meiner Hosentaschenhand.

Wie komme ich aus der Nummer wieder raus?

„Johannes ...“

„Du machst mich ganz heiß“, keucht er, knetet meine Pobacken. Ein begnadeter Liebhaber ist er nicht. Wie werde ich ihn los? Seine vornehme Zurückhaltung und Verklemmtheit sind dahin.

„Nicht so schnell. Heute nicht.“ Was rede ich da ...

Er schnauft tief.

„Komm schon.“

„Ich habe meine Periode.“

Johannes zuckt zurück. „Oh.“ Sein Blick fiebrig, die Wangen rotfleckig.

„Können wir nicht ...“ Er drängt sich wieder an mich.

Meine rechte Hand steckt immer noch in der Hosentasche.

„Soll ich dir einen runterholen?“

Statt einer Antwort wiegt er die Hüften, drängt seinen Schwanz in meine Hand. Stöhnt.

Komm Marthe, das schaffst du. Denk an Tretten, er muss ins Gefängnis. Der Hosenknopf flutscht wie von selbst auf, der Reißverschluss, die Hose lockert sich.

Der Schlüssel. Ich habe ihn! Wohin damit? Die Hose fällt zu Boden.

Ich dränge mich an seine Seite, dann merkt er nicht, wenn ich den Schlüssel mit der Rechten verschwinden lasse.

Wohin?

„Besorg's mir." Gierig schiebt er seine Hüfte vor. Ich muss seinen Schwanz anfassen, heiß und hart. Er stöhnt genussvoll.

Der Schlüssel, am besten hinters Bett. Und Wurf. Geschafft.

Warme Flüssigkeit ergießt sich über meine linke Hand.

Johannes lacht beschämt, beglückt, beides?

„Kann ich kurz?" Er nickt Richtung Bad.

„Klar."

Er verschwindet, das Wasser rauscht. Ich brauch was zum Abwischen. Am Boden liegt das Shirt von gestern, das muss leider dran glauben. Meine Hand ist klebrig, auf dem Teppich ist ein Fleck.

„Marthe ..." Johannes steht in der Badezimmertür, die Hose wieder hochgezogen.

Er wirkt unbeholfen, schon fast süß. „Das war schön."

„Sehr schön." Ich muss seine Aufmerksamkeit auf mir halten.

Er streichelt über meinen Handrücken. „Ich ..."

„Gute Nacht Johannes."

„Gute Nacht." Zögerlich lässt er mich los. „Bis zum Frühstück." Es fällt ihm sichtlich schwer, zu gehen.

Er ist weg! Die Erleichterung fühlt sich mies an, herzlos.

Hoffentlich kommt Johannes nicht so schnell wieder zu sich und bemerkt das Fehlen des Schlüssels.

Der Bunker - ein düsterer Ort. Soll ich es wagen? Fotos wären ein Beweis dafür, dass hier Waffen lagern, Grund genug für einen Polizeieinsatz. Aber wenn ich erwischt werde ... Andererseits – jetzt bin ich schon so weit gegangen ...

Schwarze Hose, dunkle Jacke, immerhin etwas Tarnung. Handy habe ich, Danas Spion nehme ich mit. Man kann nie wissen.

Der Flur ist verlassen. Ein leiser Sprint zur Hintertreppe. Stille. Ich sollte im Bett liegen, wie die anderen. Weiter Marthe, du schaffst das.

Die Fackeln entlang des Herrenhauses brennen noch, ansonsten herrscht Dunkelheit. Im flackernden Feuerschein wirkt das Herrenhaus martialisch. Entfernte Stimmen hallen über den Hof. Weiter. Im Schatten des Bogengangs zum schmalen Durchgang.

Die erste Etappe ist geschafft. Noch ein paar Meter bis zum Turm. Kann man meinen Schatten vom Herrenhaus aus erkennen? Gleich bin ich am Turmeingang, außer Sicht.

Die massive Holztür öffnet sich erstaunlich leicht. Soll ich von innen abschließen? Mir selbst den Fluchtweg versperren? Andererseits, wenn ein Wachmann seine Kontrollrunde macht ...

Dunkelheit und Stille. Der Lichtstrahl vom Handy ist mickrig. Ich werde mir eine der Taschenlampen nehmen.

Tief durchatmen und los. Ich bin völlig verrückt, allein hierher zu kommen. Wenn mir jemand begegnet, ...

Marthe, konzentrier dich auf deine Schritte, einen nach dem anderen. Vergiss, was oder wer aus der Dunkelheit auftauchen könnte.

Der Gang zieht sich.

Eine Abzweigung. Wo ist der Pfeil? Gab es etwa mehrere Abzweigungen? Nicht hektisch werden, in Ruhe die Mauer ableuchten. Da ist er, die weiße Schrift ‚Bombensicher'.

Die Luft ist stickig, stickiger als vorhin mit Johannes. Keine Panik. Weitergehen Marthe, einfach weiter.

Der Mannschaftsraum, schläft hier jemand? Alles ruhig. Schnell durch. Das 'Wohnzimmer', die Vorratskammer, endlich der breite Gang. Wie weit ist es noch?

Die Luft wird frischer. Da sind die Kisten. Wo ist die offene Kiste? Sie stand an der linken Wand. Ich brauche beide Hände, Taschenlampe zwischen die Zähne, die Kistenstapel ablaufen. Die Deckel rühren sich nicht, wurde der lose Deckel wieder festgenagelt? Ich bräuchte eine Zange!

Autsch! Die Taschenlampe scheppert auf den Boden. Die Kante einer Holzkiste bohrt sich in meinen Rücken. Verdammt - hoffentlich ist die Taschenlampe nicht hinüber. Ich habe den losen Kistendeckel erwischt. Wie idiotisch, das Gleichgewicht zu verlieren.

Hat jemand den Lärm gehört?

Beeilung. Die Waffen müssen für das Foto beleuchtet werden. Die Taschenlampe, sie funktioniert. Jetzt ein Porträtfoto von diesen Mörderwerkzeugen. Am besten lege ich eine auf die Nachbarkiste. Ziemlich schwer das Ding. Sind das Automatikgewehre? Wieder rein damit, Deckel zu, Fotos von den Kistenreihen ... und weg hier.

Die Treppe. Gleich bin ich draußen. Die Tür zum Turm, langsam öffnen. Licht. Es kommt von oben. Macht ein Wachmann seine Runde? Schnell raus!

Stimmen – Männerstimmen. Schaffe ich es, den Ausgang aufzusperren, bevor sie unten sind? Soll ich lieber warten? Wenn sie in den Bunker gehen, erwischen sie mich. Die Stimmen werden lauter, ein Streit? Raus hier! Verdammt, Schritte, jemand läuft die Treppe runter. Unmöglich rechtzeitig die Tür aufzusperren.

„Heinrich! Bleib, wir müssen das JETZT klären!"

„Jan von meiner Seite ist alles geklärt! Du hast Geld von unserer Stiftung benutzt, um Waffen zu kaufen! Niemand hat das genehmigt. Du hast Geld veruntreut, das ich für unsere Sache erwirtschaftet habe! Das wird seine Konsequenzen haben!"

Heinrich? Jan? Etwa ein Streit zwischen Borken und Tretten? Wenn der mich erwischt!

Ich muss wieder zurück, beten, dass sie nicht in den Bunker gehen.

Moment, wenn sie weiter über die Waffen sprechen, hätte ich einen Beweis ... Aufnehmen, ich muss den Streit aufnehmen. Nur kurz. Mein Herz pocht bis in den Hals, das Handy zittert in meinen Händen. Die Memo-App. Start.

„Was willst du jetzt tun? Die Polizei holen?“ Tretten klingt höhnisch.

„Das kann ich dir genau sagen. Ich werde den Vorstand informieren, du wirst deine Verfügungsrechte über unser Geld verlieren, du wirst alle deine Posten in unserer Stiftung verlieren!“, brüllt Borken.

„Wie kannst du es wagen! Ich habe unser Netzwerk zu dem gemacht, was es jetzt ist. Glaubst du, allein durch deinen patriotischen Kunstmarkt und deine Kinderlager könntest du irgendetwas verändern?“ Tretten lacht abfällig. „Das ist doch Kinderkram! Es gibt keine Revolution ohne Waffen! Und darauf bereite ich unsere Gemeinschaft vor! Sonst werden wir ewig von Erneuerung in unserem Land träumen!“

„Du willst eine blutige Revolution. Ich will die Menschen überzeugen, sie aufwecken. Junge Menschen zu Patrioten erziehen. Wir brauchen Strategie keine Waffen! Unsere Leute sitzen überall bei Polizei, Militär, in der Verwaltung ...“, ereifert sich Borken.

„Heinrich, du bist ein Träumer! Wir müssen unserer kranken Regierung den Todesstoß versetzen.“

„Aber nicht mit Waffen und Attentaten, wie du es vorhast. Niemals! Nur über meine Leiche! Ich werde den Vorstand jetzt informieren!“ Borken läuft die Treppe runter.

Ich muss hinter der Tür verschwinden, sonst fordere ich mein Schicksal heraus.

Tretten schreit hinter Borken her. „Warte! Bleib stehen!“ Hektische Schritte.

„Lass mich los Jan!“

„Du bleibst!“

„Nein!“

„Du wirst mein Lebenswerk nicht zerstören!“, tobt Tretten.

„NEIN!“ Ein schriller Aufschrei. Poltern die Treppe hinunter. Stille. Oh Gott, was ist passiert?

Ein kurzer Blick durch die Streben des Treppengeländers. Borken, kopfunter, seltsam verdreht auf den Stufen, er starrt mich an. Scheiße. ... Nein, er starrt ins Leere. Ohnmächtig oder ... Eiseskälte.

Stimmen, Schritte. Marthe, verschwinde, gleich ist es zu spät. Die Kellertür, leise zuziehen, abschließen. Weiter die Treppe runter, immer weiter. So weit weg von Tretten wie möglich. Borkens leerer Blick. Ich brauche ein Versteck. Die Vorratskammer, die Regale schützen wenigstens vor flüchtigen Blicken.

Tom, wärst du doch hier! Ist Borken tot? Ich mochte ihn nicht, aber das ... schrecklich!

Tretten ist skrupellos. Ich darf ihm nicht in die Hände geraten.

Hier gab es doch einen verschlossenen Raum ... da kann ich mich verstecken. Meine Beine sind wie Wackelpudding. Hinter dem Regal war die Tür ... der Schlüssel passt! Abgestandene Luft schlägt mir entgegen.

Der Strahl der Taschenlampe erhellt Fragmente des Raums. Ein Arbeitstisch in der Mitte, großes Whiteboard an der rechten Wand, daneben eine Landkarte. Gegenüber ein langer schmaler Tisch, zwei Bildschirme, darunter Computertürme. Ein Büro im Bunker?

Computer ... gibt es hier Internet? Das wäre ja ... war da ein Geräusch? Nichts. Stille.

Danas Spion im Bunker, wie verrückt ist das denn! Kontakt zu Tom, zur Außenwelt! Ruhig. Nicht zu viel Hoffnung machen.

Der Computerturm, mal sehen, was dahinter ist. Ein Ruck noch. Geschafft. Was für ein Wirrwarr an Kabeln. Keine Netzwerkdose zu sehen. Ein gelbes Kabel. Ist das fürs Internet? Stecker raus aus dem Turm, er passt in Danas Router. Und jetzt ... die Zahnseide abwickeln, das Kabel in die rote Buchse vom Router, anderes Ende am Computer anschließen. Antenne aus dem Lippenstift, anschrauben, Router anstellen ...

Funktioniert er?

Kann ich Tom eine Nachricht schreiben?

Bitte, bitte ... da sind Balken.

Verbindung zur Außenwelt! Ich kann ihm die Fotos von den Waffen schicken.

Telegram – selbstzerstörende Nachricht ... okay, die Fotos ... ‚Waffen auf Anwesen gefunden. Polizei informieren!‘, das reicht an Text. Und los.

YES!!! Es hat geklappt! Die Aufnahme von dem Streit schicke ich gleich hinterher.

Der Computerturm kommt wieder unter den Tisch, er wird Danas Wunderwaffe verdecken. Fraglich, ob ein Hack von hier aus funktioniert. Hauptsache meine Nachricht erreicht Tom.

Gibt es noch etwas Interessantes zu entdecken?

Die Schubladen ... alle abgeschlossen, Pech. Und die Karte?

Eine Deutschlandkarte, was bedeuten diese Kreise?

Kleine und Große über das ganze Land verteilt. Da unten eine Legende. Der kleinste Kreis < 5 Mitglieder, der nächste < 10 Mitglieder, der größte Kreis sind > 1000 Mitglieder. Rot = bewaffnet. Grün =zivil. Die roten Kreise bewaffnet, sind das Terrorzellen, oder was? Trettens Kämpfer? Die Waffenlieferung, ist die für diese Gruppen? Die Luft ist stickig. Ich brauche frische Luft!

Ein Foto von der Karte, an Tom schicken. Jetzt wird alles gut. Tom wird die Polizei benachrichtigen. Der Tracker hat unseren Standort an Tom gesendet. Hoffentlich. Davon hängt alles ab.

Die Fotos vom Handy löschen. Sicher ist sicher. Ob die Luft rein ist? Kann ich zurück in mein Zimmer? Und morgen geht's nach Hause! Wer weiß, vielleicht rückt die Polizei schon vorher an, nimmt Tretten und seinen Waffenhändler vor meiner Nase fest. Was für eine Genugtuung das wäre.

Der Weg durch den Bunker fühlt sich fast schon vertraut an. Die Tür zum Turm. Jetzt Vorsicht! Hinter dem Türspalt ist es dunkel. Nichts zu hören.

Die Taschenlampe lasse ich hier. Der Turm ist verlassen. Von Borkens Unfall keine Spur.

Kalte klare Nachtluft. Herrlich nach der stickigen Luft im Bunker. Der Himmel ist sternenübersät. Ich könnte mich im Wald verstecken, warten, bis die Polizei kommt. Aber die ganze Nacht in der Kälte verbringen ... besser nicht.

Gleich habe ich es geschafft, nur noch durch die Hintertür ins Gästehaus. Der Schlüssel will nicht ins Schloss. Nicht so einfach in der Dunkelheit mit klammen Fingern. Mit dem Handy zu leuchten, ist zu riskant ...

„Kann ich helfen?"

Der Schlüssel klirrt auf dem Steinboden. Ein Lichtstrahl brennt in meinen Augen. „Was machen Sie hier draußen?"

Keine Panik ... „Ich habe ein wenig frische Luft geschnappt."

Der Mann senkt die Taschenlampe.

Er ist groß und bullig, die Uniform betont seine dicken Muskelpakete. „Die Tür ist abgeschlossen. Sie kommen nur bei der Rezeption rein. Ich bringe Sie nach vorn. Wieso hat man Sie rausgehen lassen?“

Er macht einen Schritt auf mich zu, ich weiche aus. Im Licht blitzt der Schlüssel auf dem Boden auf.

„Was ist das für ein Schlüssel?“ Seine Augen funkeln argwöhnisch. Der Wachmann hebt ihn auf, dreht ihn zwischen den Fingern. Probiert ihn an dem Hintereingang aus.

„Woher haben Sie diesen Schlüssel?“

Mein Gesicht brennt.

„Johannes hat ihn mir gegeben, Johannes Brömer.“

„Das muss ich melden. Sie bleiben hier.“

„Bitte, ich möchte nicht, dass Johannes meinetwegen Ärger bekommt.“ Mein flehentlicher Blick stößt auf Granit.

„Ich habe meine Vorschriften.“

Der Mann entfernt sich ein paar Schritte zum Telefonieren, behält mich dabei im Auge. Mein Handy, ich muss es loswerden. Mit Handy werden sie mich sofort verdächtigen, herumzuschnüffeln. Die Büsche an der Hauswand ... Wenn ich mich seitlich drehe, kann er nicht sehen, wie ich es hineinwerfe. Es verschwindet mit einem sanften Rascheln zwischen dem Geäst.

„Sie kommen mit.“ Der Wachmann winkt mich zu sich.

Wo bringt er mich hin? Ins Herrenhaus? Er öffnet die Tür im Bogengang, durch die ich eben erst gegangen bin, steuert auf den Turm zu. Bitte nicht. Ich will da nicht mehr rein!

Mein ganzer Körper sträubt sich, sendet Warnsignale, Kälte, Gänsehaut, Zittern. Trotzdem muss ich dem Typ folgen. Ich könnte schreien, um Hilfe rufen ... als ob der das zulassen würde. Tom, du musst schnell sein. Verdammt, wie konnte ich mich in letzter Sekunde schnappen lassen!

Die Treppe hoch zum Büro. Ich fühle mich, wie ein Schaf auf dem Weg zur Schlachtbank. So darf ich nicht denken. Ich muss meine Angst in den Griff kriegen.

„Wir warten hier."

Schritte. Schnaufen. Eine Silhouette zeichnet sich ab, kommt die Treppe rauf.

Tretten. „Ich wusste, dass Sie Ärger bedeuten."

Er sperrt die Bürotür auf, der Wachmann schiebt mich in den Raum. Eilfertig überreicht der Muskelprotz seinem Chef den Schlüssel. „Sie war dabei die Hintertür des Gästehauses aufzusperren, als ich sie gestellt habe."

Tretten kneift die Augen zusammen, nimmt ihm den Schlüssel mit spitzen Fingern ab, betrachtet ihn nachdenklich. Im Licht der Stehlampe zeichnen sich seine Falten deutlich ab. Er wirkt erschöpft.

Es klopft am Türrahmen.

Die finstere Miene des alten Mannes hellt sich auf.

„Wilhelm, komm her. Wir haben ein Problem."

Der Mann mit Gelfrisur, der von Hansens Führung verschwunden war, betritt das Büro, mustert mich im Vorbeigehen. „Wer ist das?"

Trettens Lippen werden schmal. „Marthe Keller. Sie macht Ärger."

„Hab Sie hier noch nie zuvor gesehen. Wer hat sie eingeladen oder hat sie sich eingeschlichen?"

„Heinrich. Sie und ihre Eltern."

Der Waffenhändler schnaubt. „Seit wann werden Neulinge eingeladen?"

„Heinrich hat sich über die Regel hinweggesetzt. Angeblich hat ihre Oma einen Renoir. Unser Träumer wollte ihn für die nächste Auktion angeln. Der Idiot!" Der Alte haut zornig auf den Tisch. „Wir haben das Fräulein schon heute Nachmittag beim Herumschnüffeln im Turm erwischt und jetzt wieder! Sieh, was sie hatte." Er hält Wilhelm den Schlüssel vor die Nase. „Ein Generalschlüssel, der passt in alle Schlösser auf dem Anwesen."

„Woher?" Wilhelm ist mindestens so unheimlich wie sein Mitverschwörer. Die mit Gel an den Kopf geklebten Haare betonen sein spitzes Gesicht, die großen Ohren, den stechenden Blick. Ein Schakal.

Ich brauche Hilfe. Bitte Tom, lies die Nachrichten. Wie lange dauert es, bis ein Einsatzkommando hier ist? Haben sie unsere GPS-Daten?

„Von Johannes. Ich wusste nicht, dass er einen Schlüssel besitzt. Sicher von Heinrich. Der hatte schon immer einen Narren an dem Jungen gefressen."

Hatte ... Er hat in der Vergangenheit gesprochen. Heißt das, Borken ist tatsächlich tot, nicht verletzt?

Sein Verbündeter bekommt einen roten Kopf. „So ein Leichtsinn! Heinrich war eine Gefahr für ..."

Tretten hebt die Hand, stoppt dessen Redefluss. War Wilhelm bei dem Todessturz von Borken dabei?

„Durchsuche sie. Gründlich. Heute Nachmittag konnte ich nichts finden, aber irgendetwas verbirgt sie. Und du junge Dame, rückst besser mit der Wahrheit heraus! Was treibst du hier?", Trettens Stimme hebt sich bedrohlich. Er stößt sich vom Schreibtisch ab. Ich weiche zurück, stoße an einen Stuhl. Der Mann ist alt und schmal und trotzdem furchteinflößend.

„Ich treibe gar nichts. Ich war kurz draußen, um frische Luft zu schnappen." Meine Stimme ist dünn.

Der Alte zieht eine Augenbraue hoch. „Deine Ausrede heute Nachmittag war fast identisch.", er lacht höhnisch, „Ich glaube dir kein Wort."

Ich bin eine schlechte Lügnerin. Wilhelm tritt neben mich. Seine Hand legt sich schwer auf meine Schulter.

„Am Nachmittag schnüffelst du im Turm herum, wirst in der Nacht mit einem Generalschlüssel erwischt. Das ist mehr als verdächtig. Wie hast du Johannes den Schlüssel abgenommen?" Seine Schakalaugen blitzen bösartig.

„Ich habe den Schlüssel nicht gestohlen. Er ist Johannes in meinem Zimmer aus der Tasche gefallen."

„In deinem Zimmer? Aus der Tasche gefallen?", hakt Tretten nach.

Mein Gesicht glüht.

Wilhelms dicker Zeigefinger bohrt sich schmerzhaft in meinen Unterkiefer, drückt mein Kinn hoch.

„Du hast mit ihm geschlafen, um an den Schlüssel zu kommen? Bist du ein Flittchen, eine Diebin, eine dreckige Spionin oder alles zusammen?"

„Nichts davon!"

Der Zeigefinger löst sich. Die Haut brennt an der Stelle.

„Lügnerin." Seine Hand packt zu, quetscht meine Wangen, zwingt die Finger zwischen meine Zähne.

„Jo ... hannes ... ich", unmöglich so zu sprechen.

Sein Griff lockert sich.

Dieses schmierige Grinsen! Er genießt die Macht über mich.

„Wir sind uns nahegekommen ..."

„Nahegekommen.", wiederholt Wilhelm spöttisch. „Vielleicht sollte ich ihr auch ‚Nahekommen'. Was meinst du Jan?"

Der Alte zuckt mit den Schultern. „Wenn sie dir gefällt. Aber erst kommt die Arbeit. Durchsuche sie. Wir müssen die Wahrheit aus ihr herausbekommen. Sie darf nicht zur Gefahr für uns werden."

Ich brauche eine überzeugende Geschichte. Mein Kopf ist leer. Ich bin Ihnen ausgeliefert ...

„Zieh die Jacke aus, streck die Arme zur Seite." Wilhelm reicht die Jacke an seinen Mitverschwörer weiter, der schüttelt sie aus, durchsucht die Taschen. Der Waffenhändler streicht meine Arme und den Oberkörper entlang, zieht mir das Shirt über den Kopf. Fasst an meine Brust.

„Etwas klein."

Ich schubse seine widerliche Hand weg.

„Na, gefällt dir das nicht? Zieh die Hose und Schuhe aus. Los, mach schon. Du weißt doch, bist du nicht willig ..." Wieder dieses abstoßende Grinsen.

„Sie Feigling!"

Seine Hand hebt sich zum Schlag. Ich ducke mich weg.

„Los jetzt!", wirft Tretten ungeduldig ein. „Wir haben nicht die ganze Nacht Zeit."

Ich habe keine Wahl. Schuhe aus, Hose, ... immerhin nicht die Unterwäsche. Tretten beobachtet, wie Wilhelms Grabschfinger in meinen Schlüpfer rutschen, unter den BH. Ich hasse ihn!

Sie wissen nicht, was du weißt Marthe! Tom hat die Fotos und den Mitschnitt, wird damit zur Polizei gehen. Die beiden Männer werden bedauern, mir jemals begegnet zu sein, mich angefasst zu haben.

„Kein Mikro.", konstatiert der Mistkerl. „War ihr

Handy in der Jacke?“

„Nein. Wo ist dein Handy?“ Tretten tastet sie noch einmal ab.

„In meinem Zimmer.“

Er wendet sich der Wache hinter mir zu, dessen Glubschaugen stieren mich gierig an.

„Torsten, Sie durchsuchen ihr Zimmer und bringen uns das Handy. Zimmernummer?“

„Zweihundertundzwölf“

Torsten starrt mich weiter unverhohlen an. „Wo liegt das Handy?“

„Ich glaube auf dem Nachttisch.“

Tretten durchbohrt mich mit seinem Blick. „Du lügst.“

„Ich weiß nicht genau, wo ich es hingelegt habe.“

„Finden Sie es!“

„Zu Befehl!“ Der Wachmann salutiert und geht.

Der Alte setzt sich mit einer Pobacke auf die Schreibtischkante, neben ihm starrt Wilhelm durchs Fenster in die Dunkelheit, breitbeinig, mit verschränkten Armen. Mein Shirt hängt über dem Stuhl, wenn ich mich vorstrecke, kann ich es erreichen. Gleich habe ich den Zipfel ...

„Was suchst du hier?“ Der Waffenhändler tritt zwischen mich und das Shirt.

„Ich ... mir ist kalt, kann ich mich anziehen?“

Tretten schüttelt den Kopf. „Wenn wir mit dir fertig sind. Je schneller du erzählst, desto schneller kannst du dich anziehen."

Das Machtspiel macht ihm Spaß, dem alten Sack! Und es funktioniert, halbnackt fühle ich mich völlig ausgeliefert.

„Wie ist es zu eurer Einladung auf die Auktion gekommen?", hakt er ungeduldig nach.

„Meine Mutter hat ein Bild im Auktionshaus von Herrn Borken versteigert.", mich durchläuft ein kalter Schauer, Borkens lebloser, starrer Blick steht mir vor Augen. Was haben sie mit seiner Leiche gemacht?

Seine Faust saust auf den Tisch. „Ich habe keine Lust, dir jedes Wort einzeln aus der Nase zu ziehen. Los jetzt! Weiter!"

„Herr Calewski hatte uns das Auktionshaus empfohlen. Dort hat uns Herr Walther eine Privatauktion angeboten, weil der Spitzweg, den meine Mutter versteigern wollte, bei Lost Art gelistet ist. Auf der Auktion haben wir Herrn Borken und Johannes kennengelernt. Wir sind uns auf Herrn Calewskis Gartenparty wieder begegnet. Da meine Oma einen Renoir verkaufen möchte, auf den eine jüdische Familie Anspruch erhebt, empfahl uns Herr Borken, ihn auf einer großen Sonderauktion zu versteigern. Wir sollten uns ansehen, wie diese Auktionen ablaufen."

Tretten starrt mich finster an. „Und das ist alles?" Er trommelt mit seinen dünnen Spinnenfingern auf dem Schreibtisch. „Was ist mit Calewski, woher kennt ihr ihn?“

„Mein Opa und der Vater von Herrn Calewski waren eng miteinander befreundet.“

Wilhelm schüttelt zweifelnd den Kopf. „Dein Opa und Calewskis Vater, wie das?“

Tretten winkt ab. „Ich werde Roland selbst fragen. Vielleicht haben wir ihm diese Schnüfflerin zu verdanken. Kommen wir zum Wesentlichen. Wonach suchst du hier? Deine Ausreden nehme ich dir nicht ab.“

Mir ist schrecklich kalt. „Ich habe nichts gesucht. Ich konnte nicht einschlafen und wollte frische Luft schnappen. Heute Nachmittag habe ich mich aus Langeweile umgesehen, wollte den Sonnenuntergang vom Turmdach aus ansehen.“

„Vielleicht ist sie nur ein dummes Flittchen.“ Der schmierige Waffenhändler sieht mich angewidert an.

Diese kalte Arroganz, ich würde ihm am liebsten in die Eier treten. Bald wird er im Knast landen! Das wird eine solche Genugtuung.

Es klopft. „Herein!“ Die beiden sehen erwartungsvoll zur Tür.

Torsten, stolz, aufrecht. Mein Herz stockt.

„In Zimmer zwei-eins-zwei war kein Handy. Ich habe alles durchsucht.“

Trettens Miene verfinstert sich. Triumphierend zieht Torsten etwas aus seiner Jackentasche. „Das habe ich im Gebüsch neben dem Eingang gefunden, an dem ich sie gestellt habe."

Der Wachmann grinst mich fies an. „Wolltest mich für doof verkaufen, was?“

„Gut gemacht. Geben Sie ihr das Handy zum Entsperren. Jetzt werden wir sehen, ob du so unschuldig bist, wie du behauptest.“

Zum Glück habe ich die Fotos gelöscht! Torsten streckt mir das Handy entgegen, hält mir den Fingerabdrucksensor hin, gibt es aber nicht aus der Hand.

Der Alte empfängt es siegesbewusst. „Danke, Sie können gehen.“

Der Wachmann nickt, zeigt mir ein breites Grinsen, fährt mit der Zunge seine Lippen entlang.

Habe ich alle Fotos gelöscht? Die Nachrichten an Tom? Lassen sich die Nachrichten wiederherstellen? Es ist nicht auszuhalten. Sie dürfen meine Nervosität nicht bemerken. Statt auf mein Handy, starre ich besser durchs Fenster auf den Mond, ein Viertelmond.

„Nichts zu finden.“, knurrt Tretten.

Das ist gut. Vielleicht lassen sie mich doch gehen ...

„Gib mal her.“ Wilhelm nimmt es ihm ab. Fingert darauf herum. Kann ich mich jetzt endlich anziehen? Sie sind beschäftigt und mir ist eiskalt. Ich muss beherzt sein. Die Hose, der warme Stoff fühlt sich gut an. Mein Kopf steckt im Dunkel des Shirts, eine Stimme hallt durch den Raum.

„Was willst du jetzt tun? Die Polizei holen?“. Trettens Stimme dringt durch mein Shirt.

Oh Gott! Meine Aufnahme! Nein! Ich Idiotin habe die Audiodatei nicht gelöscht. Mit einem Ruck ziehe ich das Shirt über den Kopf. Der Mund des Alten steht offen, sein Handlanger sieht ihn triumphierend an, lässt die Aufnahme weiterlaufen.

„Das kann ich dir genau sagen. Ich werde den Vorstand informieren, du wirst deine Verfügungsrechte über unser Geld verlieren, du wirst alle deine Posten in unserem Verein verlieren!“, ertönt Borkens erzürnte Antwort von meinem Handy.

Trettens Gesicht verzerrt sich vor Zorn. „Woher hast du das?“

„Sie hat den Streit belauscht und aufgenommen. Von wegen: ‚Ich wollte nur Luft schnappen.‘“, äfft Wilhelm mich nach.

„Wie lange hast du uns belauscht?“ Die Stimme des Alten bebt.

„Du wirst mein Lebenswerk nicht zerstören!“

„NEIN! Ahhh“ Borkens Aufschrei hallt durch den Raum.

„Stell es ab!“, brüllt Tretten. Er stürzt sich auf mich, packt meine Schultern, schüttelt mich.

„Du kleines Miststück, du ...“ Er holt mit der Rechten aus. Ich weiche aus. Sein Schlag geht ins Leere, er taumelt.

Wilhelm fängt ihn auf. „Jan, beruhige dich.“, die dunklen Augen sprühen hasserfüllt, „Sie weiß zu viel.“

Er führt seinen Verbündeten zum Bürostuhl. Der lässt sich in den gepolsterten Stuhl fallen.

„Hier gibt es keinen Mobilfunk. Sie konnte die Datei nicht verschicken.“ Der schmierige Schakal versucht, den alten Mann zu beruhigen. „Sie muss verschwinden. Ich wette, das Biest hat mit dem Kerl zu tun, der Borken im Auktionshaus gedroht hatte.“

Spricht er von Steve? Was weiß er über Steve, seinen Tod?

„Was für ein Kerl?“ Tretten setzt sich alarmiert auf.

„Ein lästiger Schnüffler. Keine Sorge. Ich habe die Angelegenheit aus der Welt geschafft. Jetzt müssen wir uns darum kümmern, die Kleine loszuwerden.“

„Aber wie? Ihre Eltern dürfen keinen Verdacht schöpfen. Hellbricht war, laut Heinrich, ein angesehener Richter und ist gut vernetzt. Wenn nur der Hauch eines Verdachtes auf uns fällt, haben wir die geballte Justiz am Hals.“

Die sprechen von mir, als ob ich Giftmüll wäre, den sie illegal entsorgen wollen.

Sie glauben Hans wäre mein Vater, könnte das meine Rettung sein?

„Die Kleine könnte auf dem Weg nach Hause verunglücken.“, Wilhelm grinst zufrieden über seine Idee.

Meine Ohren rauschen, Schwindel. Hat er Steve getötet? Sie werden mich umbringen, ertränken, mit dem

Auto überfahren.

Beruhige dich Marthe. Langsam Ausatmen. Die Polizei – sie wird rechtzeitig kommen!

Der Schwindel lässt nach. Beiß die Zähne zusammen, zieh die Schuhe an.

Wie konnte ich so dumm sein, die Audiodatei nicht zu löschen!!

Wilhelm richtet sich auf. Was haben Sie besprochen?

„Wie du meinst Jan, holen wir Borkens Ziehsöhnchen. Hoffen wir, dass man sich auf ihn verlassen kann.“

Was haben sie vor? Johannes, ist meine Chance, muss es sein.

„Er wird seinen Fehler wieder gutmachen wollen. Sein Vater sitzt im Vorstand, ist der Sache mit Leib und Seele verschrieben. Der Verrat des Flittchens wird ihm die Augen öffnen. Und kein Wort von dir!“, speit Tretten mir hasserfüllt entgegen. „Sonst erschießt er dich auf der Stelle und deine Eltern gleich hinterher.“

Wilhelm öffnet sein Sakko, eine Waffe blitzt darunter hervor.

Die Worte sind keine leere Drohung. Ich werde stumm bleiben.

Tretten klingelt nach Torsten, schickt ihn, Johannes zu holen. Wilhelm tigert ungeduldig im Raum auf und ab. Der Alte macht sich an den Schubladen zu schaffen.

Ist das Borkens Schreibtisch?

Zwei Mörder in einem Raum.

Lautes Klopfen durchbricht die gespannte Stille. Johannes tritt ein, sieht verwirrt und verschlafen aus. Unsere Blicke treffen sich. Verständnislosigkeit macht sich in seinem Gesicht breit. Kein Wunder. Tretten winkt ihn heran. „Komm her Junge. Wir haben ein paar Fragen an dich."

Johannes räuspert sich: „Ja, bitte. Ich verstehe nicht ... was ist passiert?" Er sieht verunsichert zu mir. Seine lange Gestalt ein einziges Fragezeichen.

„Das wirst du gleich erfahren", Tretten erhebt sich, „vermisst du nicht etwas?"

Johannes Blick flattert ratlos zwischen uns hin und her, er knetet nervös seine Finger.

„Äh, nein, nicht, dass ich wüsste ..." Er stockt, zuckt hilflos mit den Schultern. Er tut mir fast leid, aber mein Leben ist in Gefahr, nicht seins.

„Kennst du den hier?" Johannes Schlüsselring hängt an dem Spinnenfinger, der goldene Anhänger baumelt.

„Mein Schlüssel. Onkel Heinrich hat ihn mir gegeben. Weil ich für ihn ein paar Schreibarbeiten erledigen musste. ... Damit ich ..."

„Du musst Heinrichs Verhalten nicht rechtfertigen!", schneidet Tretten das Gestammel ab. „Es geht um die da." Er richtet seinen knochigen Zeigefinger auf mich. „Sie hat herumgeschnüffelt, sich mit deinem Schlüssel Zugang zum Turm verschafft."

Johannes erstarrt in seinen sich windenden Bewegungen. Sieht mich mit offenem Mund an ...

„Du hast was ...?“ In seiner Stimme schwingt Verletzung. Er fühlt sich verraten ... er ist so blind ...

„Hör genau zu. Sie hat dich ausgenutzt, weil sie uns ausspionieren will, um unserer Sache zu schaden! Woher wusste sie von dem Schlüssel?“, setzt Tretten nach.

Johannes flüchtiger Blick streift mich. „Wir ... wir sind nach der Gala über den Seiteneingang ins Gästehaus gegangen. Da habe ich den Schlüssel benutzt.“

Wow, er kann lügen, zumindest das Wesentliche auslassen, hätte ich ihm nicht zugetraut.

„Dann hattet ihr Sex und das Flittchen hat dir den Schlüssel abgenommen?“, speit der Alte ihm entgegen. „Männer dürfen ihren Verstand nicht vom Schwanz regieren lassen!“

Johannes macht einen erschreckten Schritt zurück, puterrot im Gesicht. „Nein, haben wir nicht ... ich ...“ Sein Stottern versiegt.

„Du musst für deinen Fehler gerade stehen!“

Der schlaksige Körper versteift sich, Johannes wirkt dennoch verwirrt. „Ich entschuldige mich in aller Form. ...“

Der Schakal beobachtet die Szene breitbeinig mit verschränkten Armen vom Kamin aus. „Dein Flittchen hat Gespräche belauscht.“

Johannes sieht erschrocken zu mir. „Aber nein ...“

„Sie hat mit dir geschlafen, um an den Schlüssel zu kommen.", setzt Wilhelm gehässig nach. „Hat im Turm rumspioniert! Ein Wachmann hat sie erwischt."

„Mein Junge." Trettens Stimme klingt plötzlich schmeichlerisch sanft. „Du hast dich in ihr getäuscht. Jetzt müssen wir Schaden von unserer Gemeinschaft abwenden."

Johannes dreht mir demonstrativ den Rücken zu, strafft sich. Fragt nicht nach, was ich ausspioniert haben soll. Von welcher Gefahr sie sprechen. Ist wahrscheinlich froh, selbst aus dem Schneider zu sein. Sie wissen nicht, dass er mit mir im Bunker war. Das reicht ihm.

Mein Handy ... Johannes muss die Audiodatei hören, erfahren, dass Tretten der schlimmere Verräter ist. Wird er mich dann vor den beiden Mördern beschützen? Kann er das?

„Was soll ich tun?" Johannes, der brave Soldat, senkt unterwürfig seinen Kopf.

„Morgen gehst du mit ihr zum Frühstück. Ihr informiert eure Eltern, dass ihr erst später gemeinsam nach Potsdam zurückfahrt. Das gibt uns Zeit zu entscheiden, was wir mit ihr machen."

„Johannes ...", Tränen schießen mir in die Augen.

„Schnauze!" Wilhelm packt meinen Arm. Schmerz durchzuckt mich, sein Griff ist eisern. Zähne zusammenbeißen. Ich darf Mutti nicht in Gefahr bringen.

Johannes beobachtet uns ängstlich. „Was ...?“ Hilflos sieht er zu Tretten.

„Lass sie los Wilhelm.“ Der Verräter geht zu Johannes, legt ihm einen Arm um die Schulter. „Mach dir keine Sorgen. Wir bringen das wieder in Ordnung.“

Dieser nickt brav. „Onkel Heinrich wird wütend sein.“

Oh Mann, er klingt wie ein kleiner Junge. Kapiert nicht, dass es um mein Leben geht. Ich könnte ausschreien, dass sein geliebter Patenonkel ermordet wurde. Unmöglich, wegen Mutti und Hans.

Tretten fixiert Johannes. „Heinrich braucht nichts davon zu erfahren, vorausgesetzt: Du bringst deinen Fehler wieder in Ordnung.“

Wahnsinn, der Alte lügt, ohne mit der Wimper zu zucken. Und dieser Idiot greift nach dem Strohhalm. Sieht den Mörder seines Onkels dankbar an. Dieser führt ihn Richtung Kamin. Es ist nicht zum Aushalten! Der Schakal gesellt sich dazu. Sie suggerieren Johannes, eine eingeschworene Gemeinschaft zu sein. Zum Kotzen!

Das Handy ... sie drehen mir den Rücken zu, jetzt oder nie! Leise, sie dürfen nicht merken, dass ich mich bewege. Auf Zehenspitzen ein Schritt nach vorn, langsam. Gleich komm ich dran, noch ein Stückchen vorstrecken ... Ich hab es! Mein Gesicht brennt, mein Atem flattert. Hoffentlich bemerkt niemand die Beule in der Hosentasche oder das Fehlen des Handys.

Sie sind fertig mit ihrer Geheimbesprechung. Tretten schiebt Johannes Richtung Tür. „Morgen früh um neun erwarte ich dich in der Eingangshalle, dann gehst du mit ihr zum Frühstück. Ich werde euch begleiten."

Wilhelm sieht zu mir, ich weiche seinem Blick aus, sehe zu Boden. Mein gerötetes Gesicht könnte mich verraten.

Johannes verlässt das Büro, ohne mich weiter zu beachten.

„Torsten!", ruft Tretten.

Der Wachmann tritt ins Büro.

„Bring sie in unser Gästezimmer!"

„Gästezimmer?"

„Im Bunker."

Torsten zeigt seine Haifischzähne. „Die Zelle. Zu Befehl!"

Zelle im Bunker. Das klingt nicht gut.

Tretten lässt sich auf seinen Bürostuhl fallen, sein Verbündeter beugt sich zu ihm. Mich beachten sie nicht.

Mein Wärter treibt mich die Turmtreppe herunter in den Bunker. Es scheint eine Ewigkeit her, dass ich hier entlang geschlichen bin, dabei können höchstens ein bis zwei Stunden vergangen sein. An der Abzweigung im Bunker folgen wir nicht dem ‚Bombensicher Pfeil', es geht in den entgegengesetzten rechten Gang. Der Boden knirscht vom Sand. Die Luft hier ist abgestandener als im anderen Gang. Oder bilde ich mir das ein? Torsten öffnet eine schmale Tür. „Hier rein."

Ich stolpere über die Türschwelle. Dunkelheit umfängt mich. Der Strahl von Torstens Taschenlampe erhellt kurz den Raum. Er ist winzig. An der Wand steht eine Pritsche. Das Licht sticht mir in die Augen. Will er mich durchsuchen? Meine Hosentasche, wenn er die Beule sieht ... ich muss ihn ablenken.

„Ich muss auf Toilette ..."

„Hättste dir früher überlegen müssen."

„Bitte."

„Oh Mann, ich bringe einen Topf. Nicht, dass ich später den Dreck wegmachen muss." Mit einem *Rumms* knallt die Tür zu.

Meine Augen gewöhnen sich langsam an die Dunkelheit. Aus dem Schwarz wird dunkelgrau. Selbst wenn ich mir die Seele aus dem Leib schreien würde, es würde mich niemand hören. Was habe ich getan! Wie dumm und naiv, allein in den Bunker zu gehen!

Die Tür öffnet sich, ein Scheppern. „Die Schüssel. Eine gute Nacht mit den Ratten!"

Torsten lacht hämisch, knallt die Tür wieder zu. Seine fiese Lache verhallt im Gang. Ich bin allein. Allein mit Ratten? Stimmt das? Ratten ... fallen die Menschen an? In der Dunkelheit bin ich den Viechern ausgeliefert. Meine Blase drückt, ich will nicht in die Schüssel pinkeln, was, wenn in der Ecke eine Ratte lauert.

Mein Handy, ich habe doch Licht, vor lauter Panik, denke ich nicht klar.

Der Akku ist fast runter, wäre ja auch zu schön gewesen, die ganze Nacht Licht zu haben. Einmal alles ausleuchten muss reichen. Betonwände, Staub, ein oller rostiger Metalleimer, von wegen Schüssel. Bringe ich das Pinkeln hinter mich.

Nichts zum Abtrocknen ... was war das für ein Geräusch ... Klackern auf Beton ... unter der Pritsche bewegt sich was ... Scheppern - ich habe den verdammten Eimer umgeworfen. Auf der Pritsche lag doch mein Handy. Da ist es.

Etwas huscht Richtung Tür, zwei dunkle Knopfaugen starren erschrocken ins Licht. Ich starre zurück, das Viech ist dunkel aber klein ... eine Maus, ein Glück, nur eine Maus, mindestens so ängstlich wie ich.

„Ich tu dir nichts Mäuschen und du mir auch nicht, okay?“ Die Öhrchen von dem Tierchen zucken, sein Näschen zittert. Ich erlöse es besser vom Rampenlicht. Unter der Pritsche ist Schmutz, sonst nichts, davor die Pfütze von meinem Pippi. Die Pritsche ist hart, die Wolldecke klamm und kratzig. Wie lange liegt die hier schon? Wer hat sie zuletzt benutzt?

In der Dunkelheit ist das leise Trippeln und Kratzen meiner kleinen Mitgefangenen zu hören, ansonsten bleierne Stille. Immerhin bin ich nicht ganz allein.

Wie spät ist es? Ich bin schrecklich müde.

Aber schlafen, unter der Erde, in diesem Grab ... es ist stickig. Reicht der Sauerstoff? Warum musste ich die Heldin spielen?

Ich darf mich nicht verrückt machen. Frances Mittel gegen Stress, tief einatmen und aus ... ich brauche einen Plan ... wie bringe ich Johannes dazu, die Audiodatei anzuhören? Wie übergebe ich ihm das Handy?

Würde er mir helfen, wenn er sie hörte? Hätte er den Mumm, mich zu befreien? Ach, so viele Fragezeichen ... es ist aussichtslos. NEIN! Ich muss es versuchen. Andererseits darf ich Mutti und Hans nicht in Gefahr bringen.

Tom, hast du die Nachrichten gelesen, die Polizei alarmiert? Wie schnell ist die Polizei? Die Kernfrage bleibt, hat Toms Tracker funktioniert?

Zeit schinden, das ist meine einzige Überlebenschance, wenn Johannes mir nicht hilft. Zeit, sie zerrinnt unaufhaltsam.

Mein kleines beschauliches Leben, auf einmal ist es passé. Was wäre gewesen, wenn ich mit Christian zusammengezogen wäre, hätte ich mich dann auf dieses Abenteuer eingelassen? Oder wäre Christian mit mir hier? Mit ihm an meiner Seite hätte ich mich nicht in Lebensgefahr gebracht, aber ich hätte auch nichts von den Waffen erfahren. Nein, ich trauere meinem alten Leben nicht hinterher. Aber ich hänge am Leben, wie unendlich wertvoll es ist.

24. Kapitel

Sonntag, 24. Oktober

„AUFWACHEN!"

Mein Körper schreckt hoch „Was?"

Ein greller Lichtstrahl, direkt in die Augen. Mein Kopf dröhnt.

„Bäh, es stinkt nach Pisse."

Der Lichtstrahl wandert auf den Boden. Torsten steht in der Tür, eine Tasche unter den Arm geklemmt.

„Zu blöd, um in einen Eimer zu pinkeln?! Deine Sachen. Anziehen."

Die Tasche landet neben mir auf der Pritsche, meine Tasche. Torsten wendet sich angewidert ab. Die Tür knallt hinter ihm ins Schloss.

Langsam lichtet sich der Nebel. Bin ich doch noch eingeschlafen. Jede Bewegung schmerzt. Ich soll mich umziehen, zu gerne, am besten so viele Schichten übereinander wie möglich.

Ich bin durchgefroren. Die Wollstola ist warm, unter die schicke Hose passen Strumpfhose und Leggings, außerdem hat sie tiefere Taschen wie die Jeans, gut für das Handy.

Das Frühstück ist meine einzige Chance, um Johannes das Handy zu übergeben.

„Fertig?" Torsten steht in der Tür. „Dann los."

In der imposanten Eingangshalle des Herrenhauses wartet Johannes, er sieht schrecklich bleich aus, seine Haltung ist gekrümmt, nicht mehr soldatisch wie letzte Nacht. Er vermeidet meinen Blick. „Johannes?"

„Ruhe.", geht Torsten sofort dazwischen.

Schritte hallen von der Treppe herunter. Tretten, schwarzer Anzug, schwarzer Schal, die Maskerade eines Trauernden.

„Johannes, halt dich aufrecht."

Der brave Soldat strafft sich, steht stocksteif da. Tretten klopft ihm auf die Schulter. „Das wird schon wieder mein Junge."

Seine gehässigen Knopfaugen schießen Blitze auf mich. „Und du ... überzeuge deine Eltern, wenn dir an ihnen liegt. Mach eine freundliche Miene."

Gute Miene zum bösen Spiel, der abgedroschene Spruch passt wie die Faust aufs Auge ... Ich muss mich aufheitern, unmöglich.

Der Alte marschiert mit Johannes an der Seite los, Torsten schubst mich unsanft hinterher. Im Gleichmarsch überqueren wir den Innenhof zum Gästehaus.

Die Stimmung im Frühstücksraum ist gedämpft, es wird nur leise gesprochen, kein Lachen. Ganz anders als gestern. Wissen die Gäste, dass Borken tot ist? Die Tische sind fast alle besetzt. Mutti und Hans unterhalten sich mit Brömers. Es tut gut, sie zu sehen. Das Lächeln fällt mir leichter.

„Marthe, da bist du ja." Mutti springt auf und umarmt mich. Ein Anflug von Geborgenheit. Sie sieht mitgenommen aus. „Ist das nicht schrecklich?"

Sie wissen es. Dann muss hier doch Polizei sein, das wäre die Chance ...

Tretten beobachtet uns mit Argusaugen.

„Guten Morgen Johannes. Mein herzliches Beileid." Hans schüttelt seine Hand.

Der murmelt ein „Danke." Seine Augen füllen sich mit Tränen, die er schnell wegblinzelt.

Brömers sehen mich abwartend an, ich reiche den beiden die Hand.

„Mein herzliches Beileid." Das klang ziemlich hölzern.

„Setzt euch." Herr Brömer deutet auf die leeren Plätze.

Unser Aufpasser nickt zustimmend. Wird das meine Henkersmahlzeit? Tretten nimmt sich einen Stuhl vom Nachbartisch, schiebt ihn zwischen Johannes und mich. Hans wendet sich an ihn. „Was für eine Tragödie. Wie konnte das nur passieren? Herr Borken wirkte gestern so agil und jetzt das."

„Es ist unbegreiflich. Unser lieber Heinrich." Der Mörder mimt den trauernden Freund überzeugend. „Der Arzt hat erklärt, dass Heinrich einen Schwächeanfall gehabt haben muss. Er ist die Treppe so unglücklich heruntergestürzt, dass er sich an einer Stufenkante das Genick gebrochen hat. Ich weiß nicht, was er nachts im Büro wollte. Er hätte zu Bett gehen sollen.

Ich mache mir Vorwürfe, dass ich kein Auge auf ihn hatte nach dem anstrengenden Tag. Heinrich hatte die Tendenz, sich zu übernehmen, wissen Sie." Er senkt seinen Blick.

Dieser herzlose Widerling! Spielt den fürsorglichen Freund, der sich verantwortlich fühlt.

Brömer beugt sich über den Tisch, klopft dem Lügner auf den Arm.

„Jan, dich trifft keine Schuld."

„Machen Sie sich keine Vorwürfe.", stimmt Hans mit ein. „Wird der Vorfall polizeilich untersucht? Sollen wir uns zu einer Befragung zur Verfügung halten?"

„Nein, das ist nicht nötig. Vielen Dank. Der Fall ist eindeutig."

Hans nickt nachdenklich. Findet er es verdächtig, dass es keine Untersuchung gibt? Oder ist das normal? Keine Polizei. Wäre auch zu schön gewesen.

Tretten sieht zu Johannes.

„Bleibt ihr bei eurem Reiseplan?"

Brömers und Mutti sehen fragend auf. Der hinterhältige Alte lächelt zurückhaltend, er kann gut schauspielern.

„Oh, die beiden haben es Ihnen noch nicht gesagt? Ich wollte dir nicht vorgreifen Johannes ..."

Dieser räuspert sich, endlich kommt etwas Bewegung in ihn. „Der Tod von Onkel Heinrich hat mich durcheinandergebracht. Ich, wir, ... ich, ..."

Trettens Augen schießen Pfeile auf mich. Ich soll übernehmen.

„Johannes und ich“, mein Mund ist trocken, die Worte kommen mir kaum über die Lippen, „bleiben noch. Wir werden später gemeinsam nach Potsdam fahren.“ Ich sehe Frau Brömer an, um den Blickkontakt mit Mutti zu vermeiden.

„Warum?“, entfährt es Mutti, „Ich meine, ist ja schön, aber ...“ Sie sieht irritiert aus.

„Johannes will mich auf dem Anwesen herumführen, einen Spaziergang um den See ... Also wenn er das immer noch möchte.“

Autsch. Die Knöchel der Spinnenfinger bohren sich warnend in meinen Oberschenkel.

„Natürlich möchte er das.“, springt Tretten ein.

Brömers sehen überrascht aus, enthalten sich aber eines Kommentars. Johannes reagiert nicht.

Hans runzelt die Stirn, ahnt er, dass etwas nicht stimmt?

„Wie lange wollt ihr bleiben?“, fragt er freundlich.

Diese Farce ist übermenschlich! Ein Absatz quetscht meine Zehen. Dieser Arsch neben mir.

„Was meinst du Johannes?“ Meine Lippen zittern.

„Ihr könnt gerne über Nacht bleiben.“ Die freundliche Maske von Tretten bröckelt, seine Stimme wirkt angestrengt.

Mutti sieht fragend zu mir.

„Sehr freundlich, Herr Tretten. Johannes, komm, wir holen uns etwas zu essen.“ Ich halte Muttis Blick nicht länger Stand.

Der Alte erhebt sich simultan. „Gute Idee.“

„Eine kurze Frage.“, hält Hans ihn auf. Mein Henker bleibt unwillig zurück, wirft mir einen warnenden Blick zu.

Johannes ist unschlüssig, ich schiebe ihn Richtung Buffet.

„Hör zu und sieh dich nicht um. In Wahrheit ist Tretten der Verräter, nicht ich. Gib mir eine Chance, dir das zu beweisen.“

Keine Reaktion. Hat er mich verstanden? Sein Arm versteift unter meiner Hand, entzieht sich mir.

„Johannes bitte, ich habe einen Beweis. Ich gebe dir jetzt mein Handy. Du musst dir die geöffnete Audiodatei anhören. Allein - verstanden? Tretten hat deinen Patenonkel die Treppe runtergestoßen.“

„Lügnerin!“ Johannes sieht mich hasserfüllt an.

„Leise ... Die Audiodatei beweist es. Gib das Handy auf keinen Fall Tretten oder dem Waffenhändler. Sonst bringen sie nicht nur mich um, sondern auch meine Mutter und Hans.“

Johannes schnappt nach Luft. „Niemand wird hier ...“

„Was wird niemand?“, eine knöchrige Hand legt sich auf meine Schulter.

„Umgebracht ...“, flüstert Johannes.

Verdammt - verrät er mich etwa, der Idiot?

Tretten sieht alarmiert zu mir. „Wovon redest du?“

„Sie hat Angst, getötet zu werden.“ Mit einem Schnauben wendet sich Johannes von mir ab, dem Buffet zu. Ich muss an ihm dran bleiben, mich zwischen ihn und Tretten quetschen. Wieder stecke ich meine Hand in seine Hosentasche. Diesmal, um etwas hineinzutun. Hat er gespürt, wie das Handy in seine Tasche gerutscht ist?

Hat der Alte etwas bemerkt? Ein diabolisches Grinsen hat sich auf sein Gesicht geschlichen. Hinter Johannes Rücken lässt er seine Maske fallen.

„Du“, zischt er in mein Ohr, „hältst dich besser an die Regeln. Sonst …“ Er schielt zu Mutti und Hans.

Wir kehren zum Tisch zurück, auf meinem Teller liegen ein einsames Brötchen und Marmelade. Tretten lässt mich nicht aus den Augen. Jetzt hängt alles von Johannes ab. Hätte ich das Handy besser Hans gegeben? Nein, es würde ihn und Mutti gefährden.

Das schreckliche Frühstück ist vorbei. Es war schwer, das Brötchen hinunterzuwürgen.

Mutti sieht mich prüfend an: „Ist alles in Ordnung mir dir Marthe? Du siehst blass aus. Willst du nicht doch mit uns nach Hause fahren?“

Es ist hart zu lächeln.

„Nein, ich fahre mit Johannes. Alles gut. Wir sehen uns morgen.“

Widerwillig löst Mutti die Umarmung.

Warnt ihr Mutterinstinkt sie davor, mich hier allein zu lassen? Ich muss überzeugend sein, damit sie abfährt und in Sicherheit ist.

„Marthe, ist das eine gute Idee? Der Vorfall ...“

Jetzt fängt Hans auch noch an. Die beiden machen es mir aber auch schwer.

„Doch ist es. Jetzt geht schon.“ Ich schiebe Mutti Richtung Ausgang.

Tretten sieht demonstrativ auf seine Armbanduhr. „Es tut mir leid, zu drängeln, aber unser Fahrer wartet. Wir brauchen ihn für eine weitere Fahrt.“

„Verzeihen Sie. Wir wollen kein Sand im Getriebe sein. Vielen Dank für Ihre Gastfreundschaft und noch einmal unser tiefes Mitgefühl für den herben Verlust.“ Hans schüttelt ihm zum Abschied die Hand.

„Tschüss Marthe.“

„Eine gute Heimfahrt.“ Die Situation ist absurd. Warum fahre ich nicht mit den beiden nach Hause? Würde Tretten es wagen, uns vor den anderen Gästen kalt zu machen? Der messerscharfe Blick des Alten trifft mich. Er würde nicht zögern, uns alle drei auszuschalten. Er könnte seinen Fahrer anweisen, uns zu erledigen, oder jemanden hinterherschicken.

Tretten legt seinen Arm um Johannes. „Gehen wir.“

Torsten ist hinter mir, es gibt kein Entkommen. Johannes ist unerreichbar. Wird er sich die Aufnahme anhören? Kann er überhaupt helfen?

Sein Generalschlüssel ist verloren.

Meine Idee, von Johannes als Befreier, zerbröselt in ihre Einzelteile, er ist zu hörig. ... Der Plan wird nicht funktionieren. Unsere Schritte hallen im Herrenhaus, unbevölkert wirkt seine kalte Eleganz menschenfeindlich.

Tretten winkt Torsten herbei. „Bring sie wieder in die Zelle."

Dieser packt mich unsanft am Oberarm.

Johannes räuspert sich. „Was passiert mit Marthe?"

„Wir passen auf, dass sie keinen Schaden anrichtet.", ungerührt läuft er die Treppe weiter hoch.

„Wie lange soll sie hierbleiben?"

Tretten mustert ihn misstrauisch. „Warum fragst du?"

„Ihre Eltern werden bei mir nachfragen, wenn sie morgen nicht zu Hause ist."

Wow, Johannes bohrt nach. Macht er sich Sorgen um mich? Oder will er nur Unannehmlichkeiten mit Mutti und Hans vermeiden?

Borkens Mörder lacht freudlos auf. „Keine Sorge mein Junge, die werden dich nicht behelligen. Wir kümmern uns darum." Die beiden gehen die Treppe hinauf. Johannes wirft mir einen schnellen Seitenblick zu.

Seit wie vielen Stunden sitze ich in dieser Zelle? Warten, warten, warten auf was? Mein Ende oder meine Rettung?

Mutti und Hans, sind sie gut zu Hause angekommen?

So einsam habe ich mich noch nie gefühlt. Mein Magen grummelt vor Hunger, ich habe Durst, mir ist kalt. Die Tasche steht verloren im Raum. Ich werde sie nicht mehr brauchen ... Verdammt, Frances hatte recht, ich hätte nicht mitfahren dürfen. Mutti und Hans hätten alleine reisen sollen.

Sie hätten die Polizei über den Raubkunsthandel informiert, die Polizei hätte die Waffen gefunden. Hätte ... hätte .... hätte ... Es war sinnlos, mein Leben aufs Spiel zu setzen.

Johannes ist bestimmt abgefahren, hat beschlossen, mich zu vergessen. Ein notwendiges Opfer für ‚ihre Mission' ...

Resignation. Dieser Raum ist das perfekte Gefängnis. Unter der Erde, im verlassenen Teil des Bunkers. Sie können mich hier verrotten lassen.

Ich muss mich bewegen, ein Tiger im Käfig, die Stille ist unerträglich. Bewegung hält die Angst in Schach. Die Zeit zieht sich ins Endlose.

Könnte ich wenigstens einen Abschiedsbrief schreiben, irgendetwas tun. Dieses pure Warten ist Folter.

Ich habe alle Kleider übereinander angezogen, mich in einen Kokon gehüllt, mir ist immer noch kalt.

Ein Geräusch an der Tür. Ist es jetzt so weit?

Die Tür öffnet sich. Eine dünne lange Gestalt erscheint im Türspalt. „Komm, schnell."

„Johannes?"

„Pst. Mach schon.“ Er ist nervös, hektisch.

Will er mir helfen oder hilft er Tretten?

„Die Wache macht ihre Runde. Komm.“, flüstert er eindringlich.

Er greift meinen Arm, zieht mich in den Gang, schließt die Zelle hinter uns ab. Wir schleichen den dunklen Gang entlang, kommen an die Abzweigung. Meine Augen sind zwar an die Dunkelheit gewöhnt, es ist trotzdem kaum etwas zu erkennen. Es ist still.

Johannes läuft zielsicher durch die Eisentür in das Bettenlager des Bunkers. Das ist verrückt, wenn uns jemand begegnet ... mein Puls rast. Hoffentlich hat niemand die Flucht bemerkt. Ein Blick zurück. Nichts. Johannes spitze Schulter bohrt sich in mein Gesicht. Er ist stehengeblieben.

„Pass doch auf.“, zischt er.

„Was ist?“

„Pst!“ Seine Hand presst sich auf meinen Mund.

Wir lauschen. Nichts.

Johannes betritt den nächsten Raum, leuchtet ihn aus. Die Speisekammer. Der Strahl trifft die Tür, die zu dem breiten Gang mit den Waffen führt. Er schaltet die Taschenlampe aus, sprintet zielsicher durch die Dunkelheit. Ich folge auf zittrigen Beinen, hoffentlich stolpere ich nicht in eins der Regale.

„Beeil dich.“ Johannes packt meinen Arm, zieht mich an sich.

„Wir müssen hinten raus. Leise, eng an der Mauer halten.“

„An dem Ausgang sind doch Wachen.“

„Es sind überall Wachen.“ Unsanft zieht er mich weiter. Sein Outdoortraining hat sich ausgezahlt, er ist leise und schnell.

Der endlose Gang. Liegen die Waffenkisten schon hinter uns?

Johannes stoppt. Ich will Licht, endlich sehen können, was vor mir liegt!

„Was ist?“

„Ich muss aufsperren.“, knurrt er angespannt.

Die Umrisse eines Eisengatters zeichnen sich vor uns ab, die Dunkelheit lichtet sich zu Dunkelgrau. Metallenes Klirren. Gleich sind wir draußen! Kann er nicht schneller machen? Und leiser?

Endlich öffnet sich das Tor. Johannes zieht mich durch, schließt hektisch hinter uns ab. Was ist das für ein Raum? Gegenüber ein Lichtstrahl, er wird breiter, eine Tür öffnet sich!

Wir ducken uns. Ein Lichtkegel wandert durch den Raum, erhellt die Umrisse eines Transporters neben uns. Johannes kriecht bereits in seinen Schatten. Ich muss hinterher.

„Hallo? Ist hier jemand?“, dröhnt eine tiefe Männerstimme.

„Da war nüscht.“

„Hätte schwören können, dass ich das Eisengatter gehört hab."

„Quatsch.", erwidert der andere genervt. „Ist doch abgesperrt."

Lautes Scheppern füllt den Raum. „Siehste?! Machen wir jetzt unsere Runde, denn is ditte erledigt. Was is eigentlich passiert? Der ganze Aufruhr. Die Hunde sind los, war ditte mit dem Herrn Borken gar kein Unfall?"

„Was redeste denn da? Tretten sagt, es war ein Unfall! Sie ham irgendwen beim Spionieren erwischt. Geht uns nix an. Komm!"

Das Eisentor schlägt zu, die Stimmen und Schritte entfernen sich.

„Johannes, lass uns verschwinden." Keine Reaktion. „Johannes?"

Er löst sich aus der Erstarrung, schüttelt sich, schleicht am Transporter entlang.

Wir müssen die Deckung verlassen. Johannes sprintet zur Tür, schiebt sie weiter auf, späht nach draußen.

Klackern hinter uns, sind das Schritte? Kommen die beiden Wächter zurück?

„Renn!" Johannes rennt tatsächlich los. Ist der verrückt? Hoffentlich hat er keine Wache übersehen. Hinterher, mir bleibt keine Wahl.

Ein Weg mit Zementblöcken, wir sind auf dem Präsentierteller, wie weit reicht der Schutz der Dunkelheit? Der Wald! Ich muss Johannes einholen!

„In den Wald!" Mein Ruf ist ein Hecheln.

Hat Johannes mich nicht gehört? Er rennt stoisch weiter, beschleunigt. Ich habe keine Chance gegen seine langen Beine. Er ist außer Sicht. Eine Abzweigung. Jetzt bin nur noch ich im Blickfeld, wenn die Wachen von ihrer Runde zurückkehren. Gleich hab ich es geschafft!

Der Querweg, da steht Johannes, auch außer Atem.

„Warum laufen wir nicht durch den Wald?"

„Zu gefährlich. Kampfmittel."

Stimmt, vor denen hatte Campani schon gewarnt.

Johannes geht zielsicher auf ein Gebüsch zu. Er schiebt Zweige und Äste herunter. Unter dem Gestrüpp wird eine Plane sichtbar. Johannes zieht sie ab. Ein Auto. Mein Gott, ein Fluchtauto ...

„Steig ein."

Der Motor macht einen Höllenlärm im stillen Wald. Gleich werden wir eine ganze Armee auf dem Hals haben. Johannes fährt zügig, ohne Licht, durch die Dunkelheit.

Werden wir verfolgt? Nichts zu erkennen, außer den Schatten der Bäume. Aber wenn plötzlich ein Hindernis auftaucht, ein Tier? Johannes in der Dunkelheit zu spät reagiert ...

„Du machst mich nervös.", beschwert sich mein Fahrer.

„Tut mir leid. Es ist nur so dunkel ..."

„Dein Gezappel macht es nicht besser.", nuschelt er.

Der Wagen holpert über den unebenen Weg. Johannes fährt zu schnell, ein Schlagloch könnte das Ende unserer Flucht bedeuten. Kaum auszuhalten, nichts tun zu können, außer Daumendrücken und Beten.

Ein harter Ruck, der Sicherheitsgurt schneidet in den Hals, reißt meinen Körper zurück. Das Auto steht.

„Was ist?" Meine Stimme krächzt, mein Hals schmerzt von der harten Bremsung.

„Der Hauptweg." Johannes steigt aus, läuft zu dem Abzweig, sieht sich um und kommt zurück. „Sieht frei aus. Du musst dich verstecken, falls eine Wache am Tor steht."

„Mich verstecken? Wo? ...."

„Kofferraum."

„Auf keinen Fall!" Panik schnürt mir den Hals zu „Ich verkrieche mich im Fußraum."

„Dein Kopf muss runter." Johannes beäugt mich kritisch, steigt wieder aus.

Was kruschtelt er da? Mit einem Ruck landet eine Tasche auf dem Beifahrersitz.

„Die sollte dich verdecken. Der Sitz muss ein Stück nach vorne."

„Autsch! Ist es weit bis zum Tor?"

„Nein. Ruhe jetzt."

Langsam rollt das Auto an. Zum Glück ist der Hauptweg nicht so holprig. Johannes Oberkörper ist weit nach vorne gebeugt, die Finger ins Lenkrad gekrallt.

„Schalte das Licht ein. Die Wache wird sich wundern, wenn du ohne Licht fährst."

„Gleich."

Der bläuliche Schein der Armaturenbeleuchtung betont Johannes angespannten Gesichtsausdruck. Wird er den Verdacht der Wache erregen? Ich hätte mich doch besser im Kofferraum versteckt.

„Das Tor." Er hält an und öffnet sein Fenster.

Schritte knirschen. „Kehren Sie um." Die Stimme wirkt nicht, als ob sie Widerspruch dulden würde.

„Ich muss dringend nach Potsdam!" Johannes Stimme klingt dünn.

„Ich habe Anweisung, niemanden rauszulassen. Das Tor bleibt geschlossen." Der Mann klopft aufs Autodach.

„Es ist dringend! Durch den Tod meines Patenonkels ... ich habe Anweisung, mich um eine dringende Angelegenheit zu kümmern."

„Anweisung ist Anweisung."

„Ganz genau, dann klingeln Sie Herrn van Tretten aus dem Bett. Sie werden sehen ..."

„Haben Sie eine Genehmigung? Schriftlich? ... Nein? Dann sind mir die Hände gebunden."

Johannes Fuß zittert. Mit einem Ruck öffnet er die Autotür. Was hat er vor?

„He, was machen Sie da?"

„Ich öffne das Tor!"

„Sie kennen den Code? ... Wenn das so ist."

Die Stimme des Wachmanns klingt verunsichert. Ein Lichtstrahl irrt durchs Wageninnere. Bitte Johannes, beeil dich, gleich entdeckt er mich. Instinktiv kneife ich die Augen zusammen, idiotisch ...

Die Fahrertür öffnet sich. Johannes steigt wieder ein, der Strahl der Taschenlampe trifft ihn voll im Gesicht.

„Na denn, nichts für ungut. Aber ich muss das melden. Ihr Name?"

„Brömer." Johannes knallt die Fahrertür zu.

Mit starrem Blick fährt er los.

Wir sind draußen, wir sind tatsächlich draußen. Bald bin ich zu Hause. Ein Bad, ein heißer Tee, mein warmes Bett ... nein zuerst Polizei, aber dann ... nicht zu fassen!

Ich halte es hier unten keine Minute länger aus.

„Kannst du kurz anhalten und deine Tasche wieder nach hinten packen? Es ist eng."

„Du bleibst da unten, bis wir in Potsdam sind."

„Mir wird schlecht."

Johannes starrt ungerührt auf die Straße.

„Nur Mitglieder dürfen wissen, wo sich das Anwesen befindet. Du bleibst da unten. Du hast schon zu viel gesehen."

Der Sitz muss nach hinten, da ist der Griff.

„He, was machst du?" Johannes sieht zornig zu mir.

„Ich kann kaum atmen, so eng ist das."

„Du bleibst, wo du bist, verstanden?"

„Sonst, was?“

„Mach es einfach.“ Er starrt mich an.

„Guck lieber auf die Straße!“

„Verdammt!“ Johannes reißt das Lenkrad nach rechts.

Mein Kopf haut gegen das Handschuhfach. „Autsch. Pass doch auf!“

„Deine Schuld! Du lenkst mich ab.“

Johannes zischelt vor sich hin. Bleib ich eben im Fußraum sitzen. Er darf mich nicht als Gegnerin wahrnehmen. Noch bin ich nicht zu Hause.

„Johannes ...“

„Was?“.

„Danke, ... dass du mich aus dem Bunker befreit hast.“

„Hm.“

Nicht gerade gesprächig. „Wie bist du an deinen Generalschlüssel gekommen?“

„Gar nicht. Meine Eltern haben mir ihren gegeben.“

„Deine Eltern?“

„Ich habe Ihnen deine Aufnahme vorgespielt. Mein Vater hat entschieden, dass wir dich da rausholen.“

„Du ... hättest du mich sonst Tretten überlassen?“ Er hat nur getan, was Daddy ihm aufgetragen hat. So ein Pisser.

„Du bist eine Verräterin, hast mich ausgenutzt, um an meinen Schlüssel kommen! Was war dein Plan?“

„Ich bin keine Verräterin!“

Johannes lacht gekünstelt auf. „Und eine Lügnerin.“

Im Auftrag der Eltern, was bedeutet das für mich? Ich will nach Hause! Wie kann ich ihn auf meine Seite ziehen?

„Du hast recht!"

Ein Seitenblick, die Augenbrauen hochgezogen. Ist er überrascht von meiner Zustimmung?

„Ich hätte den Schlüssel nicht nehmen dürfen. Ich hätte ihn aufheben und dir beim Frühstück zurückgeben müssen, ohne ihn zu benutzen."

„Ach ... Reue?" Er klingt zynisch.

„Ehrlich, es tut mir leid. Diese Waffen ... Als ich deinen Schlüssel auf dem Zimmerboden entdeckt habe, hatte ich das Gefühl, etwas tun zu müssen. Ich dachte, die Fotos könnten hilfreich sein. Du bist doch auch gegen Waffengewalt, oder?"

Was für ein Gesülze. Nimmt er mir nur ein Wort davon ab?

„Im Prinzip ja."

„Wir wollten deinem Patenonkel doch von Trettens Unterhaltung mit seinem Waffenhändler berichten. Ich dachte, die Fotos könnten das untermauern."

„Wir?" Johannes wirft mir einen Seitenblick zu.

„Ja, wir." Meine Stimme zittert bei dieser abstrusen Lüge. Hoffentlich legt er das als romantische Gefühlsregung aus.

„Es ist schrecklich, was deinem Patenonkel zugestoßen ist ..."

Johannes Unterlippe zittert, er presst die Lippen schnell zusammen und blinzelt. Schweigsam fährt er weiter.

Die Stille zerrt an meinen Nerven. Wann sind wir endlich da?

Johannes bremst. „Potsdam."

„Endlich."

Er drückt meinen Kopf wieder runter. „Gleich."

Was soll's. Spiele ich das brave Mädchen und bleibe hocken.

„Kennst du meine Adresse?"

„Wir fahren zu meinen Eltern."

„Warum?" Meine Befürchtung war berechtigt. Es wäre auch zu schön gewesen.

Johannes kaut auf seiner Unterlippe herum. „Du sollst ihnen berichten, was du gesehen und gehört hast. Und was für Absichten du hast."

„Absichten?"

„Deine Schnüffelei ..."

Was wollen Brömers? Es ist zum Verrücktwerden, Tom ist zum Greifen nah und doch unerreichbar. ... Hat er meine Nachrichten abgehört?

„Mir ist schlecht, ich brauche frische Luft."

Johannes öffnet das Fenster. Jetzt kann ich ja wohl hochkommen. Der Neue Garten - ... nicht weit von hier, ist mein Lieblingsplatz, Steve lehnte an der Weide.

Tränen, sollen sie doch laufen.

In der Nähe wurde Steves Leiche gefunden. Johannes Eltern ... Scheiße - die wohnen am Jungfernsee? Haben sie etwas mit Steves Mord zu tun, stecken mit Wilhelm unter einer Decke? Das ergibt keinen Sinn. Außer, sie wollen Tretten loswerden, haben ihre eigenen Pläne mit dem Waffenhändler.

Eine kleine Seitenstraße, in der Dunkelheit ist das Straßenschild nicht zu entziffern. In der Nacht wirkt die Villengegend verlassen.

Johannes zieht eine Fernbedienung hervor.

Die Toreinfahrt, eingelassen in eine hohe Mauer, schwingt auf. Die Autoreifen knirschen über den Zufahrtsweg. Johannes hält vor einer schlichten Villa, ringsum erhellen Bodenleuchten das Gelände.

Vor dem Aussteigen berührt er flüchtig die Tränenspur in meinem Gesicht.

Frau Brömer kommt auf uns zu geeilt.

„Da seid ihr ja. Johannes, ein Glück, dass dir nichts passiert ist. Marthe, ich darf Sie doch so nennen, willkommen bei uns zu Hause.“ Sie umarmt ihren Sohn. Bei meinem Anblick rümpft sie kurz die Nase. Stinke ich?

„Johannes, dein Vater konferiert mit dem Vorstand.“ Ihr Blick umwölkt sich „Eine schwierige Situation. Kommt rein, ihr müsst hungrig und müde sein.“

„Vielen Dank Frau Brömer.“

Ihr herzlicher Empfang ist verwirrend. Die Freundlichkeit verstärkt mein schlechtes Gewissen gegenüber Johannes. Ich habe seine Verliebtheit ausgenutzt. Bin ich ein trojanisches Pferd? Der Vergleich hinkt, ich habe nichts im Gepäck, aber andererseits ... mein Angriff von innen, die Fotos und Toms Spion.

Das Haus wirkte von außen schlicht. Der Eingangsbereich dagegen ist groß und protzig, mit Marmorboden, kleinen Skulpturen und Gemälden. Die Fenster sind mit kunstvollen Gittern geschützt, verständlich bei den Schätzen, aber beklemmend.

„Geh zu deinem Vater in die Bibliothek. Ich werde mit Marthe in die Küche gehen und sehen, was es noch Gutes gibt. Wir bringen dir einen Imbiss.“ Frau Brömer schiebt Johannes in Richtung Treppe.

Er nickt, gibt seiner Mutter einen flüchtigen Backenkuss. Die Rollenverteilung ist auf jeden Fall klar. Mein Magen knurrt laut. Frau Brömer lächelt, „Zeit, dass Sie etwas zu Essen bekommen. Möchten Sie sich kurz frisch machen?“

„Gerne. Vielen Dank.“

Sie behandelt mich wie einen Gast. Vielleicht kann ich bald nach Hause gehen. Soll ich fragen? Was ist mit Herrn Brömer, wie steht er zu Tretten?

„Bitte.“ Sie öffnet eine Tür, macht Licht. Ein kleines Bad, weiß gefliest. „Wenn Sie fertig sind, kommen Sie in die Küche.“ Sie zeigt hinter sich.

Das kalte Wasser brennt im Gesicht. Ich sollte verschwinden.

Aus der Küche ertönt Geklapper. Der Flur ist verlassen, die Haustür nicht weit.

Auf Zehenspitzen wird mich niemand hören. Abgesperrt. Wo ist der Schlüssel? Die Schale auf dem Tischchen neben der Tür ist leer. Frau Brömer muss den Schlüssel eingesteckt haben, oder Johannes. Doch gefangen, die Freundlichkeit nur Fassade? Ab in die Küche, bevor sie sich wundert, wo ich bleibe.

Frau Brömer blickt vom dampfenden Topf auf. „Setzen Sie sich."

Sie nickt zu einem kleinen Sitzplatz vor der Terrassentür. Wenn es hell wäre, würde ich in den Garten sehen, statt auf mein verzerrtes Spiegelbild im Glas.

Frau Brömer bewegt sich flink, trotzdem wirkt sie nicht bei der Sache.

„Ich kann Ihnen, Ihrem Mann und Johannes gar nicht genug danken, dass sie mich in Sicherheit gebracht haben und mich so freundlich empfangen. Der Tod von Herrn Borken ... es tut mir so leid."

Es knallt. Habe ich etwas Falsches gesagt? Frau Brömer steht fassungslos vor einem Scherbenhaufen. Ihr ist die Suppenterrine aus der Hand gerutscht. Auf dem Boden verteilt sich Suppe zwischen weißen Porzellanscherben. Erstarrt sieht sie auf die Lache, Tränen rinnen ihre Wangen herunter.

„Ich wollte sie nicht ...“, herrje, was habe ich angerichtet? Hätte ich doch meinen Mund gehalten. „Kann ich helfen? Wo ist ein Lappen?“

Frau Brömer weist mit zittriger Hand auf den Spülunterschrank.

Dort liegt ein Kehrblech, an Haken hängen fein säuberlich aufgereiht Lappen in verschiedenen Größen. Ein paar Lappen, sowie die Küchenrolle, für die Gemüse- und Fleischstücke. Gut, dass ich die Suppe nicht essen musste.

„Setzen Sie sich Frau Brömer, ich wische das auf.“

Frau Brömer rührt sich nicht, ringt um Fassung. Nimmt sie der Tod von Herrn Borken so mit? Weiß sie von den Waffen und Trettens Verrat? Sie lässt sich widerstandslos Richtung Stuhl bugsieren.

Der Geruch der Fleischbrühe ist intensiv. Atem anhalten und viele Küchentücher draufpacken.

Die Küchentür öffnet sich. „Mutter, ich habe ... was ist passiert?“, Johannes klingt besorgt, „... wo ist Marthe?“ Seine Stimme schraubt sich hoch.

„Ich bin hinter dem Tresen.“

Er sieht erstaunt auf den Tücherberg.

„Die Suppenterrine ist heruntergefallen. Gibt es einen Staubsauger für die kleinen Scherben?“

„Omas gute Suppenterrine.“, stöhnt Frau Brömer, „Die ganze Aufregung ist schuld. Heinrichs Tod ...“

Johannes geht besorgt zu ihr.

„Ausgerechnet dir. Soll ich Vater holen? Brauchst du einen Arzt?“

„Nein, mein Junge. Aber ihr habt ja Hunger.“ Sie steht langsam auf.

„Möchtest du dich hinlegen Mutter?“

Besorgt stützt er sie auf dem Weg zur Tür.

„Es gibt Brot und Aufschnitt. Bitte bedienen Sie sich.“

Frau Borken hängt kraftlos am Arm ihres Sohnes. Meine Güte, die ist ja fertig.

Ich bin allein. Die Terrassentür - der Griff ist unbeweglich, abgeschlossen. War ja klar. Wo verstecken die ihre Schlüssel? In der Schublade vom Tisch? Cremefarbene Gedecke, kein Schlüssel. Schritte.

Zurück zum Kühlschrank. Johannes darf keinen Verdacht schöpfen.

Essiggurken, Käse, eine große Dose mit Aufschnitt, auf den kann ich verzichten, alles auf den Tresen.

„Da bin ich wieder.“ Johannes sieht mich mit schief gelegtem Kopf an. „Du siehst hier richtig heimisch aus.“ Er greift über mich nach einer Essiggurke. Sein Atem streift meinen Nacken. Diese Nähe ... Was hat der plötzlich für Anwandlungen?

„Kannst du Brot schneiden?“

„Na klar. Mutter hat eine Brotschneidemaschine.“

Wir sitzen schweigend am Küchentisch, verschlingen hungrig eine Stulle nach der anderen.

Herr Brömer erscheint in der Küchentür „Da seid ihr ja. Wo ist Mutter?"

Johannes steht auf. „Sie hat sich hingelegt. Die Ereignisse haben sie zu sehr aufgeregt."

„Verstehe. Was für ein Tag. Lasst uns ein Glas Wein trinken. Johannes, hol bitte eine Flasche Reserva aus dem Keller.", kommandiert Herr Brömer.

„Sofort." Er zieht los, fehlte nur, dass er die Hacken zusammenschlüge.

„Wir gehen nach oben." Herrn Brömers Befehlston nervt.

„Ich räume kurz den Tisch ab.".

„Es reicht, wenn Sie die frischen Sachen wegräumen, den Rest wird Frau Werner morgen erledigen." Er steht ungeduldig an der Tür, rührt keinen Finger, um mir zu helfen.

Bin ich froh, wenn ich diesen Patriarchen nicht mehr zu sehen brauche. Morgen früh kommt die Haushälterin ... ein Lichtblick, dann werden sie mich gehen lassen, oder?

Wir betreten einen holzvertäfelten Raum mit Kamin, Ledersofa und Sesseln. Vor dem Fenster steht ein monströser antiker Schreibtisch. Er erinnert an den Schreibtisch im Turm, ein Schauer durchfährt mich. Tretten und Wilhelm ... haben sie bereits meine Flucht bemerkt? Ich sitze hier fest und trinke Wein, während die beiden untertauchen oder die Waffen verschwinden lassen könnten.

Die Vorstellung ist unerträglich. Wenn ich doch einen Hinweis hätte, ob Tom die Polizei alarmiert hat ...

„Ist alles in Ordnung mit Ihnen?“ Auf Brömers Stirn zeichnet sich eine tiefe Stirnfalte ab.

Warum fragt er, ist mir wieder meine Mimik entglitten?

„Danke, soweit ist alles in Ordnung. Ich musste an Herrn Tretten denken. ...“, bin ich verrückt, das Thema auf ihn zu lenken?

Brömer nickt nachdenklich. „Verstehe, setzen Sie sich.“ Er weist auf das Ledersofa. Ich versinke in dem weichen, tiefen Sofa. Johannes kommt mit der Weinflasche und drei Gläsern herein. Sein Vater nimmt ihm die Flasche ab. Johannes stellt die Gläser auf den Sofatisch und setzt sich neben mich. Er konzentriert sich auf den Wein, füllt ihn in einen Dekanter ein, wedelt sich den Duft des Weins zu, schlürft und schmatzt, grunzt zufrieden. Dann endlich schenkt er uns ein. Absurd, dieses Schlürfen und Schmatzen. Beim Wein ist es erlaubt, beim Essen nicht. Schmeckt man intensiver, wenn man schmatzt? Ich bin schrecklich müde, in dem Sofa ist es schwierig, aufrecht zu sitzen und wach zu bleiben. Brömer lässt sich uns gegenüber in einem grünen Ledersessel nieder, drehbar. So ein Monstrum habe ich noch nie gesehen.

„Sie sind Zeugin des Unfalls von Heinrich geworden?“, fragt er betont beiläufig.

Sein stechender Blick straft die Beiläufigkeit der Stimme Lügen. Ich habe es befürchtet, eine weitere Befragung.

„Ich habe nur einen Teil des Streits zwischen Herrn Borken und Tretten gehört und ... dann hörte ich Herrn Borken fallen. Sein Sturz endete auf dem untersten Treppenabsatz. Der Kopf war unnatürlich nach hinten geknickt, mit starrem Blick. Es war schrecklich.“ Das Bild von Borken taucht ungebeten vor meinen Augen auf, der verdrehte Kopf, die erloschenen Augen.

„Warum haben Sie nicht nach Hilfe gerufen?“

„Ich war schockiert und hatte Angst. Jemand kam die Treppe herunter. Ich hatte den Eindruck, Herr Borken sei die Treppe heruntergestoßen worden. Demjenigen wollte ich nicht begegnen.“

Brömer schwenkt sein Glas und betrachtet die Farbe des Weins im Licht.

„Wieso haben Sie den Streit aufgenommen?“ In der Frage schwingt ein bedrohlicher Unterton. Meine Finger hinterlassen feuchte Abdrücke auf dem Glas. „Ich ... Johannes und ich sind im Bunker Zeugen eines Gesprächs zwischen Herrn Tretten und Wilhelm geworden ...“

Johannes Weinglas verharrt auf dem Weg zum Mund.

„Du hast sie in den Bunker geführt?“ Brömer sieht seinen Sohn zornfunkelnd an. Ich habe ihm Ärger eingebrockt. Johannes zieht seinen Kopf ein.

Warum kuscht er so? Er steckt nicht annähernd so tief in Schwierigkeiten wie ich.

„Es tut mir leid. Ich konnte nicht ahnen, dass dort Waffen gelagert werden.“, rechtfertigt sich Johannes halbherzig.

„Darüber sprechen wir noch.“ Brömer nickt mir zu. „Weiter.“, befiehlt er.

„Im Bunker haben Tretten und sein Verbündeter besprochen, dass Herr Borken nichts von den weiteren Waffenlieferungen erfahren darf. Bei dem Streit im Turm ging es wieder um Waffen. Ich habe das Gespräch für Johannes aufgenommen. Ich konnte ja nicht ahnen, dass der Streit so ausgehen würde.“ Meine Stimme zittert. Ich muss ihm die Erschütterung nicht vorspielen.

„So, so.“ Brömer schwenkt sein Weinglas, nippt an ihm. „Aber warum haben Sie den Schlüssel meines Sohnes an sich gebracht und sich in den Bunker geschlichen. Sie wussten, dass das untersagt ist.“ Brömer fixiert mich mit zusammengekniffenen Augen.

„Der Schlüssel lag auf meinem Zimmerboden. Er ist Johannes aus der Tasche gefallen.“ Es ist verdammt unangenehm, die Geschichte vor seinem Vater zu wiederholen, unter dessen sezierendem Blick. „Johannes wollte seinem Patenonkel von dem Gespräch berichten, das wir belauscht hatten. Ich dachte, wenn wir ihm Fotos von den Waffen zeigten, glaubt er Johannes, dass Tretten seine eigenen Pläne verfolgt.“

Brömer schnauft. „In ihrem Zimmer.“, wiederholt er mit einem Seitenblick auf seinen Sohn, „Ihre Erklärung überzeugt mich nicht. Heinrich hätte Johannes auf jeden Fall geglaubt. Er wusste bereits von den Waffen, nicht wahr?“

Johannes Kopf wippt eifrig zur Bestätigung.

Meine Erklärung war grottenschlecht. Ich habe Brömer nicht davon überzeugt, harmlos zu sein. „Es tut mir leid. Ich habe die Lage falsch eingeschätzt. Ich wollte nur hilfreich sein.“ Ein letzter Versuch. Erschöpft lehne ich mich zurück.

„Das soll dir eine Lehre sein Johannes. Du hast dich nicht an die Regeln gehalten. Und wozu führt das? Zu Schwierigkeiten, Problemen! Eine Fremde herumzuführen!“

„Tretten hat selbst gegen die Regeln verstoßen.“, kontert Johannes plötzlich.

„Jetzt geht es um dein Fehlverhalten! Lass dir das eine Warnung sein! Regelbruch führt ins Verderben. Dein Verhalten ist unentschuldbar. Dabei hatten wir besprochen, dass du ein Auge ...“, Brömer unterbricht sich abrupt, „und das nach dem Vorfall!“ Er schüttelt heftig den Kopf.

„Und Sie Marthe, Sie haben sich in fremde Angelegenheiten eingemischt. Bisher sind Sie mit einem Schrecken davon gekommen.“ Er nippt an seinem Wein. Das bisher klingt bedrohlich.

Fast unverständlich spricht er ins Weinglas.

„Warum ... das Warum ist die Crux."

„Es tut mir wirklich leid Herr Brömer."

„Bring sie in ihr Zimmer Johannes."

Johannes fasst mich unter dem Arm, hilft mir aus dem tiefen Sofa hoch. Warum die plötzliche Abfertigung? Unsere Weingläser sind halbvoll.

„Was passiert jetzt Herr Brömer?"

„Morgen sehen wir weiter.", antwortet er abweisend.

Johannes schiebt mich entschieden Richtung Tür, gibt mir keine Gelegenheit zur Nachfrage.

Notgedrungen folge ich ihm zur Treppe. „Warum lässt du dich so abfertigen? Was hat dein Vater vor?"

„Beruhige dich. Mein Vater weiß, was zu tun ist. Er hat lange mit dem Vorstand gesprochen. Ich bringe dich ins Gästezimmer."

Johannes eilt mit seinen langen Beinen die Treppe hinunter. Ich muss fliehen, aber wie?

Die Fenster im Erdgeschoss sind offenbar alle vergittert. Und wenn ich mich in der Nacht hochschleiche ... aus dem Fenster des Arbeitszimmers springe?

Erste Tür links neben der Treppe, ist leicht zu merken. Ist das machbar oder zu hoch?

„Marthe", Johannes winkt ungeduldig, sein Körper zuckt wie ein Zitteraal.

Der ist nervöser als ich.

„Hier lang."

Er öffnet eine Tür, genau unterhalb des Arbeitszimmers. Das Gästezimmer, die Wände ziert eine Tapete von Blümchen mit Blätterranken, geschwungene Holzmöbel, kitschig aber mit Stil.

„Meine Mutter hat dir ein Nachthemd rausgelegt." Auf dem frischgemachten Bett liegt ein gefaltetes Blümchennachthemd. Passend zur Tapete.

„Da ist das Bad." Er zeigt auf eine schmale Tür.

„Johannes. Ich wollte dir keine Schwierigkeiten einbrocken. Es tut mir leid."

Sein Mund verzieht sich zu einem unsicheren Lächeln. „Schon gut."

„Was meinte dein Vater mit dem Vorfall?"

„Äh, ich weiß nicht ..." Sein Blick weicht aus.

„Doch das tust du." Ich muss ihn zum Reden bringen! Sanft berühre ich seinen Arm. „Was für ein Vorfall?"

Seine Hand schiebt sich auf meine Hüfte. „Mein Vater regelt das schon."

Er macht einen unbeholfenen Schritt, drängt mich Richtung Bett. So war meine Berührung nicht gemeint. Sex kann er vergessen.

„Johannes, bitte, ich habe das Gefühl dein Vater verdächtigt mich, mit dem VORFALL zu tun zu haben. Ich muss wissen, worum es geht."

„Ach, da war ein Typ, der meinen Patenonkel bedroht hat. Mehr weiß ich nicht." Er zieht mich an sich.

„Welcher Typ?"

Meine Beine fühlen sich wie Pudding an.

„Ein Idiot. Wolfshagen hat ihn befragt, sich um die Angelegenheit gekümmert."

„Wer ist Wolfshagen?"

„Wilhelm Wolfshagen."

Der Schakal! Er hat Steve tatsächlich in die Finger bekommen ... Alles um mich herum verschwimmt, meine Muskeln versagen.

„He Marthe, was ist?? ... Marthe!"

Johannes Stimme dringt undeutlich durch das Rauschen in meinem Kopf. Ich liege auf dem Bett. Schüttelfrost, mein Körper bibbert.

„Wasser."

Johannes eilt ins Bad, stellt ein Wasserglas auf das Tischchen. Er stützt meinen Rücken beim Aufsetzen, reicht mir das volle Glas. Es ist warm, Wasser schwappt über.

Steve ...

„Marthe, geht's wieder? Du hast mir einen ziemlichen Schreck eingejagt. Bist plötzlich zusammengesackt." Johannes sieht ehrlich besorgt aus.

„Das war alles etwas viel. Die Drohungen von Tretten, die Flucht ..."

„Wolfshagen, als ich seinen Namen erwähnt habe, bist du zusammengebrochen. Er ist wirklich unheimlich. Keine Sorge, mein Vater bekommt ihn unter Kontrolle. Ruh dich aus."

„Danke Johannes." Es ist schwer, zu lächeln, ich will heulen. Steve, was musstest du durchstehen? „Wolfshagen, wo hat er diesen Typ befragt? Im Auktionshaus?"

„Nein, oben in der Bibliothek." Johannes tätschelt mich beruhigend „Mein Vater war stinksauer, als der bei uns aufgetaucht ist. Hat ihn nur reingelassen, um Onkel Heinrich zu helfen. Schlaf jetzt."

„Gute Nacht Johannes."

Er schließt die Tür hinter sich. Ein Klacken. Hat er mich eingeschlossen? Seine Schritte verklingen. Ich muss zur Tür. Abgesperrt. Den Sprung aus dem Arbeitszimmer kann ich vergessen. Und das Fenster? Wie erwartet, ein schmiedeeisernes Gitter versperrt den Weg in die Freiheit. Das Nachbarhaus ist in der Dunkelheit nicht zu erkennen, nur die Schatten von Gebüsch und Bäumen. Rufen wäre sicher zwecklos. Um die Zeit wird niemand im Nachbargarten sein.

An Flucht ist nicht zu denken. Meine Beine sind schwer, am besten lege ich mich ins Bett. Ich brauche eine neue Idee. Muss Brömer dazu bringen, mich freizulassen. Bisher habe ich nur die Gefängnisse gewechselt. Hier ist es bequemer und ich habe Zeit gewonnen. Hätte Tretten mich bereits liquidiert? Was hat Brömer vor? Warum wollte er, dass Johannes mich zu ihm bringt? Weil ich bezeugen kann, dass Tretten am Tod von Borken beteiligt war?

Will er Borkens Willen durchsetzen und den Alten aus dem Vorstand der Stiftung schmeißen? Sogar selbst seinen Platz einnehmen? Zu viele Fragen. Wenn Brömer mich nicht mehr braucht, was dann ... wie soll die Polizei mich hier finden?

Steve war hier. Wolfshagen hat ihn in die Mangel genommen ... und hat ihn erschossen? Wer sonst! Das hat der Waffenhändler im Turm quasi zugegeben. Womit hat Steve gedroht? Musste Steve sterben, weil der Waffenhändler die Bedrohung durch ihn falsch eingeschätzt hat? Weil er Steve hierher gebracht und ihm damit zu viel verraten hat? Hat Brömer den Mord befohlen?

Das würde bedeuten, Brömer wird mich nicht gehen lassen.

25. Kapitel

Montag, 25. Oktober

Läuten. Der Wecker? Wo ist der verdammte Wecker? Polternd fällt etwas vom Nachttisch. Ein Glas. Wo bin ich? Brömers. War das die Hausglocke?

Schnell zur Tür. Gedämpfte Stimmen.

„Auf Wiedersehen". Das war Frau Brömers Stimme, eine Tür fällt ins Schloss.

Verdammt, ich muss mich bemerkbar machen! Der Verschluss vom Fenster hakt. „Geh auf, verdammtes Ding!" Endlich. Der Rahmen knallt mit Schwung an die Mauer. „Hilfe!!! Helfen Sie mir!!" Wurde ich gehört?

Geräusche von der Zimmertür. Jemand schließt auf. „HALLOO!!! HIILLFFEEE!"

Die Zimmertür wird aufgerissen. Wutentbrannt läuft Brömer auf mich zu.

„HILFEE!!". Meine Stimme wird heiser.

Ein Arm schlingt sich um meine Brust, eine Hand presst sich grob auf meinen Mund. Ich habe jede Chance vertan, dass er mich laufen lässt.

„Hallo?" Eine Frauenstimme. Sie kommt näher. Brömer zerrt mit aller Kraft an mir. Meine Finger geben nach, das Gitter schneidet das Blut ab, sie werden taub. Festhalten! Durchhalten!

„Hallo? Ist da jemand?“

Die Hand erstickt meine Antwort.

Vor dem Fenster erscheint eine Uniform. Oh mein Gott! Polizei! Vor Erleichterung löst sich mein Klammergriff. Brömer und ich stolpern rückwärts, fallen, ich liege auf ihm.

„Verräterische Hure!“ Die Hand krallt sich in mein Gesicht.

„Keine Bewegung. Jetzt langsam. Lassen Sie die Frau los!“ Die Polizistin steht direkt vor dem Fenstergitter, ihre Waffe ist auf uns gerichtet.

Brömer drückt fester zu, meine Wangen brennen.

„Loslassen!“

Mit einem Ruck gibt er mich frei, schubst mich von sich.

„Ist alles in Ordnung mit Ihnen?“ Die Polizistin schenkt mir einen Seitenblick.

„Ja.“

Ein zweiter Beamter erscheint neben ihr. „Was ist los?“, fragt er seine Kollegin.

„Das werden wir gleich herausfinden. Sind Sie Marthe Keller?“

„Woher kennen Sie meinen Namen?“

„Sie wurden als vermisst gemeldet.“, antwortet die Beamtin kurz angebunden.

„Werden Sie gegen Ihren Willen hier festgehalten?“

„Ja.“ Das ist doch offensichtlich!

„Wie viele Personen sind im Haus?“ Ihre Aufmerksamkeit ist weiterhin auf Brömer gerichtet.

„Außer ihm und mir, nur sein Sohn und seine Frau, glaube ich.“

„Schulze, hol Verstärkung und geh zur Haustür.“, weist die Polizistin ihren Kollegen an.

„Soll ich die Haustür öffnen?“ Hauptsache ich komme weit weg von Brömer.

„Nein, Sie bleiben, bis wir das Haus gesichert haben.“

Brömers hasserfüllter Blick geht mir durch Mark und Bein.

Ich muss wachsam sein, ihm traue ich alles zu. Hat er eine Waffe? Wo sind Johannes und seine Mutter? Die Wand im Rücken, die Tür im Blick, die Polizistin hält Brömer in Schach.

Beruhige dich Marthe. Du bist jetzt in Sicherheit.

Die Polizei hat mich gesucht. Das bedeutet, Tom hat meine Nachrichten bekommen und die Polizei alarmiert! Was für ein Glück!

Eine zarte Welle der Erleichterung. Werden Tretten und Wolfshagen in diesem Moment festgenommen, oder wurden es bereits!! Ich hätte gern ihre Gesichter gesehen. Ihnen ins Gesicht gespuckt!

Laute Stimmen ... ist die Verstärkung endlich da?

Zwei Beamte erscheinen an der Tür, ihre Waffen im Anschlag.

„Strecken Sie die Hände nach oben!“, befiehlt der Schnurrbärtige dem am Boden liegenden Brömer.

Der zischt, „Fotze!“, spuckt in meine Richtung.

„Los jetzt!“, der zweite Polizist geht auf Brömer zu. Gegen den sportlichen Beamten hat der keine Chance.

Widerwillig setzt er sich auf und streckt die Arme in die Luft. Der Beamte legt ihm Handschellen an, zieht ihn auf die Füße, durchsucht ihn routiniert.

„Der ist sauber. Da lang.“

Brömer schlurft Richtung Tür.

Was für eine Befriedigung ihn so wehrlos zu sehen. Seine Überheblichkeit ist in sich zusammengefallen.

Der schnurrbärtige Beamte steckt endlich die Waffe weg.

„Sind Sie verletzt?“, die Härte aus seinem Gesicht und der Stimme sind verschwunden.

„Nein. Ich will nur raus aus diesem Haus.“

„Deswegen sind wir hier. Kommen Sie.“

„Vielen Dank!“ Mein Gott, hatte ich Glück! Nicht auszudenken, was Brömer mit mir gemacht hätte, wenn die Polizistin mich nicht gehört hätte.

„Hier ist das Paket.“ Der Schnurrbärtige zwinkert seiner Kollegin zu.

„Alles Gute für Sie.“ Er schenkt mir ein freundliches Nicken, winkt meiner Retterin und eilt zu seinem Kollegen. Brömer sieht finster aus dem Wagen.

Johannes und seine Mutter müssen in ein anderes Auto steigen. Er sieht völlig neben sich aus, folgt den Anweisungen des Polizisten mit versteinerter Miene. Was denkt er? Wird er angeklagt werden? Mit seiner Stelle bei der Staatsanwaltschaft ist es vorbei.

Armer Johannes ... wird er einen Neustart schaffen, sich von der rechten Ideologie befreien können?

Will er das?

„Frau Keller, ich bin Polizeihauptmeisterin Lemke. Geht es Ihnen gut, brauchen Sie einen Arzt?“

„Ich fühle mich etwas zittrig. Aber ich brauche keinen Arzt, danke. Ich möchte nur nach Hause. Ich bin so froh, dass Sie mich gefunden haben!“

„Wir hatten Glück, dass ich noch einen Blick auf das Grundstück werfen wollte und um die Garage herumgegangen bin. Sonst hätte ich Sie nicht gehört. Meine Kollegen vom Staatsschutz haben ein paar dringende Fragen an Sie. Schaffen Sie das?“

Sie öffnet die hintere Autotür für mich.

Mir entfährt unwillkürlich ein Seufzer. Frau Lemke sieht mich mitfühlend an.

„Es wird bestimmt schnell gehen, danach bringen wir Sie nach Hause.“

„Ist gut. Wurden Tretten und Wolfshagen verhaftet?“

„Tut mir leid, da fragen Sie mich zu viel.“

Erschöpft sinke ich auf die Rückbank des Polizeiautos.

Die Müdigkeit ist bleiern. Ich könnte Streichhölzer

brauchen, um meine Lider offen zu halten. „Warum fahren wir Richtung Sanssouci?“

„Die Außenstelle des LKA ist in Golm.“, antwortet Frau Lemke.

„Wir fahren nicht zur Polizeiinspektion? Ich muss unbedingt mit Frau Becker von der Mordkommission sprechen. Ich dachte, das könnte ich gleich erledigen.“

Frau Lemke wirft mir einen fragenden Blick über die Schulter zu. „Ist es dringend?“

„Es ist wegen des Mordes an ... Steve, Steve Lewinsky.“

„Geht es um die Leiche, die am Ufer des Jungfernsees gefunden wurde?“

„Ja.“ Die Leiche klingt schrecklich unpersönlich, mehr nach einem Ding als einem Menschen. In meinen Gedanken ist Steve lebendig, ich spüre ihn, sehe ihn vor mir ...

„Tut mir leid, das war unsensibel. Kannten Sie ihn?“ Frau Lemke mustert mich über den Rückspiegel.

„Die Kollegen vom Staatsschutz werden Ihre Aussage aufnehmen und an die Kriminalhauptkommissarin weiterleiten. So da sind wir.“

„Kommen Sie.“ Frau Lemke winkt mir aufmunternd zu. Ich fühle mich unsicher. Staatsschutz klingt einschüchternd.

Der Gang ist verlassen, ist es noch so früh? Es riecht

nach Linoleum, saubere, sterile Amtsatmosphäre.

Frau Lemke bleibt stehen, weist auf eine Klappbankreihe mit orangenen Sitzen. „Setzen Sie sich, ich hole Sie gleich.“

Sitzen ist gut. So urlaubsreif und erschöpft habe ich mich noch nie gefühlt. Was werden die fragen? Hat der Tracker von Tom nicht funktioniert? Dann kann ich ihnen nicht weiterhelfen.

„Frau Keller, kommen Sie bitte rein.“ Frau Lemke winkt mir vom Ende des Ganges zu.

Ein großer Besprechungsraum, die Tische sind in Hufeisenform aufgestellt. Ein größerer Tisch steht schräg dazu, Papiere türmen sich auf ihm, dahinter sitzt ein Mann in zivil.

„Frau Keller, das ist Erster Polizeihauptkommissar Kanold, er leitet die Ermittlungen und dort drüben Einsatzleiter Hartmann, er leitet die Koordination des Zugriffs.“

Den zweiten Mann hatte ich nicht bemerkt. Mit der halben Pobacke sitzt er auf der letzten Fensterbank. Trotz der lässigen Pose wirkt er unter Spannung, als ob er jederzeit lossprinten würde.

„Guten Tag Frau Keller.“ Der Kommissar erhebt sich. Er ist unerwartet groß, sieht ernst aus, aber nicht unfreundlich. „Wir sind froh, dass Sie wohlbehalten sind. Bitte setzen Sie sich.“

Er zeigt auf einen Stuhl, der etwas verloren im Raum zwischen seinem Schreibtisch und dem Hufeisen steht.

„Danke.“ Der Stuhl ist hart und ich sitze ungern mitten im Raum. Frau Lemke lehnt am Türrahmen.

Kanold mustert mich mit gekrauster Stirn. „Sieht so aus, als hätten Sie sich in ziemliche Schwierigkeiten gebracht. Ich frage mich, ob Sie uns nicht früher hätten informieren können, aber wir wollen uns jetzt nicht mit den Einzelheiten befassen. Sie sind sicher erschöpft.“

„Wenn ich gewusst hätte, was ich jetzt weiß, wäre ich sicher nicht der Einladung auf das Anwesen gefolgt.“ Ich habe das unangenehme Gefühl, mich rechtfertigen zu müssen.

Kanold macht eine wegwischende Handbewegung. „Sind Sie einverstanden, wenn wir Ihre Aussage aufzeichnen?“

Warum nicht ...

„Nicken reicht nicht, wir brauchen Ihr Einverständnis auf Band.“

„Ja.“

„Wir benötigen Informationen zu den Gegebenheiten vor Ort. Wo lagern die Waffen? Mit wie viel Wachpersonal müssen wir rechnen?“

„Sie haben Tretten und Wolfshagen noch nicht festgenommen?“ Mutlosigkeit macht sich in mir breit. Die beiden können längst geflohen sein.

„Tretten und Wolfshagen?“

„Das sind die beiden, die für die Waffenlieferungen verantwortlich sind. Tretten hatte den Streit mit Borken, er hat ihn die Treppe runtergestoßen."

Kanolds Augenbrauen zucken hoch. „Dazu kommen wir später. Unsere Leute sind bereit für den Zugriff. Wo haben Sie die Waffen gefunden?"

„Sie wissen, wo sich das Anwesen befindet? Toms Tracker hat funktioniert?"

„Sagen wir, dank der GPS-Daten konnten wir den Bereich eingrenzen und letztendlich das Anwesen lokalisieren. Die Waffen?"

„Im Bunker"

„Bunker? ... Wie kommt man da rein?"

„Neben dem Herrenhaus steht ein alter Turm. In dem Turm, da ist Borken übrigens die Treppe hinuntergestürzt."

„Nicht abschweifen!" Hartmann springt von der Fensterbank auf.

„Ist gut. Im Turm führt eine Treppe direkt in den Bunker. Die Tür ist unterhalb der Wendeltreppe nach oben ..."

Hartmann wippt ungeduldig, sein Blick ist genervt.

„Also, die Treppe runter, den Gang entlang, an der Abzweigung dem Pfeil folgen, auf dem steht ‚Bombensicher'. Erst kommt eine Art Mannschaftsraum, dann ein Aufenthaltsraum, die Vorratskammer, in der muss man links. Sie führt in einen Gang und der zu den Waffen."

„Okay." Hartmann ist hochkonzentriert. „Gibt es weitere Eingänge?"

„Im Wald steht eine Garage, ein altes Gebäude ... In der Garage gibt es einen zweiten Zugang, der ist durch ein Eisentor gesichert."

„Wo im Wald?"

„Das weiß ich nicht. Es führt ein betonierter Weg dahin. Johannes könnte es Ihnen sagen."

„Johannes Brömer?", fragt Kanold nach.

„Genau."

„Wie ist die Wachmannschaft ausgerüstet?" Hartmann übernimmt wieder.

„Alle bewaffnet, denke ich. Keine Ahnung, wie viele Wachleute dort sind, aber ein Dutzend sind es bestimmt, wenn nicht mehr. Johannes meinte, dass der Wald mit alten Kampfmitteln verseucht sei. Deswegen konnten wir auf der Flucht nicht durch den Wald."

„Auch das noch." Mit einem zackigen Nicken Richtung Kanold eilt Hartmann zur Tür.

Der Kommissar steht auf. „Das war es für heute. Sie werden eine Vorladung zur Vernehmung bekommen."

Mein Mund ist staubtrocken. Vernehmung. Werde ich für irgendetwas beschuldigt? Brauche ich einen Anwalt?

„Herr Kanold, ich muss mit Frau Becker von der Mordkommission sprechen. Könnte ich sie anrufen? Ich habe ja kein Handy."

„Warum?" Er sieht mich verwundert an und setzt sich.

„Ich denke, Brömers haben mein Handy, aber ...“

„Nein.“, Kanold schnauft, „Ich meinte, warum Sie Kriminalhauptkommissarin Becker sprechen wollen.“

„Weil ... sie ermittelt wegen des Mordes an Steve Lewinsky, er ... seine Leiche wurde am Jungfernsee gefunden.“

„Und was haben Sie damit zu tun?“

„Ich, ... Steve war mein Freund und ... er war auf der Suche nach Nazi-Raubkunst, er hatte Borken im Verdacht, unter der Hand mit Raubkunst zu handeln und hat ihm anscheinend gedroht.“

„Borken?“ Der Kommissar kneift seine Augen zusammen.

Wie soll ich ihm das alles erklären? „Der Mann, der zu Tode gestürzt ist. Wolfshagen hat in meiner Anwesenheit gegenüber Tretten erwähnt, dass Steve Borken bedroht habe, aber er, Wolfshagen, habe sich um die Angelegenheit gekümmert.“, ich schwitze ... es ist kompliziert ..., „gestern Abend hat Johannes Brömer zugegeben, dass Wolfshagen und Steve, also er kannte den Namen nicht, aber es muss sich um Steve gehandelt haben, in seinem Elternhaus waren. Wolfshagen hat Steve dort befragt. Und Steves Leiche wurde am Jungfernsee gefunden, unweit von Brömers Haus ... und Wolfshagen hat eine Waffe. Sie verstehen ...“

Kanold betrachtet mich nachdenklich. Überlegt er, wie glaubwürdig meine Aussage ist? Konnte er mir folgen?

„Wir werden dem nachgehen und Kriminalhauptkommissarin Becker informieren. Halten Sie sich bitte in den nächsten Tagen für die Vernehmung bereit. Sie haben doch keine Reise geplant?“

„Nein. Habe ich nicht.“

„Wir sehen uns. Frau Lemke wird Sie nach Hause bringen. Erholen Sie sich von den Strapazen. Sie sollten den psychologischen Dienst in Anspruch nehmen.“

„Psychologischen Dienst?“

„Frau Lemke kann das mit Ihnen besprechen.“ Kanold fängt an, auf seinem Tisch Papiere zu ordnen. Damit bin ich offensichtlich entlassen.

„Eine Frage.“

Der Kommissar beschäftigt sich weiter mit seinen Papieren.

„Wie haben Sie mich gefunden?“

Das Papierrascheln verstummt.

„Herr Kasten hat uns alarmiert und ihre Nachrichten an uns weitergeleitet. Ihre Mutter hat ausgesagt, dass Sie mit Johannes Brömer zurückgefahren seien. Ihr Handy war nicht zu orten.“

Kanold sieht mich an, in seinem Gesicht zeichnen sich Lachfältchen ab.

„Im Grunde einfache Routinearbeit. Sie waren weder in Ihrer Wohnung noch in der von Johannes Brömer, blieb das Elternhaus.“

„Danke.“

„Sie haben Glück gehabt. Passen Sie auf sich auf."

Schweigend gehen Frau Lemke und ich durch das Polizeigebäude, das sich langsam mit Leben füllt. Ich freue mich auf zu Hause, so sehr wie noch nie. Und doch ... Tretten und Wolfshagen - konnten sie fliehen?

Die Vorstellung allein zu sein macht mir Angst.

„Wohin soll's denn gehen?" Frau Lemke dreht sich zu mir um.

„Carl-von-Ossietzky Straße 12."

„Sie sehen besorgt aus."

„Es ist wegen der Verschwörer, ihres Netzwerks. Werden Sie sich an mir rächen?"

„Bevor wir Sie hineingebeten haben, haben wir diskutiert, wie die Gefährdungslage für Sie einzuschätzen ist. Wir sind zu dem Schluss gekommen, dass Sie im Moment nicht in Gefahr sind. Brömers sind in Haft. Tretten und Wolfshagen befinden sich mit hoher Wahrscheinlichkeit auf dem Anwesen und das Anwesen wird bereits vom SEK überwacht." Frau Lemke sieht mich eindringlich an. „Selbst wenn die Männer geflohen sein sollten, werden die versuchen zu retten, was zu retten ist und nicht als Erstes nach Ihnen suchen, um Rache zu üben. Im Laufe der Ermittlungen werden wir die Lage neu bewerten. Sie können unbesorgt sein."

Mit Schwung setzt sie den Wagen zurück. Es geht endlich nach Hause.

Frau Lemkes Zuversicht beruhigt, trotzdem bleibt eine Restangst.

Sie beobachtet mich über den Rückspiegel. „Keine Sorge. Wir passen auf Sie auf. Hauptsache Sie ruhen sich jetzt aus. Sie sehen aus, als ob Sie eine Mütze Schlaf gebrauchen könnten."

„Und ob. Ach je, es ist Montag, meine Arbeit."

Frau Lemke lacht auf. „Melden Sie sich krank. Ich werde Sie in dem Zustand nicht zur Arbeit fahren. Hier ist die Karte von unserem psychologischen Dienst. Melden Sie sich dort wegen eines Termins und einer Krankschreibung."

„In Ordnung. Was ist mit meinem Handy? Ich hatte es Johannes Brömer gegeben."

„Das liegt wahrscheinlich bei den Beweismitteln. Ich kümmere mich darum. Sie bekommen es in den nächsten Tagen zurück."

„Danke fürs Nachhausebringen und die Rettung!"

„War mir ein Vergnügen."

Sie braust davon. Von Zone dreißig hält sie wohl nicht viel.

Verdammt! Mein Schlüssel! Er ist auf Borkens Anwesen.

Wie komme ich jetzt rein? Unsere Knesebeck, ob sie noch den Ersatzschlüssel von Oma hat?

Ich will niemanden sehen ... es hilft nichts, hoffentlich ist sie da.

„Hallo?“ Sie klingt resolut wie immer.

„Ich bin es Marthe. Ich habe keinen Schlüssel, können Sie mich reinlassen?“

Statt einer Antwort ertönt der Summer.

Auf der Treppe zum zweiten Stock erwartet mich unser liebenswürdiger Hausbesen. „Marthe ...“ Die Knesebeck mustert mich mit einem seltsamen Gesichtsausdruck. Ich folge ihrem Blick. Herrje, ich trage ja immer noch sämtliche Schichten übereinander, Rock über Hose, diverse Oberteile, den ganzen schicken Kram, der jetzt ziemlich knittrig und mitgenommen aussieht.

„Wo kommst du denn her?“ Ihr Mund steht entgeistert offen.

„Ach, eine lange Geschichte.“

Sie verharrt mit verschränkten Armen im Türrahmen. „Schon wieder? Seit deine Oma ausgezogen ist, haste nur lange Geschichten. Ich hab die Polizei gesehen. Hast doch wohl nix anjestellt ...?“, fragt die Knesebeck schmallippig.

„Nein, keine Sorge. Aber das Wochenende war ...“ Hilflos ziehe ich die Schultern hoch.

„Eine Katastrophe?“

„Genau das war‘s. Ich berichte wirklich gern, was los war. Aber nicht jetzt. Ich bin todmüde. Haben Sie noch den Ersatzschlüssel von Oma? Sonst bin ich aufgeschmissen.“

Mein Rehblick wirkt. Sie gibt ihre Soldatenhaltung auf.

„Hab ich ja Kindchen.“ Mit gezieltem Griff schnappt sie einen kleinen Schlüsselbund vom Haken des Schlüsselbrettes neben ihrer Tür. „Hier iss er. Dann ruh‘ dich man aus.“

„Das werde ich. Danke.“

Die Wohnungstür fällt hinter mir ins Schloss. Endlich zu Hause. Die Knesebeck ist doch Gold wert. Aber wie komme ich wieder an meinen Schlüsselbund? Und mein Portemonnaie? Ich muss unbedingt Frau Lemke Bescheid geben.

Und jetzt? Ein Bad. Vielleicht komme ich dann zur Ruhe.

Das Badewasser läuft ein, das Teewasser kocht ...

Das Telefon klingelt.

„Marthe?“

„Mutti.“

„Wir haben uns solche Sorgen gemacht, als die Polizei gestern Abend vor meiner Wohnungstür stand, ich dich nicht erreichen konnte. Geht‘s dir gut? Was ist denn nur passiert ... Wo warst du?“

„Mutti. Langsam. Mir geht‘s gut. Ich war bei Brömers. Und das andere ... kann ich dir das später erzählen, ich bin müde, mein Badewasser läuft ein ...“

Ein tiefer Seufzer auf der anderen Seite.

„Brömers? Aha. Hauptsache du bist gesund. Hans wurde auch von der Polizei befragt. Wir konnten überhaupt nicht weiterhelfen. Wenn ich wüsste, wo dieses Anwesen liegt, dann ...“

„Die Polizei hat die Adresse herausgefunden.“

„Wie das denn?“

„Mutti, meine Badewanne läuft gleich über.“

„Ja, ja ... bevor ich es vergesse. Ich soll dir von Hans ausrichten, dass sich ein Kollege von ihm bei dir melden wird. Er wird dich zur Vernehmung begleiten.“

„Echt?“

„Wenn du das möchtest.“, ergänzt sie schnell.

„Ja gerne. Mein Handy ist noch bei der Polizei. Er kann mich nur auf dem Festnetz anrufen.“

„Ich richte es aus. Bis später mein Schatz. Ich bin so erleichtert.“

Wo ich schon am Telefon bin, ich muss mich krank melden.

Herrlich in das heiße Wasser zu tauchen. Der Rosen-Badeschaum knistert. Den ganzen Schmutz vom Wochenende abwaschen. Mein Nacken schmerzt, die Muskeln sind total steif von der Aufregung und Angst. Loslassen, die Wärme genießen.

Meine Augen fallen zu.

Ich sollte mich ins Bett legen.

Was für eine Ironie, wenn ich nach den überstandenen Gefahren in der Badewanne ertrinken würde. Meine Finger sind schon schrumpelig.

Im Bademantel unter die weiche Decke kuscheln, herrlich!

Es klingelt. Ich will nicht aufstehen. Die Türklingel schrillt erbarmungslos weiter. Wer kann das sein? Tom, Frances, die Knesebeck?

Ich komme ja schon, so ein nerviger Sturmklingler.

„Hallo?"

„Frau Keller? Becker hier. Öffnen Sie bitte."

Die Becker? Oh nein.

„Das ist jetzt ungünstig. Ich kann später aufs Revier kommen."

„Öffnen Sie bitte. Sonst ..."

„Schon gut." Mir ist kalt. Ich brauche was zum Anziehen. Jogginghose, Wollpulli, egal, Hauptsache warm ...

Von der Tür dringt ein herrisches Klopfen bis zu mir ins Schlafzimmer. Die Becker war aber schnell oben. Anziehen wird man sich ja wohl noch dürfen.

„Guten Tag Frau Becker. Was ist denn so dringend?"

Schnaubend tritt die Kommissarin ein, schließt die Tür hinter sich. Sie ist aufgebracht. Jetzt hätte ich gern einen Anwalt zur Seite.

„Sie haben mir Informationen vorenthalten! Sie haben meine Mordermittlungen behindert! Die ganze Zeit!"

Die Kommissarin funkelt mich an, wie eine Raubkatze bereit zum Angriff.

„Ich ...“, was soll ich sagen?, „ich wollte Ihre Ermittlungen nicht behindern, sicher nicht. Im Gegenteil ...“

„Im Gegenteil?“, spottet sie, „sie hätten mir von Anfang an von der Verbindung Lewinskys zu dem Auktionshaus berichten müssen. Stattdessen haben Sie uns im Dunkeln tappen lassen. Ich wusste die ganze Zeit, dass Sie etwas verheimlichen.“

„Aber ... aber wir wollten es Ihnen doch sagen. Heute Morgen wollte ich zu Ihnen gehen und von Wolfshagen berichten, dass er der Täter ist. Er hat es quasi zugegeben.“

„Ha! Dem Kollegen haben Sie den Mörder auf dem Silbertablett serviert. Ich bin die Dumme, darf nur noch den Papierkram erledigen. Dabei war ich auf der richtigen Spur!“

Daher weht der Wind.

„Es tut mir leid, wenn Ihnen der Fall weggenommen wurde. Herr Kanold wollte, dass ich ihm alles berichte, er würde die Informationen dann an Sie weitergeben, hat er gesagt.“

„Was heißt hier weggenommen. Den Erfolg schreiben sich jetzt andere auf die Fahnen. Sie hätten früher kooperieren sollen, dann wären Sie auch nicht in Gefahr geraten.“

„Wir hatten Sorge ...“

„Wir? Sie und ihre Freundin?"

„Nein. Ich, ich hatte Sorge, dass Borken nervös werden könnte, wenn die Polizei im Auktionshaus auftauchen würde. Wir ... ich wollte unbedingt herausfinden, ob er auf privaten Auktionen mit Raubkunst handelt. Ich fühlte mich Steve gegenüber verpflichtet."

Die Frau sieht nicht aus, als ob sie meine Entschuldigung gelten lassen würde. Ihr Gesichtsausdruck hat sich verfinstert.

„Mit anderen Worten, Sie halten die Polizei für unfähig? Meinen, Sie könnten es besser? Das hätte Sie Ihr Leben kosten können!" Sie schnaubt wütend.

„Wie hätten wir ahnen sollen, dass es nicht nur um Raubkunst ging, sondern um Terrorismus?"

„Wer einmal gemordet hat, hat selten Skrupel, es zu wiederholen. Und wen meinen Sie mit *wir*?"

Ich komme nicht drumherum zu antworten, außerdem ist es albern, Tom weiter zu decken. Kommissar Kanold weiß bereits von ihm.

„Meinen Freund Tom Kasten und mich."

„Aha."

„Mit Hilfe von seinem Tracker konnte das Anwesen lokalisiert werden."

„Tracker? So, so." Sie sieht immer noch verärgert aus. Breitbeinig, mit verschränkten Armen mustert sie mich.

„Wurden Tretten und Wolfshagen inzwischen festgenommen?"

„Der Einsatz war ein Erfolg.“ Ihre Lippen sind grimmig zusammengepresst.

„Können Sie Wolfshagen den Mord an Steve nachweisen?“

„Ich bin hier nicht zur Fragestunde gekommen. Allerdings wurde eine passende Schusswaffe bei ihm sichergestellt. Sie wird im Labor untersucht. “

„Es könnte sein, dass Brömer dem Wolfshagen befohlen hat, Steve zu ...“

Die Kommissarin schnauft. „Liquidieren? Fragt sich, ob man Brömer das nachweisen kann.“

„Steve war auf jeden Fall in Brömers Haus. Johannes, sein Sohn, hat es mir selbst gesagt.“

„Der wird wohl kaum seinen Vater belasten wollen. Sie werden aussagen müssen.“

„Das werde ich, versprochen. Sie glauben nicht, wie schrecklich diese Leute sind.“

Der Becker entfährt ein kurzer Lacher.

„Oh doch. Ich bin bei der Mordkommission, menschliche Abgründe sind mir bekannt. Ich bin froh, dass Sie aus der Geschichte heil rausgekommen sind. Hätte mir nicht verziehen, wenn Sie zu Schaden gekommen wären. Obwohl es ihre eigene Schuld gewesen wäre.“

„Es tut mir leid. Ich ...“

Fast hätte ich gesagt, jetzt würde ich es anders machen, aber wäre das so?

Plötzlich grinst die Becker verhalten.

„Ich habe was gut bei Ihnen. Schließlich haben Sie mir meine Aufklärungsrate für die Beförderung versaut."

Sie streckt mir Ihre Hand entgegen. Ich schlage ein.

„Alles klar, Sie haben etwas gut. Bei den nächsten Ermittlungen?" Die Bemerkung hätte ich mir besser verkniffen. Die Kommissarin quetscht meine Hand zusammen wie eine erbarmungslose Schraubzwinge.

„Unterstehen Sie sich. Das terroristische Netzwerk von diesem Tretten ist unübersichtlich. Seien Sie vorsichtig."

Ein kurzes Nicken, schon ist sie aus der Tür.

Ich bin zu aufgewühlt, um mich wieder ins Bett zu legen. Ich könnte zu Tom fahren, es gibt so viel zu erzählen. Ob Danas Spion irgendetwas gebracht hat, außer dass ich dank des Routers meine Nachrichten verschicken konnte?

Der Laden ist geschlossen. Wo ist Tom? Bei der Polizei? Hätte ich doch mein Handy.

Es ist verrückt ausgerechnet zum Jungfernsee zu radeln, aber ich vermisse Steve, möchte ihm nah sein. Hier war unsere erste Begegnung und hier in der Nähe ... Wolfshagen hat seine Leiche im See entsorgt ... kaltblütig. Fühlte der Waffenhändler sich unantastbar? Ihm muss klar gewesen sein, dass Steve bald gefunden würde. War es eine Kurzschlusshandlung? Was passierte, nachdem Wolfshagen mit Steve bei Brömers auftauchte? Werde ich je erfahren, was an dem Montag geschah?

Der Biergarten ist geschlossen, der Neue Garten wirkt verlassen. Kein Wunder, der feuchtkalte Wind ist ungemütlich, kein einladendes Spaziergehwetter. Es riecht intensiv nach Herbst, dem süßlich herben Duft faulender Blätter.

Meine Lieblingsweide strahlt in Gelb. In der Kuhle zwischen ihren Wurzeln ist es windstill. Hier habe ich gesessen, als Steve auftauchte, mich erschreckte, seine Augen dunkel ...

Verdammt, was für ein sinnloser Tod!! Hätte Steve ... Stopp Marthe, es bringt nichts, zu hadern!

Die beiden Mörder wurden festgenommen, hoffentlich werden sie den Rest ihres Lebens in einer Zelle schmoren! Samt aller Beteiligten, den ganzen verblendeten Idioten, die uns in eine Diktatur zurückkatapultieren wollen!

Steve, hast du geahnt, dass Borkens Stiftung Terroristen heranzüchtet, einen Umsturz plant? Wohl nicht, sonst wärst du vorsichtiger gewesen.

Unsere Begegnung hat mein Leben auf den Kopf gestellt. Ich verspreche dir, mich um die Restitution des Renoirs zu kümmern, Oma von der Rückgabe zu überzeugen.

Sobald ich Potsdam verlassen darf, fliege ich nach New York. Ich will die Menschen kennenlernen, deren Renoir so viel Zeit in unserer Familie verbracht hat.

Was ist das für ein Rascheln? Weißes Fell ...

„Perla!“

Begeistert wedelnd springt sie auf mich zu, hinterlässt eine feuchte Spur in meinem Gesicht. Meine Abwehr kam zu spät. Toms verwuschelter Haarschopf erscheint zwischen den hängenden Zweigen der Weide.

„Hey!“ Er bleibt auf Abstand, die Hände in den Hosentaschen vergraben.

„Woher wusstest du, dass ich hier bin?“

„Zu Hause warst du nicht. Köpfchen.“ Verhalten grinsend tippt er sich an die Stirn. Der alte Angeber. „Komme gerade von der Polizei. Echt krasse Geschichte!“

Ich klopfe auf die Erde. Langsam rutscht Tom mit dem Rücken am Stamm runter, landet mit einem Seufzer neben mir. Unser letztes Treffen scheint Äonen zurückzuliegen, in der Zwischenzeit wurde mir fast das Leben genommen und wieder geschenkt.

Perla springt hinter den Stöckchen her, die Tom ins Wasser wirft. Normalität, das Leben geht weiter, aber anders oder wird sich das Gefühl verwässern ...

„Sorry Marthe.“ Tom zerknackt ein Ästchen. „Ich hab dich zu dem Mist überredet, hatte eine Scheißangst, dass dir was zustößt, als ich deine Nachrichten gesehen hab und dich nicht erreichen konnte. Das GPS war zu ungenau, um selbst hinzufahren. Die Polizei hat ewig gebraucht, bis die endlich kapiert haben, dass ich kein Spinner bin!“

Seine Stöckchen fliegen immer weiter auf den See hinaus. Perla paddelt tapfer, um sich den Größten zu schnappen.

„War nicht deine Schuld, hätte ich mich nachts nicht allein in den Bunker geschlichen, wäre die Rettungsaktion nicht nötig geworden."

„Du hast echt Mumm!"

Mut? Wohl eher Übermut. „Konnte Danas Ding eigentlich Daten abfassen?"

Über Toms Gesicht zieht sich ein Grinsen, seine Augen blitzen über die Brille. „Deine Intervention hat die Mistkerle aufgescheucht, sie haben ihre Daten auf eine Cloud hochgeladen. Wir haben alles mitgelesen und gespeichert! Protokolle ihrer Auktionen und Geldflüsse. Als die Polizei kam, waren ihre Festplatten bereits zerstört. Die Mistkerle hätten die Daten verschwinden lassen oder als Druckmittel für einen Deal nutzen können."

„Meine waghalsige Aktion war gar nicht unnötig! Ich dachte ..." Auf einmal fühle ich mich leicht.

„Natürlich nicht. Wie kommst du darauf?"

Toms verwirrter Blick verstärkt meinen Lachanfall. Tränen rinnen über meine Wangen. Perla rennt zu uns, das Stöckchen im Maul. Sie schüttelt sich, spritzt uns nass. Tom springt prustend auf.

Ich schlage in seine ausgestreckte Hand ein, ziehe mich hoch.

„Holen wir Frances von der Arbeit ab."

Toms Euphorie fällt in sich zusammen, er steht da wie ein begossener Pudel.

„Sie hatte recht damit, dass dich mein Plan in Gefahr bringen wird."

„Tom, gewöhn dich besser dran, Frances hat immer recht. Das ist das Problem mit ihr. Gehen wir."

Ende

Danksagung

Ein afrikanischer Spruch besagt: „Es braucht ein ganzes Dorf, um ein Kind zu erziehen.“

Diese Weisheit hat mich manches Mal getröstet, wenn ich mich als Mutter überfordert oder inadäquat fühlte. Ein wohlwollendes, unterstützendes Umfeld ist ein großer Schatz für die Kinder und unverzichtbar für die Erziehenden.

Nun durfte ich erfahren, dass dieser Spruch auch für ein Buch gilt. Ohne die Unterstützung durch meine Familie, Freunde, Freundinnen und wohlgesonnene Menschen, läge das Buch jetzt nicht vor Ihnen.

Ich danke meiner Familie von Herzen, insbesondere meinem Ehemann und Gefährten für seine Geduld und Unterstützung, meinen Kindern für ihre unkonventionellen Mutmachsprüche, meiner Mutter für den Einsatz ihrer Public-Relations-Fähigkeiten, meinem Vater dafür, dass er stets nach dem zweiten Band fragt.

Und meinen Freunden, Freundinnen und Testleser:Innen für ihre konstruktive Kritik und Begeisterung sowie das Mutmachen bei der langen Suche nach dem passenden Verlag.

Zu guter Letzt meinem Verleger für sein Vertrauen und die erfrischend unkomplizierte Zusammenarbeit.

Fiktion und Realität

Dieses Buch ist ein Werk der Fiktion. Wer Potsdam kennt, wird viele Orte wiedererkennen; ein paar jedoch sind frei erfunden oder ausgeschmückt.

Die Hintergründe der sog. „Judenauktionen“ während der NS-Zeit und den juristischen Umgang mit NS-Raubkunst habe ich nach bestem Wissen und Gewissen recherchiert.

Jegliche Ähnlichkeit mit tatsächlichen Personen, lebend oder tot, wäre rein zufällig. Das von der Geschichte betroffene Gemälde befindet sich tatsächlich in der „Lost Art“-Datenbank. Der Verlustkontext, die Auktion sowie die ursprüngliche Eigentümerfamilie des Gemäldes sind jedoch fiktiv.

Nazi-Raubkunst und Restitution

Ist das heute noch ein Thema?

Das Ausmaß der vom Nationalsozialistischen Regime erbeuteten, enteigneten und verwerteten Kunstwerke kann nur geschätzt werden. Diese Schätzungen belaufen sich auf 600.000 Kunstwerke, davon 200.000 Werke innerhalb Deutschlands, die verfolgten Menschen (meist jüdischer Abstammung)[2] ‚abhanden' kamen. In der Datenbank ‚Lostart' des Deutschen Zentrums für Kulturgutverluste sind 181.497 Objekte[3] registriert, die noch nicht gefunden bzw. restituiert werden konnten.[4] Allein die Zahlen sind überwältigend, doch dahinter verbergen sich Schicksale.

Nach dem Krieg war die Lage unübersichtlich, die Alliierten unternahmen große Anstrengungen, um Kunstwerke zu retten[5], zu sammeln und an die Eigen-

---

[2] zu den Verfolgten zählten viele Gruppen, u.a. Sinti, Roma, homosexuell orientierte Menschen, politisch anders Denkende ...
[3] https://www.lostart.de/de/suche?filter[type][0]=Objektdaten (abgerufen 26.04.2024, 13:39), (125.419 gesucht, 56.078 gefunden)
[4] Das Deutsche Zentrum für Kulturgutverlust fördert seit 2018 die Erforschung der Auktionsdokumente des Inhalts von ca 6.000 Frachtcontainern, Eigentum emigrierter (meist jüdischen) Familien, die in den Häfen von der Gestapo beschlagnahmt wurden. (https://lostlift.dsm.museum/)
[5] Eindrücklich dargestellt im Film „Monuments Men", von George Clooney, 2014

tümer*Innen zurückzuführen. Rechtsgrundlagen für die Rückgabe und Erleichterungen bei der Beweisführung über das Eigentum wurden geschaffen.[6] Doch Überlebende oder rechtmäßige Erben waren in der Welt verstreut. Kriegsbedingt verbrachte Kunstwerke wurden teilweise an Kunsthändler zurückgegeben, die diese auf sogenannten Judenauktionen und Zwangsverkäufen erworben hatten.[7] Restbestände aus den *Collecting Points* wurden treuhänderisch an Museen übergeben.

Die BRD verabschiedete 1965 ein Schlussgesetz zum BundesRückerstattungsGesetz (BEG) mit einer letzten Frist für Restitutionsansprüche bis zum Jahr 1969. Man wollte mit dem Thema abschließen, Rechtssicherheit schaffen, man mied die Auseinandersetzung mit den Nutznießern der NS-Praktiken.[8]

Exemplarisch dafür ist das Schicksal von J.Ploschitzky, ihre Kunstsammlung, die gesamte Einrichtung ihrer Dahlemer Villa, wurde Anfang der 40-er Jahre, in einer dreitägigen Auktion versteigert. Mit Hilfe eines Anwalts

---

[6] Harald König, Fragen der Restitution in Deutschland: Rechtliche Grundlagen der Restitution seit 1945 in:
Alfred Flechtheim - Raubkunst und Restitution Herausgegeben von: Andrea Bambi und Axel Drecoll, Band 110 der Reihe: Schriftenreihe der Vierteljahrshefte für Zeitgeschichte, Seite 246ff (https://doi.org/10.1515/9783110404975)

[7] Die Versteigerungen von jüdischen Hausständen und Fluchtgut glichen u.U. einem Volksfest, mitunter reisten Kunsthändler aus ganz Deutschland an.
(https://www.ndr.de/geschichte/chronologie/NS-Raubzug-Wie-Nazis-juedische-Emigranten-auspluenderten,nsraubgut102.html)

[8] ebd. Fußnote 6

spürte J.Ploschitzky einzelne Kunstwerke auf, doch die neuen Besitzer ließen durch ihre Anwälte jegliche Ansprüche zurückweisen. Ihre Mandanten hätten nicht gewusst, dass der Staat nicht berechtigt gewesen sei, die Kunstwerke zu versteigern und seien Eigentümer geworden.

Trotz der akribisch geführten Auktionsunterlagen und Fotos der Werke bekam die Familie nur Einzelstücke aus öffentlicher Hand zurück und wurde von der BRD nur mit einem Bruchteil des Wertes ihres Verlustes entschädigt.[9]

Die unvollständige Restitution der NS-Raubkunst drängte sich spätestens bei der Wiedervereinigung Deutschlands wieder ins Bewusstsein. Das DDR-Parlament erließ 1990 das Vermögensgesetz, um Eigentumsverluste nach 1945 rückgängig zu machen, es wurde auf Druck jüdischer Organisationen um die Restitutionsansprüche aus den Zeiten von 1933-1945 erweitert, da es in der DDR keine Restitution von NS-Raubkunst gegeben hatte.

Durch spektakuläre Funde, wie dem Raubgold aus ehemals jüdischem Besitz in Schweizer Banken, oder die Beschlagnahmung zweier Gemälde von Egon Schiele im MoMa, New York wachgerüttelt, verpflichteten sich 1998 Vierundvierzig Staaten in den Washingtoner

[9] ebd. Fußnote 6

Prinzipien dazu, „Nazi-Raubkunst in öffentlichen Sammlungen zu identifizieren, die rechtmäßigen Eigentümer oder Erben zu finden und zu einer fairen und gerechten Lösung zu gelangen."[10]

Die Erklärung betraf allerdings keine Werke in Privatbesitz.

In der BRD wurde daraufhin eine Kommission geschaffen und Stellen für Provenienzforschung in Museen, doch diese blieben unterfinanziert.

Erst durch den „Schwabinger Kunstfund", auch tituliert als „Nazi-Schatz in Milliardenhöhe" [11] kam die Provenienzforschung auf die Tagesordnung der Politik.

1.600 Gemälde, gehortet in einer Wohnung und dazu noch Raubkunst. Ich teilte die Empörung der Schlagzeilen und täuschte mich gleich doppelt. Der Anteil von Raubkunst in der Kunstsammlung Gurlitt[12] blieb im einstelligen Prozentbereich und die Herausgabeansprüche der Werke waren längst verjährt.[13]

---

10 https://www.auswaertiges-amt.de/de/newsroom/washingtoner-prinzipien/2164170

11 (https://www.dw.com/de/der-fall-gurlitt-eine-chronologie/a-60813266

https://www.focus.de/regional/augsburg/ns-beutkunstfund-von-schwabing-spektakulaerer-nazi-schatz-umfasst-bisher-unbekannte-meisterwerke_id_3361194.html)

12 https://www.dw.com/de/der-fall-gurlitt-eine-chronologie/a-60813266

13 Verjährung: 10 Jahre bei gutgläubigem Erwerb (Ersitzung), 30 Jahre bei bösgläubigem Erwerb)

Die Politik bemühte sich fortan, die Provenienzforschung in Museen und Restitutionen voranzutreiben. Momentan wird ein Gesetzentwurf von Justizminister Dr. Marco Buschmann diskutiert, um die Durchsetzung von Ansprüchen zur Herausgabe von NS-verfolgungsbedingt entzogenem Kulturgut zu erleichtern und den Einspruch der Verjährung nur bei gutgläubigem Erwerb zuzulassen.[14]

Es sieht u.a. vor, dass die ursprünglichen Eigentümer*Innen bzw. ihre Erben einen Anspruch auf Auskunft über Erwerber und Verkäufer gegenüber Kunsthändler*innen bekämen.

Dadurch könnte die mühsame Suche der Erben erleichtert werden. Der Erbe der Kunstsammlung Koch sucht seit Jahrzehnten nach der Sammlung seiner Großeltern. Ein Nolde war angeblich verbrannt, dann entdeckte der Erbe im Internet eine Spur des Bildes. Es wurde von einer Kieler Galerie gekauft, über Österreich nach Frankreich verkauft. Nähere Informationen wurden ihm verweigert. [15]

Immerhin, seit dem Neuen Kulturgutschutzgesetz von 2016 gilt für den Kunsthandel bereits eine erhöhte Sorgfaltspflicht bei dem möglichen Verdacht, dass ein

---

14
https://www.bmj.de/SharedDocs/Pressemitteilungen/DE/2024/0417_NS_Raubkunst.html

15
https://www.ndr.de/geschichte/chronologie/NS-Raubzug-Wie-Nazis-juedische-Emigranten-auspluenderten,nsraubgut102.html

Objekt NS-verfolgungsbedingt entzogen worden sein könnte, um eine faire Lösung im Sinne der Washingtoner Prinzipien zu finden.

“Früher spielte die Frage nach Beutekunst überhaupt keine Rolle", so Willem Jan Hoogsteder Kunsthändler aus Den Haag[16]. Heute ist Raubkunst so gut wie unverkäuflich. Bleibt zu hoffen, dass Lösungen gefunden werden, um auch Kunstwerke aus Privatbesitz an die Erben der Opfer von Verfolgung und Vernichtung durch das NS-Regime zu restituieren. Jede Restitution ist ein Stück Anerkennung des damals geschehenen Unrechts. Eine Wiedergutmachung ist unmöglich, doch die Anerkennung der Schuld ist Grundlage für eine wirkliche Versöhnung.

16 https://www.mdr.de/nachrichten/sachsen/dresden/gemaeldegalerie-alte-meister-krieg-kunst-kultur-news-100.html

© R.Horstkotte

Vera Lohkamp, ausgebildete Tänzerin, Auftritte u.a. in New York, Tschechien und Berlin, MA in Ethnologie/VWL an der FU-Berlin, besucht seit 2009 Kinderstationen als Clownin Edeltraut.
Sie ist Mutter von drei Kindern und im Jahr 2004 mit ihrer Familie nach Stahnsdorf gezogen.